嗨皮人

Happy People

苏兰朵 著

重庆出版集团 重庆出版社

图书在版编目(CIP)数据

嗨皮人 / 苏兰朵著. — 重庆:重庆出版社,2021.11
ISBN 978-7-229-16559-8

Ⅰ.①嗨… Ⅱ.①苏… Ⅲ.①短篇小说-小说集-中国-当代 Ⅳ.①I247.7

中国版本图书馆CIP数据核字(2021)第281548号

嗨皮人
HAIPIREN
苏兰朵 著

责任编辑:张继佳
责任校对:刘 刚
封面设计:苏静宇
版式设计:李巧娜

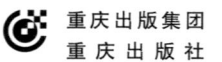 重庆出版集团
重庆出版社 出版

重庆市南岸区南滨路162号1幢 邮政编码:400061 http://www.cqph.com
重庆博优印务有限公司印刷
重庆出版集团图书发行有限公司发行
E-MAIL:fxchu@cqph.com 邮购电话:023-61520646
全国新华书店经销

开本:880mm×1240mm 1/32 印张:7.75 字数:180千
2022年8月第1版 2022年8月第1次印刷
ISBN 978-7-229-16559-8
定价:45.00元

如有印装质量问题,请向本集团图书发行有限公司调换:023-61520678

版权所有　侵权必究

目　录

嗨皮人　　　　　　　001

白　熊　　　　　　　017

寻找艾薇儿　　　　　058

设计师彼得　　　　　094

苹　果　　　　　　　135

百　合　　　　　　　160

诗　经　　　　　　　190

嗨皮人

这种手术现在像隆胸术一样平常,技术上也像乳腺肿瘤切除术一样成熟。自从它被广泛应用于大众,有一部分心理医生失业了,无论催眠疗法还是认知疗法,都周期长而且价格昂贵。而这种手术从术前检查到出院,只用一个星期就够了。费用嘛,有越来越便宜的趋势。这么说吧,一个中产阶级白领一个月的收入支付它,绰绰有余。

艾米小雪已经做了三次术前检查。其实,确定摘除的内容有一次检查就够了,那种仪器非常精密,是最新一代产品,后面两次检查与其说是为了让手术更加保险,不如说是在手术意愿上的反复确认。类似于当你在删除邮件时跳出来的那个方框,里面有一行字提示你:确定要删除吗?如果你在这两次检查中表现出了犹豫,医生肯定不敢给你做这个手术。虽然手术摘除的内容可以在医院里免费保存一年,一旦你想把它重新植回大脑,也可以再做一次手术,就像删除的邮件会先待在垃圾箱里。但是,植回手术现在可不像摘除那么在技术上过关,记忆一旦被取出来就变成一堆碎片,这些碎片在人脑子里时是有着时间顺序的，取出来再重新植回，就有可能把顺序弄乱，人会出现记忆颠三倒四的情况，而且再也没办法复原了。所以，很少有人选择植回手术。现在你明白了吧，反复确认是否要摘除记忆，有多么重要。

艾米小雪做的这种记忆摘除术是人物摘除，是所有记忆摘除术里效果最好的。仪器会把搜索到的和指定人物有关的记忆汇总在一起，经过数据对比分析，确定与其他记忆的边界，然后实施剥离、摘除。被剥离掉的部分出现记忆空白，一般需要三到四个月的时间，空白两边的记忆会重新融合好，这时候才算真正痊愈。但这段康复期对人的正常生活基本没什么影响。

那么，她想从记忆中摘除谁呢？就是韦冬。为了清除得彻底一些，她还要把老韦、韦老师、韦大宝、大猫这些记忆信息也搜索到，一并删除。令检查的医生震惊的是，如果把这一切都删掉，那么艾米小雪女士面前的近七年来的记忆几乎所剩无几，这是她被要求反复确认的主要原因。术前检查并不是一份简单的工作，操作仪器的培训一个星期就结束了，心理判断和建议才是关键。

舒医生今年47岁了，此前是一位还算成功的认知治疗师，在市中心的写字楼里有一家自己的心理诊所，一度还聘任过两个助理。但是记忆摘除手术夺走了她大部分患者。她辞掉一个助理，后来又把诊所迁到城北的千云山脚下，都没能阻止收入的持续下滑。最后，在心理学院同学老萧的劝说下，关了诊所，到这家医院当了一名术前检查医生。老萧正是心理科的主任，记忆摘除手术现在是他们科主要的收入来源。两年干下来，舒医生和老萧之间已经有了点矛盾，因为她做心理治疗师多年，对这种手术并不认可。事实证明，摘除记忆的后遗症有很多，主要的问题在于，无论检查得多么精细，也总有一些记忆被遗漏。譬如这种人物摘除术，只能摘除人物名字存在的那部分记忆，而很多时候，人物名字并不在场，越是亲密的关系，名字不在场而人在场的记忆越多。这就导致手术之后，患者总会有些模糊的没有准确人物的记忆，不知来自哪里，所以会很苦恼，从而导致新的情绪问题。人们选择做这个手术，本来是为了忘掉痛苦，就像社会上对这种人的称谓一样——Happy People，嗨皮人，但开心常常是短暂的，困惑与失落接踵而至。对这种手术的分歧在社会上也广泛存在着，就像对整容手术的分歧一样，无论有多少失败者，想通过手术变得美丽的人还是前赴后继，人们对开心的追求也是如此。舒医生总是试图劝说想做手术的人，试着接受人生中遇到的苦难，结果常常是，她劝走的人后来都到别的医院做了手术。为此，老萧没少跟她表达不满。舒医生很清楚，如果上学的时候老萧没有暗恋过她，也许早就把她辞退了。

但她还是忍不住要说出自己的想法。这位叫艾米小雪的女人，看样子也就30多岁，前面的路还很长，完全可以用更多新的美好的记忆覆盖掉这一部分，如果把这七年的记忆都删掉，那不是等于这些年造就的性格成长也都消失了吗？而且那些记忆里肯定会有美好的部分，否则这个叫韦冬的男人怎么会和她纠缠七年多呢？

艾米小雪的态度很坚决，她的眼神像一块硬铁。舒医生最终签字同意了她的手术请求，实在没有理由再阻拦她。

手术这天却出了意外。这家医院的记忆摘除手术以前从未出过意外。可是这一天，三位主刀医生有两位请了假，剩下的那位忙得不可开交。艾米小雪这例手术是老萧亲自做的。在读心理学之前，老萧是一位优秀的脑神经外科医生，虽说当了主任后不常上手术台，也不至于在这么简单的手术上出问题。可不知为什么，这一天,在摘除过程中,他漏掉了"大猫"这部分记忆。从手术室出来后,他本能地觉得有点不对劲,但是因为10分钟后接着做了下一个更为复杂的手术,所以很快就忘了这事。等他重新想起来的时候,已经是三天之后了。病人出院前,主刀医生要在出院报告单上签字,他浏览了一下报告综述,看到了"大猫"这个词,当时就惊出了一身冷汗。幸好他是主任,出院报告单最终都会汇总到他这里,所以除了他,没人知道这事。他犹豫了片刻,对护士说,没什么问题,病人交完剩下的费用就可以出院了。护士点点头,走了。这种事故非同小可,他小心地把报告单收起来。

艾米小雪出院了,和别的嗨皮人一样,他们知道自己摘除了一部分记忆,但是已经忘记了摘除掉的是什么。也和别的嗨皮人一样,手术本身有一种暗示作用,她感到很高兴。很久没这么高兴了。

一周之后,艾米小雪休假结束,回到公司上班。她当然不会告诉同事们做手术的事,她说,自己回了老家,参加了表妹的婚礼。

日子在忙忙碌碌的工作中流逝着,艾米小雪觉得自己恢复得很好。第二编辑室的妮妮有一天在午餐的时候突然问她,小雪,是不是交了新男朋友?同时伴着暧昧的笑容。她抚弄了一下刚刚烫过的长发,还以更加暧昧的笑容,什么也没说。妮妮不再追问,垂下刷着厚厚棕色睫毛膏的眼睛,叹了口气。她和艾米小雪同一年进入这家电影杂志社工作,也同样至今未婚。艾米小雪也没有追问。两人聊起了别的话题,策划部新来的女孩端着盘子从她们身边经过,留下一股悠长的浓香,她们分析这是什么牌子,进而分析她的性格,有明显的分歧。这是她们可以深入探讨的话题,于是一直聊到妮妮起身去倒咖啡。艾米小雪感到心里打开了很多扇门，阳光暖暖地照进去，让她忍不住微笑。

是该谈场恋爱了。

回到办公室，插上耳机在网上听了会儿音乐，她开始翻看手机通讯录。手指从一个个半生不熟的名字上拂过，在翻到纪宇的时候，慢了下来。纪宇在两个月前联系过她，当时她还未出院，可能在做术后的某项检查，所以没接到电话。他是艾米小雪在一次旅行中认识的，邮轮之旅，七天，就在今年的春节。第六天，他们在酒吧里喝了几乎通宵，险些就上了床。纪宇告诉她，他是个作家。旅行结束后，他们不咸不淡地在手机上联系了一段时间，后来就无声无息了。她犹豫着要不要回复一下，兴许有什么事情。可是，孤男对寡女，能有什么事情呢？如果喜欢的话，第六天就上床了。可如果不喜欢，又为什么会喝通宵呢？她回忆着，那天晚上，自己和他说了很多话，特别是知道他是个作家之后，诉说的欲望更强了，好像还哭了？至于都说了些什么，却一点都不记得了。回忆走到这里就像掉进了一团雾中，进行不下去了。她竭力思索着，有一种大脑缺氧般的力不从心之感。再往后，她隐约记起纪宇把她扶回了房间，在她的床边站了一会儿，就回去了。她困惑地坐在格子间里，感到头有些疼。

又过了一周，艾米小雪决定给纪宇回复一个电话。这么脆弱的关系，如果不回应一下，很可能就断了。如果现在有男朋友，断了也就断了。问题是她现在还单着，而纪宇这个长得文文静静的男人很显然不讨人厌。他的性格不具有攻击性和强迫性，让她感到自由和舒适。以前，她可不是这么看的。她那时候，就喜欢被轰轰烈烈追求的感觉。是因为这个，她和纪宇之间才毫无进展的吗？

兴许吧，也找不到更合理的解释了。

他的声音有种磁性，还有一点与外表不相称的充满戏剧色彩的北京腔。事实上他和她一样，是个地道的东北人，住在与她相邻的城市。

他说，我以为你把我忘了。说完自嘲地笑了两声。

我当时正忙着。

你……还好吧？他的语气充满了关切的意味。

艾米小雪愣了一下，我……挺好的呀。

那就好。我到你们那儿的一个大学搞了个讲座，想顺便看看你，就打了个电话。你没接，我就灰溜溜地回来了。

她忍不住笑了。

那么，你们……又和好了？

谁？我和谁？

电话那边一下子没了动静。

艾米小雪呆在那里，似乎明白了那团雾里包裹着什么。她的心中陡然升起一丝恐惧，慌乱地按断了电话。

过了一会儿，纪宇的电话又打过来。他还没来得及说话，艾米小雪就抢着说，我现在单身。然后，她听到他释然的笑声。

他们的联系自此多了起来。准确地说，是纪宇联系她的频率比从前多了起来。他也不经常打电话，有时候，仅仅发来一张照片。比如，阳光下他瘦长的影子，铺在围着青草的红砖路上，下方露出他穿着浅灰白底休闲鞋的一双脚，上面有短短一截牛仔裤。她若回复，他们就简单聊两句。不回复，他也不在意。

艾米小雪心里的紧张感渐渐松弛下来，但仍然有些犹豫要不要继续往前走。某个百无聊赖的周末，一整天没说话的她忍不住给纪宇打了个电话，他恰巧也一个人待在家里无事可做，两个人就聊了起来。从正在热映的电影聊到美剧、英剧，又聊到韩剧、日剧、国产剧，直至从一个抗日剧聊到满洲映画协会和李香兰，接下来又说到民国时期上海影坛的逸闻趣事。她聊得酣畅淋漓，相当尽兴，他也有一点兴奋，说没想到你这方面知识这么丰富，以后小说里需要这些背景资料，一定请教你。按常规套路，纪宇接下来应该试着邀请她一起看电影，但是他并没有这么做。放下电话，艾米小雪有点怅然若失。

这之后，她主动联系纪宇的频率也高了起来。他是个特别好的聊天对象，很善于倾听，从不抢话，回应也恰到好处，不夸张也不淡漠。渐渐地，与纪宇聊天成了令她依赖和期盼的事情。有一天，放下电话，她忽然想，难道这是命定的缘分吗？那团迷雾中的真相，恰巧保存在他的脑子里。这一定是神刻意安排的相遇吧？

于是接下来的周末，她决定去他的城市见见他。进了高铁车厢之后，她却感到内心有一种莫名的不安，一路都在纠缠着她。她判断不了自己做得对不对。出了高铁站，坐上出租车，一直到他公寓的楼下，她还在纠结。

他们就这样开始了。第一次上床的效果并不理想。她之所以感觉还可以，是因为他为这次约会买了花，一小束雏菊，摆在写字台上，一个不太显眼的位置。

之后，这段恋情进展得安安静静，平平淡淡。每个周末，艾米小雪会坐高铁来到他的家，为他做一顿饭，洗一次衣服，做两次爱，再出去吃两次饭，有心情了就逛一次街，很少买东西，类似于散步，有时也看场电影。其他时间，他看书写作，她插上耳机，舒服地陷在床里，看下载的电影和剧集。她能感觉到，他偶尔会停下正在做的事情，观察她一会儿。他们很少说话。周日的下午，她再坐上30分钟高铁回到自己的城市。纪宇是那种没什么激情的男人，连做爱都是温柔派，每次见面只做两次，从不要求更多。艾米小雪觉得，也没什么不妥。

和她曾预料的一样，他再没有在她面前提起过那个人。在他试探着问出"你们……又和好了？"那一刻，她就猜到了，那个人就是她去医院做手术摘除掉的那个人，一个男人。这个男人叫什么，与她之间都发生了什么，已经彻底从她脑子里清除了。但纪宇还记得。手术之前，她鬼使神差地把这部分记忆交给了他，在邮轮的酒吧里，如同在电脑上做了个备份。即便他们一辈子都不谈论此事，记忆也完好地在他脑子里保留着。这让她从心底对纪宇生出了亲近感，感觉就像他们拥有了一个共同的孩子。不同的是这个孩子不在她的身体里，而在纪宇的身体里，并且可能永远只作为一个胎儿存在，不会出生。她依然是完整的。纪宇的存在，让她有一种淡淡的心安。

同时也有一种诱惑。守着纪宇的时候，就像猫守着一个封闭的玻璃鱼缸。她常常产生让纪宇讲讲那段经历的冲动，但又一次次地遏制住了。这是她自己的选择。而且，如果她还愿意继续和纪宇相处，就不能告诉他自己做过手术。让恋人过去的爱情经历成为空白，对普通的男人来说，可能是一件好事，对一个作家来说，却未必。那会让纪宇对自己的魅力失去一部分信心，从而导致他情绪的变幻莫测。他本来就信心不足，还很敏感。这是两个人恋爱后，艾米小雪渐渐明白的。但是她并不甘心。或者说，她不能每时每刻都战胜自己的好奇心。比如，她会忽然问，你会把我的故事写成小说吗？他从书页里抬起头，目光在镜片后思索了一下，缓缓地说道，也许我已经写了，只是你并不认为那是你的故事。每个故事的原型都如此。他又补充了一句。

艾米小雪的心一动。此前她从不读纪宇的小说。当然，她也不读别人的小说。她只喜欢看电影和电视剧。她偷偷下载了纪宇的几部小说。看了几天，很失望。她不得不承认，自己有阅读障碍。就在她打算从手机里删除这些小说时，一个词像电源插头一样，插进了她的心脏。电流像血液涌遍她的全身，一个面目模糊却温暖幽默的形象睁开眼睛，站了起来。她下意识地用手捂住嘴巴，仿佛怕他跑掉。她的心怦怦地跳了起来。这个词是"大猫"。

小说里写道：他的身体如此柔软，像一只大猫，把我包裹进去，让我无力挣扎。我感到窒息，却并不想解脱。艾米小雪感到身体痉挛了一下，生出一种强烈的渴望来。她忽地从自己的床上坐起来，手指快速翻动着手机上的页面，可是后面的文字，又重新变得陌生。

她扔掉手机，陷入沉思。身体里的那个大猫一个接一个地复活了。每个片段和瞬间都令她心旌摇曳，无法自持，与纪宇带给她的感受截然不同……屋里一点一点亮起来，她走到窗前，将窗帘拉开一条缝隙，一轮满月的光辉射进来，她感到一种似曾相识的强烈欲望正慢慢地苏醒过来……

大猫向她袭来，还没进入，她已经全身战栗。他将她包裹起来，柔软并释放着绵绵不绝的力量，她感到自己像一只被冲到山巅的小虫，快乐得想死去。

大猫坐在阳光里吸烟，满含欣赏地望着她，像看一件精美的瓷器。他的背后，挂着一幅颜色炽烈的油画。

大猫说，我一刻都离不开你了，我一定会娶你的。声音微微颤抖着。

大猫像一场突然降临的大雨，将她整个人从里到外淋了个透。这显然是她记忆中独一无二的大雨。她睁着眼睛，感受着这一切，直到天亮。

然而大猫没有具体的形象，没有来处，也没有归处，有的只是这些碎片。美好得令人绝望的碎片。

当阳光照进房间的时候，她像从梦中醒来，疲惫地睡着了。

这个周末，艾米小雪没有去纪宇的城市，她告诉他，公司派她去首都出差了。

记忆指引着她，来到一家很久没去的咖啡馆。大猫就是在这里消失的。她找到壁炉旁的那张桌子。没错，她等他的时候，就是坐在这里，用手指蘸着咖啡，在布满粗大纹路的木桌上写下了"大猫"两个字。

她坐下来，用手抚摸着桌面，问自己，一个如此深爱的人，为什么要让他从记忆中消失呢？她耳边响起了那个姓舒的医生的话语，你最好再考虑一下，我不建议你做这个手术。他们是故意把大猫留下来让我后悔吗？在大猫这个昵称之外，究竟都发生了什么？

下一个周末，她仍然没有说服自己去纪宇那儿。她和大猫重温了千云山之旅，踩着咯吱咯吱响的积雪，走了一天，脸都冻僵了。她身心俱疲。

接下来是春节，她逃跑一般，回了老家，与父亲安静地度过了一周。山里面没有手机信号，谁的消息都不必回复。再好不过了。

然后就到了情人节，她再无处可逃了。

艾米小雪硬着头皮去看纪宇。像第一次去看他一样，克服着心中动荡的纠结和不安。两种力量夹击着她，一种让她想逃离，一种又把她向纪宇推去。列车抵达到中停站的时候,她矛盾到了极点,如果停留的时间再长些,她可能选择下车以求解脱。

出乎她的意料,纪宇竟然到车站来接她,这是从未有过的事。她觉得自己应该感动,内心涌起的却是一股歉疚,像个偷情的妻子。

进了门,她脱下外套,马上开始打扫房间。她把厨房从墙壁到地面都擦洗了一遍,又把白钢的垃圾桶擦得闪闪发亮。当她又试图擦浴房的玻璃时,纪宇走了进来,一把扯过她手里的抹布,扔到洗衣机上,然后紧紧搂住她,一边吻着她的嘴唇,一边把她拖到床上,他的身体从未这么充满强硬的力量,仿佛换了一个人。而艾米小雪的身体却不再听使唤,她绝望地发现,变化已经无可挽回地发生了。敏感的纪宇早在她踏出高铁车厢之前,就感觉到了这一切。

夜色弥漫在死一般寂静的房间,谁也没去开灯。

他背对着她躺着,身体蜷曲着,像一只失去海水的白虾。

你们又见面了?

是。

他再没有转过身来。

第二天早晨,当她踏出这扇熟悉的门时,内心充满了伤感。一个称呼就这么轻而易举地击败了纪宇给予她的半年多时光。现在她明白了,为什么邮轮上的那个晚上,什么都没有发生。尽管他小心翼翼有所保留地与她相处,无疑还是被伤害了。她无论如何没有想到,一段被自己摘除的记忆,竟然还能伤害到别人。

艾米小雪重新审视这段死里逃生的记忆。无疑它是她打算摘除的记忆中最美好的部分，从大猫这个亲密的称呼中就能判断出来。这个遗漏是一种幸运吗？似乎是，总比留下痛苦的部分更令人Happy吧？可是与纪宇的交往经验却让她看到了它造就的不幸。它鲜明突兀地站在自己的命运里，阻挡着有可能到来的每一段恋情，也让自己陷入深深的困惑——摘除掉的那部分，究竟有多大力量可以将这么美好的爱毁灭？如此甜蜜的初遇也不能令自己原谅后面的不幸吗？后面都发生了什么？！

她开始失眠，经常连续三四天睡不满两小时。一个月后，她发现枕头上的落发越来越多，地板上也随处可见，她甚至不敢梳头了。与此同时，工作也出了状况。主编交代的工作一转身就想不起来是什么内容了，有一次竟然将整期杂志的最终样稿扔进了碎纸机。主编终于忍无可忍，请求她辞职。他尽量心平气和地告诉她，她的记忆力出了严重问题，最好到精神医院去检查一下，治疗好了再出来工作。

艾米小雪失业了，形容憔悴，仿佛得了很重的病。

她知道，这一切都源于本应清除却依然保留着的那部分记忆。它像毒品一样腐蚀着她的身体。她的症状也正像一个瘾君子，反复沉浸在对那些碎片的回忆中，甚至每个晚上靠着它自慰，然后就是无穷无尽地对手术拿掉的部分的想象、猜测和自我追问，虚构了很多情节和版本，可以写好几本小说了。最后在困惑与不解中沉沉睡去，没一会儿就醒来，周而复始。渐渐地，她开始怀疑自己，做摘除手术的决定是不是个错误？她把家里翻了个底朝天，也没有找到和大猫相关的任何信息。原来自己的准备工作做得这么细致。这说明，对清除这个人，她是抱着决绝的心的。她实在无法理解自己。

有那么几次，她拿起电话想打给纪宇，请求他把那部分记忆还给她，最后都克制住了。对纪宇来说，这未免太残忍。

这样又支撑了一段日子，她到底扛不住了。某一个被失眠和思虑折磨得生不如死的凌晨，拨打了纪宇的电话。

接通的铃音响了很久，一个困倦的声音终于出现了，谁呀，这时候打电话？艾米小雪吓了一跳，你是谁？这不是纪宇的电话吗？谁是纪宇？你打错了。电话被挂断了。她从通讯录里重新调出电话号码，再拨。那个声音恼怒地传来，不是告诉你了吗？打错了！艾米小雪惶恐地从床上坐直身体，他换了电话？这么说……那段记忆再也要不回来了？这个判断惊吓到了她，她迅速起身下床，去翻看墙上的电子日历。往前，再往前，到了。去年的4月27日，她在记事栏里标注了两个字：新生。没错，这是她做手术的日子。这么算起来，还有两天，保留在医院的那部分记忆，就将永远消失了！她像一条被扔进速冻冷库的鱼，瞬间僵在那里。

艾米小雪睁着眼睛熬到天亮，饭也没吃，就打车奔到医院。在舒医生的办公室外，她焦急地等待着。夜班护士们打着哈欠从她身边经过，穿着病号服的人也陆陆续续到这一层来打早餐。她分辨着他们，哪些是做完手术的，哪些又是准备做手术的。结果，她根本分不清，他们看起来没什么两样。

舒医生在走廊的尽头出现了，她跑了过去。

看到她的瞬间，舒医生愣了片刻，接着长长地舒了口气，对她摆摆手，到我办公室说。

待她们坐下后，舒医生说了句，你终于来了。

艾米小雪奇怪地望着她，语气里忽然充满了警觉，你……故意遗漏的？

不是的。是个意外。舒医生一脸的歉意，语调也饱含着内疚。仿佛做手术的那个人不是老萧，而是她。你说吧，只要你……不把这事说出去，你的要求我们都尽量满足。她恳求地望着艾米小雪。她对这个名字记忆深刻。当老萧懊悔地把手术事故告诉她之后，她就一直在等着她来。

你们早就知道了？为什么不主动找我？！

为了让接受手术的人放心，我们不保留患者的联系方式。所以……

艾米小雪记起来，手术协议上是有这一条。她的心情稍稍好了些。想起舒医生几次三番劝她放弃手术，结果手术果然就出了问题。她忍不住说道，这下你高兴了？

怎么会呢？我感到非常非常遗憾。一头干涩的乱发包裹着艾米小雪晦暗瘦削的脸。舒医生的目光里浸满了同情。看来，遗漏的这部分，给你带来了新的痛苦。我能想象得到。

艾米小雪的眼泪刷地流了下来。舒医生忙从身边抽出纸巾递给她。我现在该怎么办呢？艾米小雪用布满血丝和泪水的双眼望着她。

你不要难过。我们……可以免费再为你做一次手术，把遗漏的部分摘除干净。然后，我们会给予你经济上的赔偿，数额嘛，可以商量。舒医生安抚着她。这是最好的解决办法。

艾米小雪听着，低下头把眼泪擦干净。舒医生，她重新抬起头，我想问问你，我当初做这个手术的决定是不是个错误？

舒医生吃了一惊。她斟酌了一会儿，说，这个问题毫无意义。只要你把漏掉的这部分摘除，一定会康复得很好。

最近，我总是想起你当初劝我的那些话。你的担心都应验了。

舒医生叹了口气，唉！如果没有意外，也许没这么糟。

艾米小雪摇了摇头，我很后悔。所以……我想请求做植回手术。

你说什么？艾米小雪的话大大出乎舒医生的意料，植回？你疯了吗？我无论如何都不能同意，太不明智了！

明智？让这种手术如此普及，本就是疯狂之举。这话不是你说的吗？

舒医生被问得哑口无言。她的内心忽然涌起一阵悲哀。从接受这份工作起，这感觉就总是伴随着她。她打起精神，重新劝说艾米小雪，你最好再考虑一下，植回手术的风险更大，我从不建议摘除记忆的人选择植回。你要明白，一旦做了摘除手术，就永远不能再回到原来的状态了。

不用再考虑了，无论好与坏，我要拿回属于我的记忆。一切后果我都承担。

舒医生又看到了那熟悉的眼神。她沉默了很久，再一次无奈地妥协了。她同时还在心里做了个决定，等帮老萧把艾米小雪的医疗事故妥善处理完，就辞职。最近她总在思考一个问题，也许在这样一个时代选择做一名心理治疗师本就是个错误。她费尽时间和心血治好一个病人，社会又为她制造了十个新的病人。这份工作，真令人沮丧。科技的发展使手术介入了心理治疗，很多人都觉得这是巨大的进步，期待着手术可以在未来解决所有的心理问题。但她却认为，手术制造的麻烦比解决的问题多得多。她实在不想再待在这个令人心烦的地方了。

两天以后，艾米小雪重新躺上了手术台。望着无影灯，她安详地闭上了眼睛。她已经做好了准备，迎接完整的自己，无论回来的那部分有多么痛苦。

手术的前一天，舒医生向老萧递交了辞职报告，理由是年纪大了，无法胜任这份工作。和辞职报告一起交给老萧的，还有一份她熬了整个通宵整理出的艾米小雪的记忆数据分析，作为手术的指导参考文件，以确保记忆植回后最大限度保持原来的顺序。老萧对舒医生几年来的工作表达了真诚的感谢，对她的辞职又表示了遗憾和不舍，两人相约在明年的同学会上见。

他目送着她上了电梯，转回身锁上了门，用钥匙打开锁着的抽屉，取出了艾米小雪去年的出院报告，连同舒医生留下的数据分析文件，一起放进了碎纸机。听着纸被切碎的声音，他的心情无比畅快。

终于结束了。这一年来，他寝食难安。"大猫"这颗定时炸弹，两个小时之后就将被完美拆除。不只如此，这一年来的记忆也将从那个女人的脑子里彻底消失，她和那些排着队等待做手术的男男女女一样，根本就不配拥有记忆。作为一个心理治疗专业毕业的高才生，他太懂得记忆对于生命的重要性了。

再没什么会困扰她了，从医院的大门走出去，她将成为一个真正的嗨皮人，就像我们在广告中承诺的那样。老萧的脸上浮现出他惯有的自信笑容。护士来敲门，他就带着这副令人心安的表情，和护士一起，向手术室走去。

白　熊

一

　　陈木一直觉得，自己的抑郁和这个名字有关。父亲说，名字是祖上在几百年前就取好的，刻在一块长方形木板上。木板不知在哪一代被涂了漆，现陈列在博物馆里。小时候，他曾随父亲去看过一次。它肃穆地立在一个玻璃柜里，上面射下微弱的灯光。父亲隔着玻璃，指着木板的左下角，看吧，那就是你。他什么也没看清。他对此没有丝毫兴趣。但是，他觉得，木板上陈木两个字像幽灵一样，从玻璃里渗出来，附在他身上，跟着他回了家。从此以后，他常常感觉，他的记忆不是从有了记忆才开始的，而是开始在记忆之前。木板上那束幽暗的灯光，仿佛一个无尽的隧道，伸向记忆的源头。而他却什么也想不起来。他感到痛苦。他跟医生描绘这种痛苦，说就好像把心划开了一个小口子，然后浸泡在水里。虽不是剧痛难当，却总是不舒服。他每天都生活在这种感觉当中，这就是他心情的常态。他还觉得当下的一切都很无聊。医生没有表现出任何惊奇，只淡淡地说了一句，这不过是一种轻度抑郁的症状，常见病。他问，可以开点药给我吗？医生在屏幕里扶了一下眼镜，有点疲倦地说，治疗的意义不大，事实上，我的症状比你还要重一些。你可以试试让自己忙起来，或者多去玩玩角色扮演的游戏，暂时忘掉你自己。

父亲去世以后，他一度想改掉名字。他觉得这可能是忘掉陈木最好的方式，但可能也会因此忘掉父亲，那同样令他痛苦。

直到遇见凯伦，他才感觉到些许快乐的时光。凯伦曾经问他，你见过原木吗？他说，就算见过吧，在博物馆里。凯伦叹了口气，难以想象，它们是怎么一点点长大的。他说，大概就像人一样吧。凯伦的眼中闪过一丝迷茫，不再说话了。他的心微微有点难过，他很想知道，凯伦是不是机器人。不过就算知道了又怎么样呢？即便凯伦陪伴他的时间最长，也终将消失得无影无踪。凯伦似乎不这么看，在她的坚持下，上个月他们刚刚订了婚。这更让陈木对凯伦的出身产生怀疑，因为只有复制品才这么热衷探究和拥有原件的一切。

他决定买一台新的做爱机。他比较了一下午，详细研究了看中的几款的功能，最后在一款刚刚上市几个月的新产品后面点了确定，下了单。因为是新款，又有一对当红明星代言，所以价格贵得有点离谱。不过，他有一部游戏小说刚刚上市，在几个阅读网站卖得不错，支付它还不算困难。

二

陈木看着屏幕中那张脸,因兴奋而变得扭曲。机器发出摇晃的声响,这台机器真棒,越来越令他着迷。凯伦发出最后的呻吟,然后挺直了背,这是个信号,陈木加快了速度,终于冲到了顶峰。

太完美了!他侧身看了看仪表盘,这一次,两人的同步率达到了97%,是最和谐的一次。凯伦也发出了满足的叹息,接着,屏幕上就出现了她桃花一般的面孔。这面孔又让他感到凯伦也许并不是机器人,因为每次她的表现都有轻微的不同。他们的目标是100%。广告里,那对著名的明星曾甜蜜地表示,自从有了这款机器,两人无论各自到哪个国家拍戏,都能夜夜百分百。那时候,他们还是情侣。

短暂的缠绵之后,陈木关了机器,凯伦瞬间从这个世界消失了,仿佛从未存在过。这感觉真好。陈木走进卫生间,将身体做了无水消毒处理,并且享受了一个简短的按摩,然后回到书房,继续他的小说写作,他正写到一个女人。

中午时分,小睡了一会。他梦到了一副身体,充满肉感和弹性,皮肤滑腻微凉,像小时候吃过一次的奶酪。醒来之后,他对着那台新机器,发了一会呆。

这个周末,他要和凯伦去度假,选定的程序是海边。

他们各自坐地铁穿越迷宫一样的F市,在一个度假会所碰面。他看到她走来,棕色皮肤黑头发的凯伦穿着一件红色吊带衫,像一朵仿真玫瑰花,连身上的香气也像。这种花可以保存三个月不凋谢，网上说，即将推出的新产品可以保持半年，明年情人节就会上市。他们先到狭小的前台挑选气味，鱼虾的腥气、甜橙、雨水、刚割过的青草。服务生从键盘上方抬起头，还需要别的吗？凯伦问，最近有什么新产品？服务生看看她，又看看陈木，眼神暧昧地回答，有一个新的，是身体的味道。要这个。陈木不假思索地说。凯伦又问，消费这个的人多吗？服务生点头，很不错。她冲陈木得意地一笑。这个软件是她设计的。

他们来到自己的房间，戴上耳机、视频眼镜，然后互相为对方插好各种感觉传感线。做完这些，凯伦负责调好气味的顺序，并设定了时间。然后她问，可以开始了吗？亲爱的。当然，像每次一样，他接着说了一句，走吧。

这一次，他的心情不如以往。也许与雨水有关，也许是因为那款新的气味。当这两种气味接踵着袭来时，他感到了一种前所未有的忧伤，像一颗图钉，牢牢按在柔软的心的伤口上。他想起了午睡时的梦，不禁松开了牵着凯伦的手。一个浪打来，海水凉凉地冲到腿上。他抚摸了一下，手是干的。凯伦注意到了这个细节，说，也许传感线没插好，你等一下，我退出去看看。他很烦躁。我想下去。他试着向前走了几步。到深处去。海水没过了他的腰。凯伦在后面喊，你疯了吗？我们选的不是游泳，程序不允许这样……

三

海水将他冲到了一张渔网中，在一个阴云密布的清晨。

醒来后，他叫了几声凯伦，出现在身边的却是一位头发花白的老妇人。她把手搭在他的额头上试了试，笑了，我以为你醒不过来了，这么瘦弱的身板。她的声音像一款音乐游戏中的鼓音，饱满有力。她说，岛上的人都叫我松婆婆，你也可以这么叫我。接着给他喝了几口水，就出去喊"劲松"。劲松是她的丈夫。

两位老人来到床前，和蔼地询问他从哪里来，为什么会掉到海里。他瞪着他们，突然喊了句，凯伦，让程序结束，我要出来！松婆婆惊骇地望着他，旋即把头转向劲松老人。劲松老人叹了口气，认定他是个可怜的人，精神出了毛病，来自海水尽头的城市。

接下来的一切证明了劲松老人的判断。这个自称杰克的年轻人起先是拒绝吃饭。他认为每天喝一杯水就可以解决所有的营养供给。两天以后，他发现这里的水与他冰箱里贮存的营养水不是一回事，才试着吃了一点东西。他有点惧怕盘子里的鱼，用筷子肢解了它的尸体，发现里面并没有金属，也没有电池，放进嘴里，软软的，有点腥。他盯着那根长长的刺，似乎想起了什么，但是什么也没想起来。

鱼使他恢复了体力，他走出了房间。

他看到了月亮。月光下的海岛静谧幽暗，有海浪的声音隐隐传来。这一切，他并不陌生。令他陌生的是风，时有时无，风向也不固定，毫无规则，而且，这里的风是冷的，与程序里完全不同。他问松婆婆，这款软件是谁设计的？松婆婆一愣，随即苦笑着摇了摇头。劲松老人在月光下吸烟，烟斗里一闪一闪亮着火花。他看得出了神。待火花熄灭，老人将灰烬敲出来，重新装满烟丝，点燃，递给他。想抽吗孩子？他疑惑地接过来，却被烟斗握在手里的感觉迷住了。他摩挲着它，感觉着上面粗糙的纹路，心竟莫名地愉悦起来。是木头？他惊喜地叫道。老人在黑暗中眨了一下眼睛，是啊，我自己做的。他欣喜地把烟斗放进嘴里，用牙齿咬了一下木头，很温润，与硬塑的感觉不同。他孩子般地笑起来，忍不住深吸了一口。辣辣的一股气流直冲到嗓子，仿佛探进去一束激光。他慌忙丢掉烟斗。劲松老人爆发出一串海浪般的笑声。

第二天，当他站在阳光下的海边，感受着皮肤被炙烤的疼痛的时候，终于对程序产生了怀疑。他意识到，如果自己真的在一款软件里面，那么这里模拟的一定是一个记忆以前的世界，是他一直无法抵达的那个隧道的尽头。难道凯伦专门为他设计了一款软件？他随即摇了摇头，没人知道他灵魂深处的秘密。他更愿意相信这是个梦。什么东西晃了一下他的眼睛，他看到了左手无名指上的戒指。这是一对，另一只在凯伦的手上，他们在订婚仪式上共同戴上了它们，凯伦看起来非常幸福。他望着茫茫的大海，忽然感到一种孤独，心上的伤口撕撕扯扯地疼起来。这是真实的疼痛，从未在置身软件时出现过。他一时不知道应该高兴还是难过。他决定躺在这逼真的海边，先睡一会⋯⋯

一个孩子的叫声将他唤醒。顺着声音，他看到一双结实灵活的小腿儿在追着海浪奔跑，跑一会，猛然折回来，又被海浪追赶，男孩欢叫着，躲避着，跳起来，仿佛海浪是另一个孩子。后来，男孩累了，一下子扑到一个女人的怀里，女人就势把他抱起来，亲了亲他的脸颊，又放下。女人梳着一个松散的发辫，红裙像动画里的火焰一般随风舞动着，她背一只敞着口的背篓，赤着脚，双臂黝黑饱满。她看到了他。他们的目光对视了一会，女人便牵着男孩离开了海边，向着集市的方向去了。

他回味着这个女人。她和凯伦穿着同一条裙子，但她们不是同一个人。事实上，她们有着相似的肤色和相同的黑头发。但是她的身体里显然藏着一头豹子，就像生物课里描述的那样，而不是数不清的焊接点和电源线。是的，凯伦的身体里装着Wi-Fi，这是他长久以来的感受。他站起身，向着豹子的方向走去。哪怕还在凯伦辐射和控制的区域，他也无法阻止自己的脚步，这种吸引，来自记忆尽头。

集市在岛的另一端，沿着海滩走一个半圆，就会看到人群。松婆婆有时候会把吃不完的鱼晒成鱼干，用背篓背到那里去卖。她更像去参加一个聚会。回来时，面色红润。她给杰克带回来过一套无袖上衣和刚过膝盖的短裤，是一种粗糙的手织布面料，岛上的男人在夏天都穿这种布，非常凉爽。此刻，他就穿着这身衣服，还戴着劲松老人借给他的草帽。他光着脚，踩在粗粝的沙土上，心底升起一丝淡淡的愉悦，仿佛从未离开过这里。

四

后来，他常常回忆起那个集市。人群的喧闹和烤鱼的香味越来越近，他能清晰地感到身体里血液在苏醒，它们加快了脚步，欣喜地催促着他。他的胃发出咕咕的叫声，令他感到自己不再孤独。那是他人生中独一无二的场景。天空被太阳烤出一层温热的雾气，腥咸的海水在远处静静地浮动，他置身于散发着体味的人群中，擦身的瞬间，清楚地感受着肉体弹性的挤压。

他进入一条人群围绕起来的狭长的街道。贝壳、海螺、珍珠做成美丽的饰品，耳环、项链、手串、腰带……女人们聚集在它们周围，佩戴着、比较着、说笑着。紧挨着的是玩具摊，海螺被做成号角，被孩子们呜呜地吹奏着，小姑娘则摆弄着贝壳、树叶和野花粘成的仙女。渔具摊前围绕着男人，他们品评着摊主的制作手艺，认真交流着技法。也有人在展示自己捕到的大鱼，有一个成年男人展开双臂那么长，菱形，无鳞，银灰色细腻的肤质，在阳光下闪着绸缎般的光泽。一个赤裸着古铜色上身的卷发青年正兴致勃勃地讲述着捕鱼的过程。杰克发现了海滩上那个男孩，正站在大鱼前，仰望着青年，目光中满是崇拜。

他继续向前走着，寻找着。终于，她远远地出现在他的视野中。她将发辫从额头绕了一圈盘起来，一只手擦着额上的汗，另一只手里拿个夹子，在翻动着面前一个平底锅上的小圆饼。锅的旁边，席地坐着几个男人，他们吃着金黄的烤饼，手里握着酒壶。女人偶尔扭头答上他们一两句话，笑容里全是烤饼的浓香。

他看着她，汗水从额头流下，顺着脸颊，经过脖颈，渗到她饱满的胸脯里。她饱满的胸脯，像海浪冲刷过的沙滩，光滑、柔软、温润，让他有扑倒的冲动。她发现了他的目光，迎着他看了过来。她有着一双和男孩一样的大大的黑眼睛，浓密的睫毛和双眉。烤饼的香气蛊惑着他，他走了过去。

他看清那是一种鱼饼。雪白的肉糜混合着面粉，盛在木盆里，上面还覆盖着几片切成圆形的橙子。她用一个模子样的木勺将肉糜舀出来，扣在锅上。他的胃欢叫着。当他把手伸进衣兜里，突然意识到，他没带信用卡，也没带手机。女人将两个烤熟的鱼饼穿在细木签上，递给他。他踌躇着。她说，我知道你。你住在松婆婆家，叫杰克。黑眼睛里闪出灼灼的光芒。他接过鱼饼，身体里涌起一阵兴奋，那你……叫什么？她抿着嘴唇笑了一下，玫瑰。

雨就在此刻从天空洒下来，伴着弦乐般的音色。人们开始奔跑。玫瑰利落地熄了炭火，将肉糜倒进一个油布袋子，装进背篓。男孩已经回到她身边，她牵起男孩的手，加入奔跑的人群。

杰克跟在他们身后。男孩被什么绊了一下，杰克一步抢过去，将他抱起来。玫瑰的手在奔跑中握紧了他的胳膊。

五

她的身体散发着肉糜的芬芳，摊开在绣着青草的床单上。他的呼吸急促起来，血液在身体里奔突，仿佛要冲破皮肤。他感到一股从未有过的巨大洪流决堤而出，将他推向面前这沙滩般柔软的躯体。她皮肤滚烫，是一种他没有体验过的温度，他禁不住颤抖了一下。她的四肢已有力地缠绕上来，黑眼睛里跳动着灼人的火焰。他被这火焰吸引着，走了进去。他感觉到身体在一点一点燃烧，骨骼发出木材般毕毕剥剥的声响。他闭上双眼，感受着这一切。这燃烧令他沉醉，他感觉到了自己的存在和毁灭……直到一点一点变成灰烬。男孩就在他们旁边，睡得无比香甜。他一定化身成了卷发青年，将网中的大鱼拼命拉上船。船很小，正不停地摇晃。

在搬到玫瑰家之前，松婆婆告诉杰克，玫瑰的男人，也就是那个男孩的爸爸，有一天出海捕鱼，再也没回来。有人说他死了，也有人说他去了海尽头的城市。玫瑰是个勤快的女人，她做的鱼饼人人都喜欢吃。当然，她还是个美人，希望她可以治好你的病。说着，松婆婆拍了拍他的胳膊，你比来的时候，壮实多了！劲松老人赶制了一个烟斗送给他，想了想，又找出一张旧渔网。他说，好好过日子吧。

他穿着松婆婆给他买的衣服，戴着劲松老人的草帽，兜里揣着一只崭新的木烟斗和已从手上取下的戒指，捧着一张大渔网，向玫瑰的木屋走去。他的心就像傍晚的夕阳一样温暖，一样安宁。夕阳周围是紫色的晚霞，一片一片镶在深蓝的天幕上，夜晚即将来临，他将躺在绣着青草的床单上，和玫瑰在一起。

一个星期之后，玫瑰拿出所有卖鱼饼攒下的钱，牵着他的手，到造船匠那里定制了一条新渔船。男孩兴奋地在散发着木头香气的渔船间穿梭，反复跟他的母亲确认着他们家的新船是哪一种，有多大。回去的路上，他认真地问杰克，你会带我去捕大鱼吗？杰克说，当然！我们会捕到一条最大的鱼！嗯。他郑重地点了一下头，又继续问，你能答应只带我一个人去吗？好！别人谁都不带！男孩发出欢叫，没有什么比这更带劲的了！他将胸脯高昂地挺起，就像那些有爸爸的男孩一样。

杰克开始出海了。每天清晨，天还黑着，他就揣上鱼饼，恋恋不舍地离开玫瑰温热的身体，去劲松老人的渔船与他会合，一切都要重新学起。渔民们在黑暗中互相打过招呼，就向着自己的航向出发了。

傍晚，玫瑰总会早早收了鱼饼摊，站在海滩上等着杰克归来。在蓝色海水的尽头，她的红裙分外耀眼。她也曾经这样守望着另一个人吧？杰克无法想象，那些失望的黄昏她是如何度过的。他悄悄从兜里掏出戒指，把它藏在了烟斗里。

夜晚的时光是如此美妙。当星星挂满夜空，孩子香甜地睡去，玫瑰会拉着他来到院子里，海浪在远处奏着悠扬的乐曲，她靠在他身上，闭上眼睛，轻声哼唱他从未听过的小调。她的声音光滑、醇厚，充满了深情，像一支悠扬的大提琴曲。他能感到她内心有隐隐的忧伤，而这忧伤沐浴着月光，竟无比美好。他拥抱着她，拥抱着令他感到安宁的肉体，就像拥抱着一个遥远的梦境。他希望永远都不要醒来。

偶尔在海上，他也会想起凯伦。那个喜欢研读霍金和弗洛伊德，能根据书中的描绘设计出红酒54种味道软件的"机器人"。他把戒指从烟斗中取出来，迎着太阳，看着它闪闪发光。他曾经想把戒指丢进海里，但最后还是小心装进烟斗。他不确定那个叫陈木的人是否还需要它。遥望着大海，另一种孤独从心底升起。他确信自己心上的那道口子已经愈合，痛苦已不再折磨他，但，为什么还会感到孤独？岛在远处缩成一个黑点，像皮肤上一颗不起眼的痣。它的形状像一只熊吗？他从各个角度观察过，始终不懂它为什么叫白熊岛。劲松老人也说不清楚，反正祖祖辈辈就这么叫的。他看着自己的手掌，吓了一跳。这是一双渔民的手，粗糙有力，布满厚厚的硬茧。想着它们曾经娴熟地在键盘上飞舞，触开一个个神秘的按钮，忽然就涌上来一股莫名的焦虑与恐慌。

六

他确切地记得，与摄影师相遇的那个下午是在两年以后的夏季。那天，他回来得很早，因为捕到了一条红色的大鱼，想趁着集市还未散，让男孩抱着它给大家展示一下。鱼还活着，细细的鳞片闪着宝石一样的光芒，非常漂亮。他想，小家伙一定高兴死了！

把船抛了锚，固定好，一抬头就看到了那架飞机。是一架轻型直升机，此刻正像一只孤单的风筝栖息在海滩上。很多人围在那里。

他快步走过去。杰克！男孩在人群里叫他。这是怎么了？它从天上掉下来……有两个人，被送到松婆婆家……一个人昏过去了。旁边几个孩子和男孩一起，七嘴八舌地告诉他。

他站在直升机前看了一会，它看起来更像是降落在这里，而不是掉下来的。他把大鱼交给男孩，男孩惊呼着，立刻和孩子们一起，抬着鱼跑了。

在松婆婆家院子里，他见到了摄影师。之所以叫他摄影师，是因为第一眼看见他时，这个瘦小苍白的男人正坐在窗前的石板上，摆弄一架有长焦镜头的照相机。那是一双白净、灵巧的手，瞥见的瞬间，杰克竟有种亲切感。摄影师看到了他，友好地点了点头。事实上，摄影师很烦恼。本来三天的拍摄工作已经结束了，按计划，他们正在返航，如果一切顺利的话，今天晚上，飞机就会降落到世纪亿达大厦的楼顶。他准备先享受一个真人泰式按摩，然后回到顶层自己的寓所换身舒服的衣服，和应该已经等在那里的Coco一起欣赏、研究这几日的拍摄成果。但是一切都被驾驶员的一个喷嚏毁了。

摄影师想拍一些海面的景色，所以他们低空飞行。驾驶员设定了自动飞行模式，然后抱着双臂悠闲地看着摄影师工作。他刚刚辞去了驾驶员培训学校教官的工作，受聘于这架私人飞机。这份工作既轻松薪水又高，他的心情很好。摄影师拍了一会，有点兴奋，这片海域非常明净，像PS过一样不真实，他甚至怀疑自己在某一款游戏中。他将海景照片归置到一个新文件夹里，正在考虑要不要把这个文件夹和这三天拍摄的另一个文件夹合并。就在此刻，驾驶员打了一个惊天动地的喷嚏。喷嚏使他突然张开双臂，一只手狠狠地划过摄影师的左臂，另一只手砸向直升机的操作仪表盘。飞机于是像个无头苍蝇一般，在空中狂舞起来。两人惊恐万状。驾驶员迅速调整状态，显示出一个教官的良好素养来，沉着地采取应急措施。但飞机离海面越来越近。摄影师已经傻了，在驾驶员提醒下找到了救生衣和降落伞。就在两人准备好弃机跳伞的绝望当口，一座岛屿在前方出现了……

文件夹消失了。三天的工作像一场梦，没留下丝毫证据。摄影师安顿好驾驶员，就一直在摆弄相机，试图将梦找回来。

松婆婆坐在床前，驾驶员躺在杰克曾躺过的木床上，昏睡着。他的额头缠着一圈白色的粗布，松婆婆显然用盐水为他处理过了伤口。是撞昏了吧？杰克问。松婆婆回头看见他，脸上的皱纹像括号一样展开，露出慈祥的笑容。不要紧的，最迟明天早上就能醒来。她起身把窗帘拉过来一点，阳光刚刚移到驾驶员的脸上。倒是你那时候啊，才真是叫人担心。她拍了拍杰克的胳膊，谁能想到你其实是个这么健壮的小伙子啊！你躺在这儿的时候，比他还瘦弱，就和坐在外面的那个小个子差不多，哈哈。杰克也笑了，他现在也有了岛上男人特有的古铜色皮肤，并且声音洪亮。

他回到外面，站在摄影师的身后。长焦相机似乎有一种隐形的引力。他看着摄影师白净、纤细的手指在液晶屏幕上灵活地触碰着，蓝色的文件夹被一个个点开，像打开一个个魔盒——深灰色玻璃外墙的高楼、挂着金属标牌的地铁入口、电脑屏幕上的一个游戏界面、楼盘模型展示大厅、堆砌着仿真树木的小花园、无水消毒浴房、五颜六色的房间装修设计图……杰克的目光被这些画面牢牢牵动着，他想起了那个叫陈木的人。白净的手指忽然聚在一起，仿佛捏住了一个装满肉馅的包子皮,画面瞬间消失了。摄影师显得很沮丧。他回过头看了一眼杰克,露出无奈的笑容。你在找一个文件?杰克若有所思。摄影师愣了一下,他重新打量起这个与自己似乎同龄的渔民,疑惑地点了点头。你没有在卡里做个备份?还没来得及。摄影师的脸上现出不可思议的表情,他四下望了望,想重新确认一下自己待的地方。这个习惯不好,我写小说的时候,总是不停做备份。你,写小说?用电脑?摄影师试探地问,紧紧盯着杰克的眼睛。这双眼睛和岛上其他的眼睛似乎没什么不同。嗯。杰克肯定地点了点头,这是他生命中一件严肃的事情。在……这里?摄影师也严肃起来,追问道。不。在那里。杰克用手指了指摄影师手里的相机。

七

第二天,驾驶员在微白的天色中苏醒过来。他一眼就看到了站在门口向这边注视的劲松老人。逆光中,仿佛一尊青铜雕像。就在他惊惧的瞬间,老人已从门口消失,接着传来院门的吱呀声。他侧头打量这个房间,回忆着此前发生的事情,很快发现了睡在地上的摄影师,心稍稍放下了一些。

天亮以后,松婆婆用海带、各色蚬子、仔螃蟹和大小不一的海虾煮了一锅香气四溢的海鲜汤。杰克带来了玫瑰做的鱼饼,端到桌上的时候还热着。他今天不出海。因为有一份特殊的工作要做。

摄影师对小岛产生了兴趣。吃过早饭,驾驶员去查看飞机,摄影师在杰克的引领下,在岛上拍照。杰克今天的工作是向导,也许以后的几天也是。

摄影师的工作方式很特别。他对岛上的风光似乎兴趣不大,只用了半天的工夫就结束了拍摄。剩下的时间,都用来拍人。挨家挨户地拍。他会先把院子、房子以及房子里的每个房间拍一遍,然后拍家里的人。一边拍一边问多大了、靠什么为生之类的问题。如果有人不在家,他会问清楚去了哪里,什么时候回来。换个时间再来补拍。他还会在去往下一家的途中,向杰克打听刚拍完这一家的情况。岛上的人大多数从来没拍过照片,他们对照相机感到无比新奇,兴趣盎然地按照摄影师的要求摆着姿势和表情,然后围在摄影师的身边,看框子中的影像,像过节一样。也有人拒绝拍摄,比如劲松老人。他对这两个住到家里的年轻人似乎不大友好。每天早出晚归,并不主动和他们搭话。有一天晚上,他出海归来,在回家的途中遇到了杰克。他远远地就停下脚步,注视着杰克一步一步走到面前。他若有所思,站了半天,杰克等着他开口,但是,最终他将宽大的手掌放在杰克的肩上按了按,叹了口气,走了。杰克其实想问问他,为什么在海上待那么久,他那只小渔船,撒两次网就装得满满的。

最后一天,摄影师拍的是玫瑰和她的儿子。玫瑰穿上了红色长裙,将黑宝石般的长发披散开,嘴角淡淡地翘着,眼神中流出少女般的光芒。真美!摄影师忍不住赞叹。连连按动快门。玫瑰有点羞怯地摆着摄影师要求的姿势,不时望向杰克。杰克坐在角落里吸烟,有那么一两个姿势,让他想起了凯伦。他禁不住咬了咬烟嘴。

拍摄完毕,玫瑰带着儿子去了集市。摄影师邀请杰克和他一起去飞机那儿看看。两人在炽烈的阳光下走着,杰克光着上身,草帽戴在摄影师的头上,他受不了岛上的阳光,面部和手背已经晒出了红斑，很痒。但是拍摄让他满意。他说，飞机迫降到这里，也许是天意。他原本是去拍摄一个荒岛，那个突如其来的喷嚏使他丢失了所有的照片。但是上帝关上了一扇门，又打开了另一扇。他的白脸上泛着晒伤和激动的红晕，像一个白面做的寿桃。杰克想着这个比喻，觉得非常贴切。他曾在一个祭祀网站里见过这种寿桃的照片，是祭拜先人的热门祭品，售价很高。上面说这门手艺已经失传了，照片是拍自"面人刘"最后一位传人生前做的最后一批实物（实物本身已经腐烂），有专业技术鉴定机构开具的证书，就挂在寿桃照片的旁边。如果不是见到这样一张脸，杰克是无论如何想不起这些来的。他发现，随着摄影师和驾驶员的到来，那个肌肤苍白叫陈木的家伙正从他的身体里苏醒。

最有诱惑力的其实不是一个远离城市的岛屿，而是远离城市的人！摄影师继续感叹着。杰克放慢了脚步，转头看着他，你拍这些照片，到底想做什么？摄影师愣了一下，随即说，我不是告诉过你吗，我给一家地理网站工作。杰克盯着他看了一会，继续往前走。摄影师不再说话。两人已经看到了飞机。舱门开着，驾驶员弓着身子在里面摆弄着什么，脸冲着仪表盘的方向。

这些照片发表出去，会怎样？杰克的脑中忽然浮现出劲松老人忧虑的表情。在摄影师偷拍的几张照片里，劲松老人都是这种表情。不会怎么样的。摄影师耸了一下肩膀。这地方虽好，可惜离城市太远，没有通信网络，开发成本太大，没有开发商会感兴趣。杰克奇怪地看了一眼摄影师，他加快了脚步。飞机越来越大。

驾驶员冲他们摆了摆手。不一会，驾驶舱背面的螺旋桨突然转起来，发出呜呜的响声。摄影师的脸上现出惊喜的表情。紧接着，上面的螺旋桨也旋转起来，响声更大了。持续了几十秒钟，旋转渐渐平息。驾驶员在舱里向摄影师做了个 OK 的手势。

摄影师把杰克拉到一块大礁石下面,那里有一小片阴凉。他的手因兴奋而充满了力量。杰克,这个岛叫什么名字?杰克愣了一下,白熊岛。不。摄影师摇了摇头。这名字不好,哪有什么白熊。我给它取了个新名字。什么?重——生——岛。他得意地看着杰克。杰克想了想,点了点头。这名字对于杰克来说,也准确。你愿意写一本书吗?摄影师看着杰克,表情已经发生了微妙的变化。这个嘛……杰克扫了一眼飞机,驾驶员出了舱门,去查看尾翼。这是个不错的主意。他的声音很轻,似乎在自言自语,又似陈木在和他耳语。把岛上的每个人都写出来,就写他们的日常生活,读者一定会感到新鲜有趣!出版以后,你把版权卖给我。杰克转回头,你想拍电影?还可以做得更多!摄影师的两只眼睛闪闪发光。杰克有点兴奋,陈木的书还从来没被拍过电影,因为他的故事总是缺乏戏剧性。

这天晚上,杰克躺在床上,始终没有睡意。陈木总是一次又一次地把他带到飞机旁边,弄得他心烦意乱。有一瞬间,竟然看到了凯伦,她在另一架飞机上喊着陈木的名字。他慌忙把手放在玫瑰温热的乳房上,她在睡梦中回应着,身体整个贴过来,杰克的呼吸一点一点变得粗重,终于摆脱了自己的胡思乱想。

八

陈木写到一个女人。她站在一间泥草屋的前面,赤着脚,左手提起裙摆,眼神中有一点羞涩,又似乎含着点忧虑。泥屋里有一张木床，铺着绣着青草的床单。有时候，那上面真的铺满了青草，挂着银闪闪的露珠。她喜欢它们的味道，清晨起来，用小弯刀割回来。

最后一个清晨，她把弯刀交给儿子，让他去松婆婆家对面的坡上割些草回来。她摸着他的头说，妈妈要最绿的。她目送着他快乐地跑远，转身关上了房门。

玫瑰缓缓褪下的衣裙，像纷纷凋落的花瓣……杰克不敢看她的眼睛，那里面盛着隐隐的悲伤。他们用身体交流着内心的话语，有点疯狂。她说，你会记得我，会吧？会记得，会吧？杰克用更猛烈的撞击来回答她，那是一种他从未体验过的绝望的快感，将他们送到生命的顶峰，再往前一步，就是死亡。

当男孩搂着青草回来，她似乎恢复了快乐。她把草铺散在床上，让它们吸收肉体遗留下的气味。屋里很快飘满了草香。仿佛一切都不曾发生。那一瞬间，陈木想起了做爱机，他久已不痛的心口突然剧烈疼痛起来。男孩在床上打着滚。她坐在阳光里梳头，边梳边缓缓地说道，他爸爸走了以后，我才发现怀孕了。有一天，他问我，杰克到底是不是爸爸？我骗了他。他以为爸爸回来了。

陈木的眼里流下泪来，直到此刻他才懂了玫瑰挽留的方式。自己竟这般残忍，让她再一次品尝失去爱人的痛苦。让她的心又死了一次。

他把这些文字删除，为杰克重新设计了归宿。他最终回到岛上，再也没有离开玫瑰，并且认真地做起了男孩的爸爸。

陈木点击了保存，将新备份的文件夹命名为《重生岛》。

站起身，走进卫生间，在无水消毒浴房里洗了个澡，又做了一个简短的按摩。电脑这时候响了。屏幕里出现了摄影师那张白脸,他穿着盔甲一样坚挺的西装,背景是一个大厅,白色地面,有几个人在布置一个沙盘。恭喜陈作家新作完成！他的脸上飘过一丝喜色。陈木微微吃了一惊,是的,刚刚完成,总共37个家庭故事。摄影师说,太好了！你好好休息一下,明天晚上为你庆祝。我现在马上要开一个重要的会议,不能细聊,不过已经谈好了出版公司,会有编辑和你联系的。

没过多久,编辑就打来了电话。陈木从来没听说过这家出版公司,不过也没什么稀奇。他把通话设置成免提状态,一边和编辑对话,一边在网络上搜索,很快找到了他们的主页。这是一家综合文化公司,隶属于世纪亿达集团。他问,你们公司地址在世纪亿达大厦？随即扫了一眼通话定位,但对方设置了隐藏。要不我们见个面？我刚好住在这里。对方犹豫了一下,说,不是的,离这里还很远。而且也没那个必要,老总说,书稿一个字都无须改动,您可以自己上传到网站。我把出版合同发给您,您看一下,有什么意见,我们再商量。陈木说,也好。就在她准备结束通话之际,陈木忽然又问道,你们……做实体书吗？哈哈,编辑笑了,假如不知道您就是陈木老师,我还真以为您来自重生岛。陈木跟着讪讪地笑了两声,这个问题确实足够愚蠢。实体,实在哪里呢？纸质书如今都已经进了博物馆和竹简摆在一起了。

按断电话,陈木又臆想了一会纸质书。又轻又薄,一撕就破。他没能赶上那个时代,对于一个作家来说,是件遗憾的事。即使破了,每个字也都在。不像电脑上的文字,破了,就意味着消失。无影无踪。即便是一些已经出版的电子书,一旦没有读者点击,也很快就找不到了。写作者浩如烟海,出版轻而易举,读者喜新厌旧，电子空间更新飞快。因为写得足够多，他总算暂时在网上留下了陈木的名字。但是他知道，这名字终究也会消失。陈木认为重生岛应该放在纸上，他并无永久留下自己名字的奢望，他奢望的是能留下重生岛，因为，对他来说，那就是记忆尽头。

　　回到城市之后，摄影师送给陈木一部最新款的手机电脑，用来写作和通信。这是个新玩意，又多出很多他不熟悉的新功能。世界依然和他离开之前一样日新月异。他犹豫过几次，要不要用新手机给凯伦打个电话，她的号码他还记得，但最后都放弃了。写作间隙，他也曾进入她常去的社交网站，像从前窥视那些被他甩了或甩了他的女孩一样。可是空间不知什么时候被设置了权限，进不去了。他又用搜索引擎试着搜了一下凯伦的名字，结果一下出来两千万条信息。这意味着如果逐条看的话，无异于坐在海边数沙粒。原来，有着那么优秀头脑的凯伦也不过就是一粒沙子。那么陈木呢？他苦笑了一下。也许她早就把陈木忘了。他的目光落在电脑旁边的烟斗上，这是他从岛上带出来的唯一一件东西。将装烟丝的金属网拆下来，戒指还好好地躺在那里，已经被熏得泛黄。他把戒指往无名指上套，手指变粗了，戒指停在关节处，下不去，上半截手指被划上烟渍，显得很滑稽。

　　此刻，陈木身在K市的世纪亿达大厦V层一个房间里，已经三个月没出门了。他在网上查了几次地图，想确定一下F市距离K市有多远，奇怪的是，地图页面总是打不开。他一度又怀疑起自己是不是在一款游戏软件里，但票务网站显示，从K市抵达F市，坐城际地铁需要5个小时。陈木试着在购票程序中输入自己的身份证号和密码，结果显示一切正常，他可以随时购票，又稍稍放下心来，退出了票务网。事实上，他不确定自己是否要回去。他时常觉得自己其实就待在 F 市的寓所里。这两处居所没什么大区别，包括窗外的街道、楼房、天气，甚至街灯的颜色。

九

陈木脱掉睡衣，打开柜子找自己的衣服，他想出去走走。他看到了白 T 恤，深灰色休闲裤。临行前的那个晚上，松婆婆把它们从床底下翻出来。洗得干干净净，上面都是干草的气味。她的眼圈红了，我就知道……唉！劲松老人坐在院子里吸烟，始终没说话。杰克站在窗前，注视着烟嘴里明明灭灭的红色星火。他感觉，那就像远处灯塔里面的光。

他将烟斗揣进兜里。手机闪了一下，是邮件提示。出版合同发过来了。他调出邮件匆匆浏览了一遍，很快将自己填写的部分写完，然后在屏幕上手写了一个签名，回复了过去。

出了门，进了电梯，他忽然意识到不知要去哪里。不停有人进进出出，他在电梯开关之间思度着，直到听到三个字——重生岛，禁不住侧过头去。

说话的是个古铜色皮肤戴着蓝紫色发套的年轻女人，五官过于精致完美，令人生疑。她吐出的每个字都像冰块。我要 3 号，德祖。务必给我拿下来。对面的中年男人连连点头，您放心吧。德祖？《重生岛》里的德祖是集市上展示大鱼的卷发青年，陈木在第三章写到了他。他妈妈瘫痪在床，需要很大一笔医药维护费，他们家的性价比不高，财力不雄厚的人是买不起的。男人的语气充满了取悦。陈木好奇地望着他们。女人眼里泄出一丝轻蔑的笑，表情依旧冰冷。她撩了撩头发，指甲上镶嵌的钻石射出刺眼的光芒。明天有好戏看了，我倒要看看，那个玫瑰会落在谁的手里。说着干笑了两声，像一只表情僵硬的木偶。陈木的心迅速收紧。电梯停了。女人笔直着走了出去，男人快步跟在后面。陈木跟着他们出了电梯，却发现面前是停车场。眼看着两人要上车，陈木冲了过去，一把拉住男子，买德祖，是怎么回事？男人吓了一跳，推开陈木，接着说道，老兄你是外星人吧？女人回头打量了一下他，什么也没说，男人马上为她打开车门，两人相继上了车。临走前，他按下车窗，一只手扶着方向盘，倨傲地看着石头一般呆在原地的陈木。你也想参加拍卖会吗？M层大厅有详细介绍，不过，一个拍卖资格售价一千万保证金哦。

陈木反身冲进电梯，直奔M层。

电梯门分开的刹那，他认出了面前这个白色大厅，正是摄影师最近一次与他通话时的背景。当时，他穿着西装，急匆匆走进一个会议室。对了，应该就是这个房间。他下意识地推了推门，锁着的。请问您有什么事吗？半空中传来一个男人的声音。陈木四处望了望，看到悬在头顶的一个摄像头。我……想了解一下拍卖会。陈木让自己冷静下来。看沙盘的方向，电脑里有详细介绍。空中的声音说。

他走至沙盘前，瞬间被看到的景象惊住了。模型展示的，正是重生岛的全貌。房屋、草木、道路、沙滩、集市、渔船，还有人，惟妙惟肖，周围环绕的海水是用一种蓝色凝胶制成，柔软逼真。他的目光迅速掠过松婆婆和劲松老人的院落，飞回杰克的家。黑发飘飞、身着红裙的玫瑰，正站在院子里，向他张望。杰克的心在陈木的身体里剧烈颤抖起来，他的家用一块小牌子标示着，37号。

陈木伸出手触开了休眠的电脑。

广告片开始播放，实景照片和动画交相出现。内容显示，此项目名为重生岛，制作商是世纪亿达集团。这是一家以房产开发为主的公司，重生岛是他们推出的一款实验产品，被称作"非实体楼盘"。这是个新概念。他们出售的产品名义上是一个原生态岛屿上的单元房屋，实际上消费者买到的只是一个模拟楼盘软件。这个新概念楼盘只有37户可销售的单元，房屋设计及整体布局，完全复制自太平洋上一个真实岛屿上的家庭。楼盘的另一特别之处在于，与实体楼盘不同的是，它出售的不仅是一户单元，还包括里面生活的家庭。人，是重生岛楼盘的最大卖点。谁买到一个单元，谁就成为了这个家庭所有成员的主人。而有关于这些家庭人物的故事，都收录在一部纪实小说当中，这部小说很快会被改编成电影、漫画和游戏。你买到房子的同时，也买到了房子里面的故事，并且，你从此可以参与到这个故事当中，安排和改变这个家庭人物的命运。

作为一个全新的数字房产概念，重生岛项目已引起了无数人的关注。同名网站推出仅仅三个月，注册用户已过百万。随着全世界人口的持续减少，实体房地产业正面临着巨大危机，专家预测，这款新概念楼盘很有可能成为房地产业走出低谷的样板，带动一个行业复苏。一方面，有真实的重生岛做依托，它不是一款游戏。另一方面，有附送的人物和独家设计并持续更新的软件支持，它又不是一处简单的房产。世纪亿达将在软件开发和后期宣传上投入巨额资金，把37户房屋拥有者都打造成明星，从而达到楼盘升值的目的。这将是一次名利双收的投资。从网友的反馈页面可以看出，在一支优秀营销团队的精心炒作下，人们的好奇感、虚荣心和投资欲望正被撩拨成一场熊熊燃烧的大火。世纪亿达集团将以网上拍卖的方式开盘,仅拍卖资格的申购价就已经在一周之内提升了三次。

陈木感到震惊无比,这都是什么时候发生的事情?怪不得那个跟班说我是外星人。

广告片的结尾,出现了摄影师的照片。这个瘦小的男人名叫张威廉,是重生岛楼盘的设计师。他的另一个身份,是世纪亿达集团的执行董事兼总经理。那张熟悉的面孔已经不再像面做的寿桃,而是闪着白钢般的光泽。陈木僵在那里。一个保安不知什么时候走了过来,警惕地看着他,先生,您需要帮忙吗?他木然地摇了摇头,他还不能理解这一切。

回到房间,陈木找到了摄影师的号码,不,应该是张威廉。拨打之后,却久久无人接听。他扫了一眼时间,凌晨两点十七分。就在此时,手机闪了一下,是邮件提示。点开,是出版社的回复,告知他合同收到,电子书已于今日零点在三家阅读网站同时出版。怎么可能呢?小说的电子文本还在电脑里,根本没上传。陈木迅速打开电脑,检查了一下文档,惊讶地发现,文档一直设定在自动云备份模式,早已经被秘密共享了。这么说,他们早就掌握了这些文字?眼前浮现出摄影师那张白里泛红的兴奋面孔。他愤怒地挥了一下拳头,面孔消失了,拳头落在冰冷、坚硬的墙壁上。一阵剧痛袭来,他觉得手要碎了。

他试着在手机里搜索"重生岛",一下子出来海量的信息,但奇怪的是,每个有"重生岛"的页面都打不开。难道是手机的问题?他望着这款陪伴了自己三个月的最新款手机,心里生出了隐隐的恐惧。

十

陈木彻夜未睡，不停拨打张威廉的电话，希望他能解释这一切。但是直到重生岛楼盘在世纪亿达集团官网开盘的时间也没能打通。九点五十八分，他无奈地扔下诡异的手机，出了房门。他向楼层的服务小姐询问，哪里可以看到"重生岛"楼盘开盘的直播，并且解释自己的手机坏了。服务小姐向电梯一指，那里面有电视。

他等了很久，电梯终于开了。里面的电视果然在直播"重生岛"开盘。

正播放的是预告片。陈木在摄影师的照片里重温了杰克生活过两年多的岛屿，一闪而过的松婆婆和劲松老人，玫瑰和她的儿子，喧闹的集市，熟悉的渔船……如同一把把小刀子，一遍一遍割着他的心。

预告片结束，楼盘经理被介绍出来。这是个妆容精美、神态自信，年龄看起来在25至35岁之间的女子。大家好，我是Coco。她用一种刻意拿捏的柔美语调分析了楼盘的几大特色，脸上始终挂着训练有素的微笑。然后开始回答网上的提问。

此时，在线人数已经突破了80万，人们对虚拟楼盘这个新概念很感兴趣，纷纷上来围观。这其中，拥有购买资格的是69272人。

一个本地网友抢到了第一个问题：虚拟楼盘为什么卖这么贵？它哪里值那么多钱了？

Coco略微思索了一下，答道，一般的实体楼盘是你买了房子，交易就结束了，而我们则是，你买了数字房产，与我们的合作才刚刚开始。我们会相继推出《重生岛》电影、电视真人秀节目、漫画、小说以及以每户家庭生活为内容的系列同人成长游戏。你会在我们的包装策划下成为明星。接下来你可以选择卖掉已经增值的房产，靠已有的名气继续赚钱；也可以继续拥有增值前景良好的房产，签约我们的经纪公司，让自己的名气更大。我保证你的投资会得到成倍的回报。它的上涨空间不可估量，这个价格不算贵。

一位自称《环球新闻网》记者的人紧跟着抛出了自己的问题：Coco女士，你们在宣传中说，人是此楼盘最大的特色，我是否可以理解为，买到一个单元，里面的家庭成员就成了买主的奴隶？如果是这样，他们的人权何在？

Coco听播报员重复完问题，露出自信的笑容，牙齿白得耀眼。显然她对这个问题已成竹在胸。我想反问一下这位记者朋友，您玩过成长游戏《三国》吗？只要您高兴，刘备也可以是您手下的小兵。那只不过是个虚拟角色，真实的人还过着他们正常的生活，何来人权问题？

文字界面瞬间出现各种评论、动画表情以及数不清的赞或踩，如洪水般，将此问题冲得远远的。

下一个获得提问资格的人围绕的仍然是这方面问题。这是一位竞拍者的律师，他关心的是，岛上的真实居民会不会起诉买主侵犯他们的肖像权？

这个您大可以放心，我们是拿到了岛上居民的授权书，世纪亿达集团为此支付了一笔可观的费用。

撒谎！陈木厌恶地望着她。电梯里一个老妇人警惕地看了他一眼。

有人打出这样的评论：起诉？授权？那些原始人懂吗？可观的费用该不是免费拍照吧？遐想中……

陈木像遭到了重击，他想起了因拍照而无比快乐的玫瑰。是的，那一天，她将宝石般的黑色长发披洒下来，嘴角淡淡地翘着，将裙角轻轻提起，眼神中流出少女般的光芒，羞涩而幸福。她甚至抬起双手，转了两个圈。笑声仿佛就在耳畔。

又一位竞拍者抢到了问题，他使用了语音通话，一个肥大沙哑的声音传出来：买到房子后，我有权翻修吗？比如，把原来的土屋推倒盖个小别墅，再挖个游泳池？

当然可以，您是主人，想怎么改就怎么改！这个问题让Coco稍显兴奋，音调不知不觉中高亢起来，很快又被她不动声色地调整过来。我们的软件设计师随时提供服务，只要您能想到，我们就可以做到。关于软件维护设计的费用，我们有详细完备的条款以及各种优惠套餐。另外，重生岛网站也会直播您新房子翻盖的进程。您可以在线与网友互动，接受他们的点评和修改建议。

议论又如海啸般滚过文字界面，根本来不及细看。陈木只看清这样一条：靠！这不是在卖软件，是卖游戏装备啊！

马上就有人接着问，人物也可以修改吗？比如，我买到的家庭里是两个老人，可以把他们改得年轻点吗？

这个嘛，我们的软件设计师可以给您做一套人物的前传软件，只是费用要比设计维护人物的现在时贵一点，而且，他们只能待在您自己的房子里，不能与邻居交流，因为原则上他们活在过去。我们的楼盘经营的是现在，和岛上的真实居民生活是同步的。真实性本就是我们的一大特色。如果您希望自己的人物永远健康、年轻，可以购买我们销售的美容产品和各种保健品，我们也提供整容手术。在公共区域内,我们将逐步兴建医院、美容院、超市、百货公司、学校等设施,那是我们明年的招商计划。她口齿伶俐地一股脑将这些说完,自信地面对着镜头,停顿了两秒钟,仿佛一个刚刚表演完的歌唱家在等待掌声。

网友们显得很激动,纷纷询问买不到房子的人有没有可能通过网络进入重生岛去旅游。

这个要由岛上 37 户家庭的主人共同决定,因为买下房产以后,岛就是他们的了。

这时,一个署名"一贫如劫"的人打出两个巨大的黑体字:黑它!马上有人跟着起哄说,盗版它百八十个的。

Coco 淡定地扫了两眼屏幕:我们的软件维护团队,是全球最好的。关于盗版,我们绝对是不怕的。重生岛是独一无二的,每位购买到单元家庭的客户都会进行实名认证,迅速成为名人。随着网站、游戏以及电影的推出,他们将成为全世界瞩目的明星,被邀请做产品代言也说不定呢。Coco 展现了一个迷人的笑容。这么说吧,重生岛就是他们最时尚最摩登并且限量只此一款的奢侈品。盗版?那不过和盗版的 Hermes 一样可笑。说完,她整理了一下自己的丝巾。

岛在哪里?不是骗人的吧?

这个问题需要特别回答一下。Coco 表情严肃起来。她将脸正对着镜头,重生岛是我们世纪亿达集团执行董事张威廉先生在一次旅行中偶然发现的,我们看到的照片也都是他亲自拍摄的。我们有计划在时机成熟的时候,带领业主访问真实的重生岛,与他们购买的单元家庭的真实主人见面。

你们会开发真实的重生岛吗?

暂时没有这个计划。Coco给出一个意味深长的表情。我们觉得，真实的重生岛保持原貌才最有商业价值。只有楼盘的业主才有机会到岛上观光。她停顿片刻，目光在镜头前划了一个轨迹，仿佛扫视过所有注视着她的人群。我们还觉得，它应该保持适度的神秘。不过……时机成熟的时候，我们会考虑建一座按一比一的比例打印出来的重生岛公园，让全世界喜爱它的粉丝能够到这里旅游观光，这是我们更远期的计划。

　　接下来的几个问题都是围绕人物的。一个已经通宵读完小说《重生岛》的在校大学生表达了对玫瑰的喜爱。他说，已经抢注了玫瑰鱼饼的商标，现在拍卖，并迅速留下了手机号。Coco示意播报员提供下一个问题。于是，一段视频出现了。

　　一个戴着兔子面具的肥胖男人坐在宽大的鲸鱼皮沙发上，面具边缘露出的白发和长着老年斑的手背可以让人大致判断出他的年纪。他缓缓地开了口，声音含混粗糙，仿佛被一口浸着沙砾的浓痰包裹着。我只想问一个问题，玫瑰，就是那个浑身肉嘟嘟的漂亮妞，可以和我做爱吗？你们究竟能模拟到什么程度，是否有专门设计的做爱机……陈木握紧了拳头……那个碍事的杰克就让他天天出去打鱼好了，哈哈……一个似曾相识的女人声音接着传来：我关心的也是这个问题。顺便声明一下，都不要跟我争德祖了，我每次举牌，都会加价100万。屏幕上显示的，正是蓝紫头发女人傲慢的头像。

　　Coco露出暧昧的笑容，声音也变得柔媚：我说过，只要您想得到，我们就做得到。专门的机器正在研发中，我们保证，它的幸福度不比任何一款真人做爱机差。

　　无耻！陈木骂道，拳头砸在电梯墙壁上。一个小男孩吓得迅速躲到了他妈妈身后,女人按了最近一层,带着孩子匆匆下了电梯。

Coco还在继续描绘着,37号玫瑰单元是我们这个楼盘起拍价最高的一户,我们当然有很多特别的设计,数据包要比其他单元大很多,玫瑰在床上的各种姿势造型就有90多款……音乐突然响起,压住了她后面的话。提问环节就在这充满魅惑的气氛中结束了,像恰到好处的前戏。

陈木的身体剧烈地颤抖起来。

广告早就等得不耐烦了,蜂拥而出。足足有15分钟之后,镜头转换到了拍卖现场。白色大厅,重生岛全景沙盘……陈木紧盯着屏幕。张威廉终于出现了。他身着一套隆重的黑色礼服从红毯尽头走过来,将亲自担任拍卖环节的主持人。

陈木迅速按下了电梯的M键。

张威廉挥舞着手臂,语速飞快地报着卖家的号码和出价,像个说唱歌手。终于到了M层,陈木冲出电梯,却被守在电梯口的保安拦住了。对不起,先生,拍卖区现在封闭,禁止出入。陈木的拳头毫不犹豫地砸在了他的鼻梁上,保安猝不及防,侧身栽倒了。

大厅里人头涌动,张威廉被人群隔在了另一边。陈木四下看了看,靠墙处有一条狭窄的通道,他立刻奔了过去。保安捂着流血的鼻子在后面喊,快拦住他。摄影摄像镜头不约而同调转了方向。张威廉跟随着镜头,发现了陈木,他停止了拍卖,眼中浮现出惊恐。就在陈木即将冲到他身边时,四个保安同时赶到,擒住了他。他们拖着他向外面移。陈木愤怒地挣扎着,大喊张威廉的名字,骂他是骗子。脸上马上挨了重重两拳。鼻子流血的保安痛快地舒了口气。

张威廉的声音重新在大厅上空响起,小插曲,小插曲,这位是作家陈木先生，也是小说《重生岛》的作者，因为把自己虚构成了书里的杰克，太过投入，写完书之后就精神失常了，我们正在全力治疗。待他精神稳定后，我们会安排专门的媒体采访。好，欢迎回到拍卖现场……

陈木被保安稳稳地按着，拖进了一间办公室。一个正盯着电视屏幕的女职员吓得站了起来，迅速离开了房间。保安把他绑在椅子上，也出去了。

十一

张威廉像注射了兴奋剂，在屏幕上大幅度摆动自己的身体，声嘶力竭地吆喝着。拍卖一直持续到晚上，陈木看到街灯在窗外亮了。一个又一个熟悉的名字被人买走了。沙盘上的号码被买主的名字取代。当玫瑰以全场最高价被"兔子面具"买走，陈木感到身上最后一滴血流干了。他一个人坐在黑暗中。玫瑰的目光在身后注视着他，他不敢回头。

不知过了多久，门开了。陈木听到张威廉已经喑哑的声音从后面传来。

我能理解你的心情。张威廉在椅子上坐下。从你决定坐上飞机离开岛的那一刻起，你已经背叛了她。

陈木的心疼起来。

你是对的。那不过是一个梦，一次旅行，一场艳遇。你终究要回到属于你的世界，一个文明的、科技的世界。他解开绑着他的一条尼龙绳。你不是个渔民,这一点你很清楚。你是个作家,你内心渴望回到这里,因为这里才能给你想要的成功,所以你跟着我回来了。换了谁都会做出和你一样的选择。所以,无须内疚。他在他对面的椅子上坐下,掏出一支昂贵的电子烟来,打开了电源。

骗子和强盗也懂得内疚?陈木自嘲般地笑了。

好,我是骗子。那你呢?如果你爱她,为什么要回来?难道你的爱,只是一场欺骗?强盗的说法更是无稽之谈,我抢了什么?他们还在岛上过着原来的日子,连根汗毛都没少。我是靠我的脑子在赚钱!我张威廉能有今天的事业,靠的是我的智商!他挥舞着闪着红光的电子烟,陡地拔高音调,但发出来的只是失控的哑音。

无耻!陈木怒视着这张在街灯中变得幽蓝的面孔,你是我见过最无耻的人!我要告你,你侮辱了白熊岛上37户居民的灵魂!别指望我会把小说版权卖给你,我不会继续成为你的帮凶!

已经晚了。一串打嗝似的笑声。没仔细看过你签的那份合同吗?版权早已经是我的了。而且,电影剧本就要完成,导演都准备物色演员了。

陈木颤抖着双手扯住了他的衣领,把他从椅子上拽起来。两个保安听到动静冲进屋来,把陈木从张威廉的身上拉开。张威廉整理了一下西装,对保安挥了挥手,出去。

冷静一下,我不是来打架的。昨天电话里我已经说了,我是来给你庆祝的。他狠吸了一口。

庆祝什么?庆祝你把我的朋友、家人卖了个好价钱?你是不是真的以为我精神失常了?

错,又错!张威廉咳嗽了两声,他按了按喉咙。首先,他们并不是你的什么家人、朋友。据我所知,你的家人都已经去世了,你曾经的未婚妻是个叫凯伦的软件设计师,而不是卖鱼饼的玫瑰,她的儿子跟你也没关系。至于那个什么白熊岛,除了我的私人驾驶员和我们俩,没人知道它在什么地方,地图上没有,网络里也没有。你要替他们打官司是吗?他们在哪儿?你的原告们在哪儿?那么多网络高手已经开始了人肉搜索,连他们一根头发都没找到。也许以后会找到,因为他们已经成了大明星,全世界的人都想找到他们。但至少现在,重生岛还是个神秘的存在。你觉得你告得赢我吗?在世人看来,咱们两个,谁更像个精神病人?他捂住胸口,急促地喘息着,体力已经严重透支。

那些照片就是证据,我也是证据。不必他们亲自出庭,我就是原告。

醒醒吧你,书是你写的,版权是你卖给我的。你告我?我看法院至多会把它定成一个经济案件,觉得是因为我们分赃不均,令你不满。

你撒谎,说为使用他们的肖像支付了费用。

你有什么证据?啊?谁知道?!张威廉剧烈地咳嗽起来,他皱着眉,眼中流露出不屑。我告诉你啊,我说你去过重生岛你就去过,我对媒体说你没去过,你就没去过!你是谁?杰克在书里可是留在岛上的。我真没想到你会这么写啊,哈哈。他又打嗝一般笑起来。你知道吗,我让你赚这么多钱,已经算个慈善家了。我张威廉问心无愧啊!我们很熟吗?换了任何一个生意人,都不会像我这么大方!

陈木恼怒地瞪着他,却不知再说什么。

张威廉站起身,似乎轻松了很多,嗓音也神奇般地恢复了常态。这难道不是你渴望的成功吗?如果没有虚拟楼盘这个项目的支持，光靠卖书，你一辈子都不会赚到这么多钱。你的内疚，只会让你越来越失败！他像个成功者那样自信地在房间里踱着步。是的，没有什么他搞不定，他坚信这一点。临出门前，他回过头来，这才是你的生活，把那个渔民杰克忘了吧。说完，把电子烟扔给了他。

十二

生活仿佛又回到了从前。陈木写作，换女朋友。唯一不同的是，他要适应自己的"病"。或者说，他正在试着用这些方式忘记自己的"病"。为了免受刺激，他拒绝参加有关《重生岛》的一切宣传活动，也拒绝一切采访。他像个木偶一样出席了几次《重生岛》电影和游戏的发布会，但被问到最多的问题总是精神康复方面的。当以愤怒回应时，记者会写他尚未痊愈；当他报以沉默的微笑，记者又认为他进入了幻觉。后来，他不再参加任何公开活动，成了一位神秘的隐士。关注他的记者又继续以知情人的姿态报道，陈木先生正在接受精神治疗。而渔民杰克，在《重生岛》的粉丝中已经渐渐衍变成了一个绝对的虚构人物。那不过是作家陈木对玫瑰的意淫，我原以为他真的去过重生岛呢。他们在酒吧、在社交网站里嘻嘻哈哈地谈论着这一切，每个人都急于表现自己知道更多的"真相"。在《重生岛》软件的最新升级版中，杰克这个人物干脆消失了。

他试着把白熊岛当作一场梦，一个构思。他似乎也真的做到了。但是他逐渐发现了一个问题，和同一个女人最多只能勃起三次，而且，越来越厌恶通过电脑做爱。有一天，他把一个在社交网站上认识很久的女孩请到家里，这女孩看起来比较肉感，让他有一点性欲。他和她看了一会电影，然后把手伸进了她的衬衫里。她毫无反应地任他摸了一会，突然起身要去另一个房间。你去哪里？去做爱机那儿。她头也不回。陈木追上去，一把抱住她，不用做爱机。说着就要解她的扣子。她使劲挣脱开，用一种警惕的目光望着他，你没跟我说你有这种癖好。就一次，好吗？陈木央求着，拉住了她的胳膊。她惊慌地甩开他，向门口退去。陈木急了，抢上前再去拉她。她迅速推开门，跑了出去。只留下坚硬的两个字——变态！陈木沮丧地坐在门口，性欲早已消失得无影无踪。

刚才看的片子还在继续，男女主人公已经在电脑的帮助下达到了高潮，他们的生活翻开了新的一页。陈木厌恶地换了一个频道。一只白熊摇晃着肥大的身躯，站在一小块断裂的浮冰上，从镜头前掠过。另一只白熊从远处驶过镜头，在将要驶离画面前，跌入海中。"北极冰川融化的速度正在加快，每天都有白熊随着洋流漂到不同的海域，最后葬身大海。据统计，从2014年到现在，白熊消失的数量超过了三分之二……"新闻播音员的声音苍白地飘过来。画面接着切换到一个个政府会议现场，一项新的国际环境公约又在6个国家通过，官员接受记者采访，表情激昂。陈木的心突然就疼了起来。这一疼，再也没有停下。

他不得不真的接受心理治疗，每天到城市的另一边去见一位有名的心理医生。这位心理医生只提供面询，从不通过电脑治疗，让他感觉好一些。医生说，他的病和"白熊岛"有关。他不确定陈木真的去过那个地方，但也不想过早下结论把这些"经历"定为妄想。他能确定的是，陈木想忘掉一些事情，但这些事情其实像个毒瘤一样潜伏到了他的身体里，在他的刻意压制下恣肆生长，直到令他发病。那我该怎么办呢？陈木用手按着胸口。面对它，接受它，直到与它和解。医生的话让他感到很神秘。

每天，穿过灰雾笼罩的城市，看着街道上稀疏的人群，他的眼前总是浮现出那些挤在拍卖大厅的人，包括张威廉和Coco，还有挤在网络中的人，兔子面具、钻石指甲……他们其实并不能真正拥有白熊岛，即便把它改成重生岛，那里的天空、海水、鱼饼的香气、青草、风……他们渴望，疯了一样渴望。为什么他们不去接受治疗？他竟然有点怜悯他们。

一只鸟与他擦身而过。那是一只电子白鸽，仿真羽毛已经被尘雾洗涤成了浅灰色，到了晚上，它们会变成深灰。生物基因库保存着很多动物基因，可以轻而易举地克隆出城市广场需要的鸽子，但都活不过一星期。因为成本太高，环保部门转而购买电子白鸽装点城市。每天早上，它们被流水线清洗干净，充满电，放出去，傍晚时分，再飞回指定地点。人们已经习惯了这些叫声单调的怪物，并且逐渐发现了它们的新功能——通过羽毛的颜色来判断时间。

他于是回忆起了海鸥，继而想起了海浪的声音，还有凉凉的海风扑面而来的感觉。他就那么站在广场上，呆呆地进入了幻觉。当他从回忆里走出来，忽然意识到，心没那么疼了。

治疗到第21天的时候，陈木做了一个决定。他怀揣着这个决定，走在回家的路上，内心感到无比地舒适。

十三

当陈木把自己的决定告诉张威廉时，他盯着他，露出奇怪的目光。陈木仔细分辨了一下，与那些记者的目光比起来，似乎多了一丝警惕。陈木于是进一步阐明自己的想法,也许我原本就不该来这里。

驾驶员已经失踪了。你……搞得定飞机吗?张威廉随口说道。

陈木吃了一惊。

其实倒也不难。张威廉没给他提问的机会。我们飞回来的路线也有电脑记录,不过,我觉得你最好还是去学习一个星期的驾驶。他的脸色柔和起来。

这么说你同意了?陈木没想到会这么顺利,关于驾驶员为什么失踪的事,也就没兴趣问了。

我想,这对你的病可能有好处。说到"病"时,他刻意把字音拖长了一会。

陈木笑了。我也这么认为。

张威廉盯着他的脸,疑惑渐渐消散。这轻松自如的笑容没有一丝破绽,不像是伪装出来的。那么答案只能是一个——在所有人都质疑他精神出了问题的氛围中,他的脑子真的出了毛病。现在,他的逻辑已经运行在另一个层面,并且找到了新的因果关系来解释他自己和这个世界。张威廉为陈木感到高兴。

他请陈木坐下来喝了一杯红酒,并且稍显亲热地给他介绍了一个飞行驾驶学校。他说,他会把飞机检修一下,确保他一路平安。还说,什么时候想回来,他自己决定,没准还能写一本《重生岛2》。陈木慢慢品着红酒,这东西现在特别贵,难得喝到一次,虽然又酸又臭非常难喝。他确定张威廉的红酒是用室内温控葡萄园栽培的葡萄酿出来的,不是网店里卖的那种化学粉剂。他的心情非常好。他考虑要不要花高价买一点种子带过去,种在玫瑰的小院子里，也许岛上的土壤和阳光可以改变它的味道。说不定有一天，他可以开一间酿酒坊。当然，如果张威廉不去打扰他们的话。不过，似乎还是坐在海上打鱼更有吸引力。如果张威廉去了呢？他皱了皱眉。他会和他们在一起，那是自然，劲松老人、松婆婆、玫瑰……他会和他们死在一起，死在岛上，白熊岛。他的心一下子又轻松起来。他看着张威廉翕动的嘴唇，又啜了一口。

一个星期之后，陈木在凌晨时分离开了家。他换上曾经与他在岛上待过很多日子的那套衣服，把烟斗揣在兜里，其他什么都没带。前一天晚上，他把戒指从烟斗里抠出来，用毛巾仔细擦干净，放在床头。它依然银光闪闪。这是属于凯伦的记忆，不管她是不是机器人，凯伦都值得尊重，他和那些城市女人不同。陈木曾经担心她来找他，但是她没有，他又有点隐隐的失望。不过很快他就化解了这一切。两年，足以让一个一日十年的城市人忘记一个无情的前任，哪怕这个人是她的未婚夫。她不需要记忆，有无限多的现实可以将她填满。况且，如果他还爱她的话，就应该主动去找她。她完全可以这么想。作为一个软件设计师，在网上查到他的踪迹不是什么难事。她的耐心也许早就在悄无声息的等待中耗尽了。他的心里涌起一股歉意。但是他相信，如果凯伦知道他经历的这一切，一定会理解他的。她热爱的弗洛伊德也会让她明白，人终究要回到自己的潜意识中去。希望她能有一个好归宿，如愿以偿地嫁给一个人类。想要拥有婚姻的姑娘，都是好姑娘。现在，他终于明白了这种感觉。

他来到世纪亿达大厦的楼顶，飞机正安静地停在那里。一位穿着深蓝色制服的世纪亿达集团的职员正站在飞机前等候他。他把飞机的遥控器交到陈木手里，然后彬彬有礼地目送着他摇摇晃晃地起飞，冲向灰蒙蒙的天空。

飞行路线已经设置好了，随着飞机进入既定轨道，陈木紧张的心渐渐松弛下来。他一点点调整着飞行高度，飞机像一只电子白鸽在肮脏的云层中挣扎了一会，终于冲破了牢笼，一丝曙光在远方闪现，他的心也随之明亮起来。

……海平面出现了。陈木有点激动。记忆随着海水涌动起来。他记起了那些打鱼的日子，他们的木船，那些躺在海面上消磨掉的平静时光，傍晚幸福的归航，在落日的余晖中寻找玫瑰的红色身影……他确认着这一切，身体和内心的感觉将他唤醒，他来自一个叫白熊岛的地方，是一个叫杰克的渔民，不，他已经不再需要杰克这个名字了，他，陈木，将回到属于自己的家。没人可以抹掉一段真实的历史，心理医生也不能。没人可以判定他有病，一群病人就更加不能。他的心在海水里打着滚，他闻到了腥咸的气味，他看到了翻飞的海鸟，他流下泪来……

平滑的海面上突然出现了一个白色的物体。他从仿如前世的回忆中转过神来，那是什么？冰块吗？

越来越近了。陈木把脸贴在窗子上，一点点降低了高度……他骇然发现，那竟然是一具鼓胀的白熊的尸体！白熊怎么会在这里？！

他马上调整速度，飞机慢下来。一只，两只，三只……最多的一块冰面上浮着六七只白熊的尸体。他的心冷却下来。白熊越来越多，在海面浮动，那柔软的皮毛，就像一片一片脆弱的棉絮。有几片特别小，小得像漂在水面的白色小花。陈木感到心在不停下沉，几乎要沉到海里去。他的脸紧紧贴在窗子上，鼻子被挤压得酸楚起来。

就在这浩浩荡荡送葬队伍般的白熊尸体后面,一座雪白的岛屿出现了。陈木惊恐地注视着它在自己的眼前变得越来越大,终于看清,这是一座被白熊尸体覆盖着的岛屿!在层层叠叠的白熊尸体之上,他一眼瞥见了杰克每日归航时遥望的灯塔!他的心剧烈地摇晃起来!

飞机在此刻突然发出嘟嘟的尖叫,他收回目光,仪表盘左上方一片黄色区域正不停闪烁,一行小字出现在屏幕上:燃油即将耗尽!他的身体一下子绷紧了。张威廉那意味深长的目光浮现在脑海,随之蹦出来一个词——失踪。难道……他全身的汗毛一下子竖了起来。黄色区域闪烁的频率越来越快,嘟嘟的尖叫也越来越刺耳,陈木紧紧捏着遥控器,飞机在岛的上空焦急地盘旋,想找到一块可以降落的平地。但是无论如何也找不到。

就在他绝望的当口,一个女人的声音清晰地在耳边响起,亲爱的,游戏结束了,该回家了。现在听我的指令,按遥控器的返航键,一切危险都会解除。不要怕,只要按返航键,我就会出现在你身边,在度假屋里。陈木一惊,看了看遥控器,在面板的正中间,果然有一个硕大无比的绿色"返航"键,大得有些失真,仿佛在刻意提醒他。他回味着刚才那个声音,有点熟悉。对了,那是凯伦在说话!竟然是她!这么说自己一直都没有离开过她控制的程序!一股巨大的荒谬感充斥了他的全身,让他忍不住想笑。黄色区域就在这时陡然变成了红色,嘟嘟声也改变了节奏,更加短促、急迫。屏幕开始进入倒计时状态,30秒,29秒,28秒……凯伦的声音再度响起,急促而严厉,按"返航"键,快按"返航"键!

陈木把目光转向外面,缓缓地扫了一个弧线,这是整个岛屿,白熊岛。他的目光在它的皮毛上抚摸了一遍。

  他解开安全带，从狭窄的座椅里拔出自己的身体，伸展了一下胳膊，又抖了抖双腿。然后，他拉开舱门，用一种暗暗设计了一下的姿势，向下面飞去。他仿佛看到那些雪白的尸体下面，露出一角鲜艳的红裙。他其实并不能确定这一点，但是感到一种从未有过的自由。

寻找艾薇儿

一

我贩狗为生，今年26岁，叫张顺飞。

我有两个哥哥，所以贩狗的那帮哥们也叫我张三。张三不像一个具体人的名字，容易不被人信任。所以在我贩狗比较辉煌那几年，名片上都规规整整印着张顺飞。别人不像我这么规整，东北话叫"整景"。比如二毛的名片上就直接印着大大的"二毛"两个字，下面用小字标明专销博美、松狮、萨摩。然后是手机号。二毛说，其实只有卖什么狗和手机号是买狗的人需要的。至于名字，有两个功能，一个是给你打电话时的称呼，不能一打电话就说"那什么，我要买狗"。得说，"你是二毛吗？我要买条松狮啊"。第二个功能是让人家容易记住。所以得简单特别一点。就像"老王太太糖葫芦""黄瘸子驴肉馆"之类的。二毛一直坚持叫我张三，后来简称三儿。

二毛是个黑胖子，有点像他的松狮种犬阿里，脸鼓得像个包子。一头羊毛卷,总是忘了剪也忘了洗,蓬松着,像顶着一朵大菊花,脏兮兮的。他一年四季都穿耐克,我鉴别了一下,春秋穿的那套防雨绸面料、挂绒里子的是真的,其余基本都是假货。二毛现在买真的也买得起了,但是二毛舍不得。不熟悉他的人容易被种犬阿里一俊遮百丑地唬住,以为二毛的耐克都是真的。但是我知道,二毛即使有10条价值16万的种犬阿里,也只舍得买一套真的耐克。话说回来,贩狗的人,天天一身狗毛、狗臭气,穿什么都白穿。像我这样一回到家就洗澡然后马上换一身行头的,基本属于异类。二毛翻了翻他的水泡眼,"没准你真是投错了行。"我那条血统纯正,来自俄罗斯,出生证明和获奖证书摞起来足有一尺高的萨摩种犬普京被人毒死的那天晚上,他就站在我家的门厅,翻了翻他红肿的水泡眼,说,"没准你真是投错了行。"我没好气地说,"滚一边去!"二毛是个讲义气的人,或者他在心里一直希望自己能成为一个讲义气的人,像关二爷那样,所以他站在那儿没动。一把推开他摔门滚蛋的是小红——与我同居了两年的一个吉林女人。摔门之前,我当着二毛的面踹了她一脚,谁让她不停唠叨,事后诸葛亮!我免不了又要说说小红,像我喝醉了酒经常和二毛絮叨那样,说说小红。

小红挺不一般的。我是这么觉得。她长得漂亮,家里穷。大老远地来辽宁打工,孤身一人。喜欢她的男人很多,但她没有捡个有钱的傍上去享清福,而是宁愿跟着我贩狗。"这年头哪有不爱钱的主?她离开你,那是因为她觉得自己瞎了眼,没押对宝。你没钱了,扯你?"二毛喝得眼睛红红的,冲我扔过来这句话,像扔过来一碗醒酒汤。

普京去世小红跑了之后,我的生意一落千丈。为了买这条贵族种犬，我折腾进去十几万。以为从此以后一本万利，可以坐收渔利了。配种的钱，五千六千的，到手就和小红一起挥霍了。到现在，房子还是租的，车的贷款还不上，转给别人了。我那辆九成新的红色马自达6啊！

不说这些了。我还得活着。

我19岁开始贩狗。即便如二毛所说，真是入错了行，也只能错下去了。不贩狗，我干什么去呢？不在贩狗时间赚点钱，我在贩狗以外的时间拿什么去消费呢？我那么喜欢和二毛泡小酒馆，吃肉串、鸡脆骨、牛板筋、烤馒头，喝雪花啤酒。那么喜欢逛超市，买薯片、口香糖、长白山香烟、火鸡腿、枣糕和大枣口味的酸奶。那么爱看报纸——《参考消息》《北京青年报》《法制日报》……按说这些也花不了多少钱，可总归是要花钱的。一个大男人怎么能被钱憋住呢？这不，看着报纸，赚钱的机会就来了。

晚报有一版叫"天天快讯"，其实就是广告。我特喜欢这一版。这个版面设计有特色，横平竖直切割成若干豆腐块，每个豆腐块里是一条信息。五花八门。比如，电子琴（加黑加大），下面小字是电话。这是招学员的。比如，歪脖老母（加黑加大），下面小字是电话、发团时间。这是组团去烧香拜佛的，据说很灵验。普京被害之后的若干天，二毛天天怂恿我去拜拜。当然了，我是不会去的。供在中国东北农村的歪脖老太太能保得了贵族血统的俄罗斯狗吗？比如，潘世江（加黑加大），下面小字是"离婚、合同、债务"，还有电话。这人是律师。我打电话证实了。因为二毛不同意我的判断，非说是私人侦探或者黑社会之类的。比如，二毛（加黑加大），下面小字是"纯种松狮配"、手机号。很像他的名片。那天我陪他到晚报广告部，措辞的时候，我说，你把二毛拿下去，换成阿里。二毛不听,说,凭什么换成阿里?我打的就是"二毛配种"这块牌子。我说只有卖狗的哥们知道二毛是人,不是纯种松狮。二毛还是不听,说,我愿意!再比如,寻爱犬艾薇儿(加黑加大),5000元(加黑加大),下面小字是电话。我的目光一下子定住了。我不可能错过这条信息。我连潘世江都不会错过,我怎么会错过艾薇儿?我兴冲冲地奔到二毛的店里。

我说,二毛,发财了!二毛的小眼睛在肿眼泡里瞥了我一眼,你想发财想疯了吧?阿里这几天正拉肚子。他起早贪黑地伺候。晚上与狗同床,还插电褥子。我爹都没让我这么孝敬过。你就当它是你爹吧,伺候不好就得送终了。送终?死了它就一钱不值!阿里看看二毛,又看看我,突然叫了一声。它还有精神头生气?估计问题不大。我把报纸举给二毛看。二毛的眼中亮光一闪,5000?

我说,老规矩,你先领条蒙事的狗去打探消息,把狗的情况摸清楚了,我再去。二毛眼中的光忽地灭了。还老规矩啊?一次都没得手。我说,5000块啊!从来没这么多过。总得试试。

对,总得试试。二毛最终同意了我的想法。反正闲着也是闲着。

二

我和艾小姐约在红旗广场。艾小姐就是艾薇儿的妈。她在电话里说,我家就在红旗广场附近,你方便吗?我说方便方便。我家离那也不远(我家离那不是一般的远)。她说就是,薇儿也跑不太远。

临出门前,我拍拍艾薇儿的头,对它说,艾薇儿,现在你有名字了,记住了,艾薇儿。我又重复了一遍,艾薇儿。这次它抬头看了我一眼,似乎明白了这个古怪的发音与它有关。对了,艾薇儿就是你,我就知道,唯有你可担此重任,二毛所有的萨摩当中,就数你最聪明了,性情还好。它把脸转向一边,不再听我唠叨。可我还是控制不住唠叨下去。自从小红走后,我就经常在家里自言自语。二毛说,你领条狗回家里去,管它懂不懂的,也有个说话的对象,别一天到晚像大街上那帮对着耳机讲电话的傻子似的。我说小红不喜欢家里有狗味。他的小眼睛啪地一瞪,你还当她能回来?我懒得跟他理论,小红走的时候,本来就没说不回来。

我说,艾薇儿,根据你二毛爹打探来的情报,从各方面来看,现在你都和你妈说的一个样了。母狗(从名字上就猜到了),全白(有三处精心染过),四岁(谁能看出你三岁还是四岁呢),少一颗门牙。幸好是少一颗门牙,要是身上有块疤,一时半会儿还做不好呢。对了,一会就见到你妈了。听声音,年纪应该不大,普通话说那么好听,没准挺漂亮的,她出了5000块钱找你,不用说,一定很有钱,你也算有福气。别人买你的话,2000块钱顶天了。所以,见了面,最好能跟她亲热点,她把你弄丢一个礼拜了,估计也记不大清楚你长什么样了。但愿如此吧。我对这事的把握并不大,以往的经验告诉我,那些丢了宝贝的狗妈狗爸们,总是一眼就看出来这个孩子是冒充的。说狗受了惊吓或者被自行车撞成了脑震荡也不行。

为什么我和二毛还坚持不懈地做这件事呢?因为,确实有人成功过。虽然没过几天就被失主识破,但钱还是骗到了,大不了废了一个手机号。二毛其实对这事早就没开始那么上心了,他认为成功的概率比中彩票还低。但是他不愿意背弃我，尤其是小红背弃了我之后，他觉得更有责任向我证明"兄弟如手足，女人如衣服"。

我说，艾薇儿，希望这次我们能成功，希望你妈妈是个弱智。我锁上门，跟隔壁的二毛打了招呼，带着它准备离开狗市。二毛头也没抬，对我说，阿里刚拉了泡屎，你要不要踩一下再走？我说，今天穿的是帆布鞋，弄上屎回头还得刷。我真不应该过来跟他打招呼，好像赚了钱不给他似的，每次都这么充满嘲讽地送我上战场。还是跟艾薇儿说话比较好。我边走边对艾薇儿说，按说，这次我们也不算黑你妈妈，因为你本来就是只公主一般的萨摩犬，虽然血统不怎么纯正，赶上好年景，把毛色好好染一染，你也能蒙5000块钱。可现在不是那什么CIP吗？到底是CIP还是CPI呢？我也弄不明白了。反正啊，就是钱毛了，买菜买房子还顾不过来呢，谁还花大价钱买你呀是不是？所以你就蒙不了那么多钱了。要说以前骗别人家长那会儿，那才叫惊心动魄呢。我和你二毛爹爹曾经把一只笨狗改装成了雪橇犬，雪橇犬的奶奶——一个患白内障的70多岁老太太马上都要点钱了，结果天突然下起了雨，她"大孙子"身上的毛开始掉色，摸了她一手黑乎乎的，气得她直哆嗦，抡起拐杖就打我们，说我们丧尽天良。幸亏我和你爹跑得快，要是胳膊挨上那么一下子，一准瘀青。你瞧你，多漂亮！你妈妈一准会喜欢你的⋯⋯我发现，手里牵着一只狗在大街上唠唠叨叨，确实比对着耳机讲电话的那些人正常多了。没人奇怪我和一条狗说话，二毛的话是有道理的。虽然艾薇儿并不搭理我，只顾着在行道树的脚跟底下嗅来嗅去。

走到我眼冒金星，又打了15块钱的车，终于到了红旗广场。我一瞧手表，晚了5分钟，心说正点，就是要晚那么一点点，才像个拾金不昧的正人君子。

艾小姐是个苍白的女人，当我握她的手时，瞬间冰冷的感觉，让我想到了吸血鬼。《暮光之城》那部片子就是这么说的，面色惨白，皮肤冰冷，吸血鬼都这德行。小红很喜欢那个男主角，脸像擦了白粉，唇色猩红，一副欠揍的模样。我说，你是不是犯贱？她一脚踹我屁股上，说，对，你变个吸血鬼给我看看。我才懒得那么变态，不过此刻我想，如果小红和艾小姐都变成狗的话，小红一准是满市场最欢实的，艾小姐嘛，蔫头耷脑，脱手之前得经常喂去痛片。但是她身上有一种特殊的气息，说不清是什么，却很吸引人，是小红身上没有的。

我说，你这条狗，可把我累坏了，快给钱吧。然后尽量使劲喘粗气。

她不看我，盯着狗。脸上是一种模糊的表情。

我的心提了起来。

她死死地盯着狗，突然说，艾薇儿，过来，让妈妈看看。

我的大脑迅速开始旋转，如果艾薇儿不听话，怎么办？

然而奇迹发生了，艾薇儿上前两步，开始舔她的手，还拼命地摇了两下尾巴。这个叛徒，选它真是选对了。

艾小姐蹲下身，手从狗的头上轻轻抚过，眼神像子弹一般，密集地扫过艾薇儿的全身。我屏住呼吸，准备随时应对。我看到她试探地摸了摸狗的嘴，意识到她想看牙齿。果然，在艾薇儿温顺神态的鼓励下，她用拇指翻开了艾薇儿的上唇，一个完美的豁口呈现在眼前。艾小姐轻轻地皱了皱眉。难道拔错了？不是这颗？我的心再一次悬起来。

就在这时候我听到她说，果然是你。同时脸上现出了笑容。

我不敢相信这一切，尽量把声音放镇定，催促道，好了，母女重逢了，快点给钱吧。

艾小姐站起身的时候，脸色比刚才红润了些。她说，前面有个超市，门口有个提款机，你跟我过去取吧。她把艾薇儿牵在手里，向前走去。浅灰色风衣，白色长裤，白的帆布鞋，和艾薇儿还真般配，情侣装似的。

我在原地站了好一会，直到她回头唤我，怎么不走呢？我将脚向广场的一个大人物雕像踢去，疼。这一切都是真的。我对自己说，有时候，真的东西也可以像梦一样不真实。对了，这就叫梦想成真吧？但我随即告诉自己不能高兴得太早，这女人会不会是个反骗高手？一会取钱的时候不会耍什么花样吧？还是跟紧点好。我快走了两步，并且不停观察着周围，会不会有同伙过来接应？突然有点害怕了，真应该让二毛跟着一起来，虽然他为了打探艾薇儿的详细消息，已经牵着另一条蒙事的萨摩和艾小姐见过一面了，但此刻躲在暗处，总有个照应不是？

事实上一切顺利，电影中常见的打斗场面没有出现。艾小姐将分三次取出的百元钞票交给我，没有一点犹豫，她的心思，此刻都在艾薇儿身上，不停地胡言乱语。她说，薇儿，我们给爸爸发个短信，他听说你来了，说不定会回来看你……你哥哥偏不肯陪我，再也不回来了，还是你好，喜欢我……薇儿，你就住在哥哥的房间怎么样？睡我的床也可以，只要你爸爸没看见……超市的广播里放着一首钢琴曲，她断断续续地说着，声音无比动听。可我听了一会，还是决定迅速离开，不是怕她反悔。我现在可以肯定，她绝不会反悔。因为我强烈地感觉到，这个女人，脑子有点问题，就是说，我可能碰见了一个精神病。我用小得她几乎听不见的声音说，那好，我们再见吧。然后侧身迈步，准备离开。可只走了两步，她把我叫住了，张先生，你有急事吗？我吓了一跳，无奈地回过头，啊，是啊，有事，有事。哦，她又用刚才那种模糊的表情看着我，你能不能帮我个忙？帮忙？帮什么忙？我想进去买点狗粮，你在这里帮我照看一下艾薇儿，可以吗？啊，可以可以。我马上接过皮绳，做出微笑状，愿意为美女效劳。她似乎苦笑了一下，转身进了超市。

不多时候，艾小姐面含微笑，满载而归。购物袋撑得鼓鼓的，依稀可见有罐装的狗粮、火腿肠、牛奶、冰激凌、德芙巧克力、大白兔奶糖……还有半个红灿灿的西瓜。她说，这些，都是艾薇儿喜欢的。My God！我在心里对着艾薇儿说，你这回可真是进了天堂。她将袋子放到地上，甩了甩手腕，对着艾薇儿说，可把妈妈累着了。我假装看手表，不看她。她也不接我手里的皮绳，继续念叨，要是薇儿能自己拿这些东西就好了。我在心里骂道，这到底是个什么女人啊？脸皮不是一般厚。我还就不惯你毛病，我连小红的毛病都不惯，我惯你？你好看你自个的，我又没得着什么便宜。我把手机掏出来，低头假装看短信，拿狗绳子的手冲着她伸去。她无奈接过皮绳，站了一会，另一只手缓缓提起地上的大袋子，然后低低地说了声，张先生，再见！说完，步履有点艰难地向着广场北边走去了。我摸摸兜里的钱，心说，对不起了。

三

当我揣着5000块钱返回到二毛面前时,他像不认识我一样盯着我,老半天才憋出一句,这世界上真有这样的傻子?我确定地点点头。钱不是假的吧?我又确定地摇摇头。他咧开嘴,发出周星驰般恣肆的笑声,一拳砸在我肩膀上,水泡眼像两朵小花般绽放。

看来瞎猫还真能逮着死耗子啊?这就是传说中的梦想成真吗?他当即宣布从这个礼拜开始买彩票,并兴奋地在地上走来走去。大菊花一颤一颤的,包子脸更大了。过了一会,他忽然停下来,问道,三儿,你说,如果我每天都不停梳头发,羊毛卷是不是最后也会开?他一直为他的羊毛卷苦恼,从我认识他起,这就是他一块心病,为此他还留过一阵子光头,可是他的头上有块暗红的胎记,像俄罗斯一位大人物似的,不过长在后脑勺上,剃光了头发才发现,可是已经来不及了。他和他妈大吵了一架,说这么大个事,你怎么不告诉我。他妈反驳他,多大个事?早都忘了。我记得那天他气呼呼地叫我出去喝酒,非说自己不是他妈亲生的,要不怎么姥姥家奶奶家往上数三代,就他一个人是羊毛卷?然后又问我,你知道二毛子是什么意思吧。我说我知道,别胡思乱想了,你的小名叫二毛,不是二毛子。而且就你那双水泡眼,典型的亚洲人眼睛,扯不上关系。此刻,我望着他头上盛放的大菊花,不忍心打击他。我说,兴许能行,要不你逮两根先梳着试试。他点点头,忽然又醒悟了似的,说,试个屁,烫都烫不直。我哈哈大笑起来。他说行了行了别傻笑了,走。干吗去啊?喝酒!这还没到饭口,喝什么酒？中了这么大彩头还不庆祝一下，什么饭口不饭口的，二爷我现在就想喝！我一想，也是，晦气总算到头了，走！

我和二毛迅速收了生意，打车直奔韩国烧烤街。进了一家平日舍不得去的店，二毛把手往桌子上一拍，啤酒！先来一箱！

不一会，牛肉、鱿鱼、明太鱼、烤串、板筋、鸡脆骨……摆了一桌子，都是我俩爱吃的。二毛用筷子"嘭嘭"撬开两瓶雪花，泡沫飞溅，我们一人抄起一瓶撞在一起，高呼"Cheers！"

就在庆祝酒会进行到正酣之时，我的手机响了。我拿起来看了一眼，名字显示"爱犬艾薇儿"，这是寻狗广告上的词，看见广告的当时就被我存上了。我说，糟了，受害者找上来了。二毛一惊，抢过我的手机看了看，不接，听见没？千万不能接，准没好事。我没接，再响，还是没接。过了一会，过来一条短信：艾薇儿很好，真是多谢你了！我举着手机大笑起来，二毛，我现在是雷锋了，你赶紧敬我一杯，哈哈哈。二毛把手机抓过去看。看罢，一脸困惑，苍天啊！她到底是不是人类？怎么会这么弱智？然后转过头对着我，哎，这女的是不是长得脸惨白惨白的？身子骨精瘦精瘦的？说话不是本地口音？我说那叫普通话懂不懂？本地人谁没事说普通话？我就问你，咱俩前后脚见的是同一个人吧？我说对呀，你不就是大前天领条笨狗假装艾薇儿去打探的消息吗？回来告诉我，母狗，全白，四岁，缺一颗门牙，然后咱俩就染毛，拔牙，今天我隆重出场的吗？别犯贫，我再问你，那女的是不是二十七八岁三十来岁？对呀。你觉得她有什么不正常吗？二毛用手指敲敲我的脑袋，这。我说，还行啊，虽然说话有点莫名其妙的，总体来说还算行啊，5000块钱都没数错。二毛不解地皱起眉，是啊，跟我说话的时候也挺好个人啊。你说，我领条笨狗去蒙她，她都没生气，对我特有礼貌，一看就很有教养。我说，对，就这样有教养的人才好蒙呢，她觉得别人啊，都有教养，哈哈。二毛瞥了我一眼，就你？有教养？我怎么了？我这模样，一看就是好人家的孩子，就你那贼眉鼠眼的，人家还未必把5000块钱给你呢！二毛并不生气，喝了口酒，摇摇头说，你说这要是蒙个傻女人吧，我觉得蒙也就蒙了，可是骗一个这么高级的漂亮妹妹，我这心还真有点不落忍。我看着满桌狼藉，心说，吃都吃了，还说这种屁话。

又喝了一会，我实在喝不动了。对二毛说，剩那4瓶别喝了，一会退了吧。二毛不同意，退什么退？我都能喝了。他看了一眼我的手机，接着说，三儿，听我话把号换了，一了百了。现在没看出来狗是假的，不等于明天看不出来，以后看不出来。染的那毛啊，顶多半个月，就得露黑楂。我没吭声。二毛不屑地看着我，瞧你那倒霉德行！你留着它干吗？你真以为她还能回来呢？说不定现在正躺在别人床上呢！我一把抓过手机揣进怀里，面无表情站起身，咕哝一句，我喝不动了，先走。酒宴的欢乐气氛被小红是否已经睡在别人床上的臆想打碎，我和二毛不欢而散。

二毛说的没错，我留着这个手机号，等小红。小红走后，我从未给她打过一个电话，但是，我总是感觉有一天，她会顺着电话线，回来。这个念头我不想告诉二毛。二毛的情谊深似海，但是二毛代替不了小红。

第二天下午收了市，二毛来到我的店，说要带我去游戏厅，玩半条命。那是道歉的表示。我说我不去。他说，跟你做朋友真累。推门走了。

我在店里坐了一会儿，吸了一支烟，想不出来去干什么，于是决定回家。沿途在一个报刊亭买了几份报纸，天还大亮着，离晚上还漫长着。我很无聊,于是我拐进了超市。

超市是个很好的去处。明亮、热闹,最适合寂寞的人前往。每个货架前转一会,时间就迅速消失了。除了丰富的货品,还可以看人,各色的人。老太太带着小孙子,假装生气又溺爱地看着他把一个又一个袋装小食品扔进购物车里。中年夫妇漠然地互不搭理地往前走,从容选购高档货,显示他们物质的富有。年轻人,是的,每时每刻,每个超市里,都会有那么几对年轻人,热恋中的样子,黏黏糊糊地贴在一起,从我面前走过,像我和小红曾经做的那样,从我面前走过。

回到家,天终于黑了。

我把从超市买的土豆丝卷饼在微波炉里热了一下,又开了一瓶啤酒,打开电视。

刚要吃,手机响了。"爱犬艾薇儿",吓了我一大跳,阴魂不散啊。发现是假的了?我一边吃饼,一边看着它响。也许,真应该把这个手机号扔了。小红不会回来了。都走了半年了,要回来早就回来了。再说,她又不是找不到家。可是……她要是先打个电话,发现这个号码已经不是我的了,还会回来吗?我忽然有点烦躁,屋里到处都是小红的气息,越到晚上越鲜明,我拿起沙发垫子盖住那恼人的铃声。

艾薇儿她妈,那个姓艾的女人,那个和小红迥然不同的高级女人,她不让我安静地想一会小红,她的短信过来了。她说,艾薇儿突然拉肚子,好像要死了,求求你帮帮我。拉肚子?怎么会?没听二毛说这是条病狗啊?我看着短信,思量着,兴许是真的,那一大袋子乱七八糟的食物,人吃了也得拉。可是她为什么要找我帮忙呢?因为我认识艾薇儿?真把我当成艾薇儿的恩人了?若是不接电话也不回短信,她会不会反倒怀疑我呢?

我回,傻子,你带她去宠物医院啊。

她又回,我不知道哪里有啊。

我想告诉她狗市附近有一家,但是没敢。万一她在那一带发现我和二毛可怎么办?我回,我也不知道。

那边不再说话了。我想继续帮她想点办法,可是,忍住了。我有资格帮她吗?我不过是个骗子。我最好从她的意识中消失。她为什么要找我呢?如果不是发现这是个骗局,她的狗出了毛病,轮得着我帮忙吗?我是她什么人啊?真是莫名其妙。

隔天早上,我被手机短信的铃声惊醒。艾小姐:艾薇儿没事了,我求了一个诊所的大夫帮忙,呵呵。没事了?没事就好。没死就好。我回:祝艾薇儿健康长寿!她还用了个"呵呵",是在为找了个大夫得意吗?据我所知,一般的大夫都不愿意给狗打针,但是只要给的钱多,请他们出山也不是多了不起的事。

我躺在床上,睁大眼睛回想着艾小姐的短信,难道说她还没发现艾薇儿是假的吗?

四

接下来的两天相安无事,我以为这件事就这么过去了。像列车驶过站台。但是她又在下一个站台出现了。

这天晚上,我正靠在沙发上百无聊赖地看电视。手机里飘过来艾小姐一条短信:你在干吗呢?我愣愣地看着这几个字,人仿佛一下子被卡住了。

眼前浮现出艾小姐的形象来，苍白，瘦弱，着灰衣，说普通话。身上有一种吸引人的气息，对了，这气息就是二毛说的，有教养。她为什么要问我这句话呢？想跟我聊天？还是发错了？我的手指在手机键上犹豫着……

我回：一个人，在家。鬼使神差般按出这几个字以后，我感到浑身有些发热。

我把电视音量调小，屏息看着手机。过了好一会，短信过来：哦，我也一个人。

我惊得从沙发上站起来，抬手关了电视。不会吧？她真的想跟我聊天？我走到洗手间，站在镜子前，一张胡子拉碴的平庸面孔出现在眼前。马上泄了气。她那样的女人怎么会看上我呢？再说，她好像有男人啊。我想起她那天的胡言乱语，对着狗说什么你爸爸，你哥哥的。我记得有一句是"说不定你爸爸会回来看你"之类的。莫不是离婚了？

回到沙发里，我拿起手机：艾薇儿的爸爸不在家？

艾小姐：他们还没见过面呢。

还没见过？出差了？还是两地分居？我琢磨着，忽然对这位艾小姐产生了好奇心。

接下来的几天，艾小姐都在晚上九点多发短信来。话题五花八门，只是不再提艾薇儿爸爸的茬。她问我现在看什么电视剧，我说《雪豹突击队》，挺好看的。她说国产剧没什么好看的，你看美剧吧。最近有一部叫《别对我撒谎》，讲一个心理学博士通过人的表情来识别谎言，帮警察破案。很有意思。说得我心里一惊。又问我读什么书，我有点窘，回说工作太忙，没时间看书，就看看报纸。她说时下流行侦探小说，你若有时间，可以看看东野圭吾，写得很好，推理好，文笔也好。我说好。她又问，你喜欢听音乐吗？这次我考虑了很久，慎重地说，我喜欢听陶喆和雅尼（其实我更喜欢周杰伦，雅尼只知道一首曲子，站前广场以前在晚上总放，很雄壮，好像有多大事似的）。但是艾小姐告诉我，雅尼近年没有好作品，班得瑞也不禁听，还是肖邦百听不厌。我的手心出汗了，脸涨得通红。幸亏她看不见。每次跟她聊完，都觉得自己要虚脱了。她问我做什么工作呀，我踌躇了一会，说是做电脑工程的。她问，开发软件吗？我含糊地说，负责一点管理。然后忙问她干什么工作。她说，我以前在出版社工作，现在辞职了。我说为什么辞职，是不是嫁了个有钱的老公啊？她说，想自己做点事情，还没想好。我问，是想做生意吧？她回说，不知道。我说你好像不是东北人吧。她说你看出来了，我是安徽人。一个人在东北？她说，不完全是。有时候她会跟我谈星座，像个很迷信的小女孩，但是说着说着就会把人分析得深入骨髓，让我心生敬畏。有时候她又跟我讲小时候，说我们这代人很幸福，尤其是小时候，物质虽不那么富有但大家都很快乐。但是大学毕业后就开始不幸。社会变了，人也跟着变了。我说你有什么不幸，那么有钱。她说，我原也以为有钱会很幸福，但是现在发现，不是那么回事。我心里不舒服，酸酸地说，你是饱汉子不知饿汉子饥。她说，你若像我一样，也会觉得没意思。我问，你什么样？她又不说了，转移话题，说，我们谈谈小时候的动画片吧。这个我感兴趣，有说不完的话，那天晚上，我们聊到了后半夜，意犹未尽。我和小红在一起两年好像也没说过这么多话，谈话内容从来没有这么丰富过。

我一下子爱上了晚上的这段时光。我开始在白天没事的时候泡网吧，去搜索那些艾小姐提到过的内容，然后把厉害的句子编辑成短信存在手机里，等着与她交流的时候装作很随意的样子发出去。我甚至在周围闹哄哄的视频话聊背景中一个人插上耳机听肖邦。

二毛觉得我不对劲，问我，最近你怎么神秘兮兮的，泡妞呢？我不愿意跟他讲，含糊地点点头。他说这就对了，别一棵树上吊死。三儿，虽说你长得不算好看，可是你这身材，在男人里那得算一流的，一些女的看到要流口水那种，小红根本配不上你。我说行了，别忽悠我了，八字还没一撇呢。说完这句话，我被自己吓了一跳。

回到家里，我再次来到镜子前打量自己，真的像二毛说的，身材让人流口水吗？那么她呢？我笑了，怎么可能呢？我这档次，和人家差得太多了。可是，她为什么这么喜欢和我聊天呢？她没有别人可聊吗？她的男人晚上一直都不在家吗？

这天晚上，我一直在等艾小姐的短信。我甚至预先编好了一个笑话存在手机里，准备她一来信息，我就发过去。但是，没有。有几次我想先给她发，又担心她家里有人，比如艾薇儿的爸爸回来了，那样就不好了。想到这里，我忽然感到有点落寞。我觉得这个晚上无比漫长。当电视屏幕出现零点的时间时，我起身准备睡觉。可是睡意全无。我站在洗手间的镜子前，问我自己，张三，你这是怎么了？

漫长的两天过去后，我又等来了艾小姐的短信。这一天，她好像心情不大好。问我一般不开心的时候会干什么。我说喝酒啊，喝酒最管用了。她说对呀，我怎么没想到呢？然后过了半天，她过来一条信息，你一般喝什么酒？我说最喜欢雪花啤酒。她说，哦，那我这红酒就不请你喝了，呵呵。我好像看到了她的样子，脸红红的，端着玻璃杯，像电视剧中的女子。我问，你老公还没回来吗?"老公"这个词,我早就想用了。我越来越想知道答案。没想到她马上回复道,谁跟你说我结婚了?我看着这条信息,手抖了一下,心竟然怦怦跳起来。我迅速把那个笑话发给她。然后问,现在心情好些吗?她说,有意思。你这人心肠还挺好的嘛。这句话有点像针,刺了我一下。我能算心肠好吗?我难道不是个骗子吗?仿佛从云雾里一下子跌回到地面。

与艾小姐互道晚安后,我陷入了一种难言的空虚。我算了算,十天了。从红旗广场见面到今天晚上,这十天像梦一样不真实,也像梦一样奇妙。这一切都是真的吗?二毛的话在我耳畔响起,顶多半个月染过的毛就得露黑楂。再过五天,她就会知道我的真实身份。我看着手机,确切地说,我穿过手机的壳看着那张 SIM 卡,五天之后,就要把它丢掉吗?我现在比从前更舍不得丢掉它。

五

这一天,我正在二毛的店里帮他忽悠一个大胖子女老板,她看上一条松狮,二毛唱白脸我唱红脸正在谈价钱呢。艾小姐忽然来了一条短信:昨晚上忘了问你,艾薇儿这几天怎么在屋里到处尿尿啊?以前不是这样的。

尿尿?不应该啊。就算这条狗不纯,也是成年狗,怎么说也不会像小狗一样"到处"尿尿啊。我问二毛是怎么回事。他头也没回,还用问,发情了。我一想,是了。艾薇儿也该发情了。我告诉艾小姐,你家公主想找对象了。

短信的事我一直没告诉二毛。如果对他讲了,说不定他会把我的手机扔了。因为，很显然，这是一件很危险的事。打发走了女老板，二毛想起来问我，谁的狗发情了？什么狗啊？要是想配，让他找我啊。我只好说行。恰巧这时候，艾小姐的短信又过来了。二毛眼尖，一眼扫到屏幕上"爱犬艾薇儿"几个字，她怎么还给你发短信呢？啊？然后一脸疑问地看着我。我拿着手机不知说什么好。二毛一把夺过我的手机，按开短信：那你帮艾薇儿找个对象吧。敢情是她的狗发情了？二毛的水泡眼一瞪，三儿，你这段时间一直都跟她有联系吧？我说你想哪去了，这不是狗有事吗，大概想起我来了。三儿，不是我说你，你可得离她远点，耗子可不能给猫当三陪呀！我说，她好像没觉得狗有什么问题。那可难说，这都十来天了，也快露馅了。你说她的狗想配种是真的吗？该不会钓你上钩，再找警察把你逮起来吧？我说，不会吧？

　　回到家里我一直思量这事，怎么回答艾小姐？那条给艾薇儿找对象的短信还没回复呢。找个托词拒绝吗？也不是不行，然后就等着大限一到，扔掉手机卡，让一切都消失？那剩下的这几天也毫无意义了。我从现在开始就已经不是她心中的正人君子了。忽然间，觉得心里很不好受。

　　这时二毛的电话进来。他冲口就说，三儿，我合计了一下，这个赚钱的机会咱们可不能错过。我说，你说啥呢？莫名其妙的。少装糊涂！他有点不耐烦，说啥你不知道？给艾薇儿配种啊！说什么呢你，不怕给猫当三陪了？动动脑子啊——二毛拉了个长音，这事啊，我仔细合计了一下，可以办。怎么办？咱俩都不用出面，这么着，叫你二哥去。我找条狗交给你二哥，让艾小姐和你二哥联系，他们自己定时间地点。配狗总不犯法吧？就算警察去了，也不会抓你二哥的。赚了钱，咱们仨分。你看怎么样？我从心里佩服二毛这个主意，我说，二毛，你真是块做生意的料。二毛有点得意，总不能有钱不赚吧？何况咱们还是干这个的，你说是不是？我看那女的有的是钱，趁着艾薇儿身上的黑毛露出来之前，咱们再宰她一笔，然后就彻底消失，你听我的，干完了这次，就把你那手机号换了。我沉吟了一会，说，二毛，这次给她配不是不行，只是咱能不能正常给她配？二毛犹豫了一下，三儿，过了这村可就没这店了。你该不是惦记上这女的了吧？我告诉你，一点戏都没有，她跟我们不是一路人。再说，你还骗过人家。我说你别瞎猜，没那事。正常配你也是赚，再说，我们都黑过她一次了，这心里……行行行，二毛打断我，就按你说的，给她找条好狗，但是价钱得要多一点，6000，一分不能少。

事情就这样说定了。我马上跟艾小姐联系，在短信里说完价钱，她没有表示任何异议。我说那就等我和那边定好时间再通知你。她说，好。

晚上躺在床上，我翻来覆去无论如何睡不着了。习惯性地拿起手机，已经后半夜了。我打开信息箱，艾小姐的短信都整齐地躺在里面。我翻开，一个一个地看，想象着她的样子，想象着那些夜晚。她的面容已经开始模糊，身体却越来越鲜活……这一切都要结束了吗？或许还要结束得更早。

早上起来，我做了一个决定：去见艾小姐最后一面。

两天以后，我早早来到狗市，牵上那条即将与艾薇儿交配的公狗，迅速返回家。我没有告诉二毛我的决定，只对他说把狗给我哥送去。

在回家的路上，我拐到干洗店，取回两天前送来的西装。进门后，我把狗关进阳台，然后冲到卫生间。我要洗个澡，还要仔细地刮一下脸，再吹一下头发，打一点定型膏。我用了阿迪达斯沐浴露，这是我昨天晚上特意去超市买的，它有一种淡淡的男士香水的味道，能遮住我身上的狗味。衬衫也准备好了，是条纹的休闲款，这样就可以不用打领带，显得随意一些，洒脱一些。还有鞋，很久不穿的皮鞋，一会需要仔细擦一下。还有什么呢？对了，还有口香糖，出门的时候要嚼两块，再带上银行卡，或许能吃顿饭吧？希望如此。我也不知道。

当我忙活完这一切，离与艾小姐约定的时间还有两个小时。我站在镜子前，打量着张三，我很满意。张三没法更帅了，配得上与艾小姐站在一起了。

我牵着狗走出家门，天气很好。树很好，草也很好。街道很好，行人也都很好。我慢慢地走，慢慢地被风吹，头发要稍微乱一点才自然，还有足够的时间。

如约抵达红旗广场，艾小姐还没来。

我点了一支烟，边吸边等。记得她上次是从北面过来的，那有一片高档住宅区。我看着那个方向，想象着她会穿什么衣服，我能远远地认出她来吗？我希望她来得晚些，再晚些。

然而最终艾小姐没能来。我等到的是她的一个电话。

六

艾小姐住院了，严格讲，叫住院观察。因为突然昏倒这种事，以前从未发生过。医生建议她做一个全面的检查。

那天她在家里给艾薇儿洗澡，准备带它出来会男朋友。可能是蹲的时间过长，站起来的时候突然就昏倒在洗手间。一个小时之后她苏醒过来，感到心脏十分难受，已经站不起来了，勉强够到电话，打给了我。

我按照她微弱声音的指引，迅速赶到她家。看到她的样子吓坏了，背起来就往医院跑，中途她又昏了过去。抢救过来之后，她的心律一直不稳，医生说暂时不能和家属说话。我就在重症监护室外边等着，表现得很焦急，大概是那样的表情吧。他们自然而然就拿我当家属了，理所当然地要我去办住院手续，并严肃地告诉我，遇到这种情况要让病人平躺，然后打120，不能没头没脑地背。

晚上七点多，艾小姐被推回病房。看到我，她歉意地笑了笑，然后似乎想说什么。我示意她别说话。她还是努力把嘴唇拢成一个喇叭形，半天，发出一个音，狗。我这才想起来，因为情况紧急，没顾上两条狗，它们现在都在艾小姐家里。艾小姐这一住院，没人管它们了。现在我基本可以断定，艾小姐是一个人住，即便有亲密的人，也不在身边。否则，她不会在苏醒过来之后第一个想到给我打电话，而且在再次苏醒过来之后只想到狗。想到这些，我说，你放心，我会照顾好狗的，一会就把它们接到我家去，你看行吗？她笑了，指指裤兜，示意我拿钥匙，然后疲惫地闭上眼睛。这笑容让我欣慰。

我打车回到艾小姐家。这次我仔细打量了一下房间，这个神秘女人的家让我好奇。两居室，面积并不大，装修也没有我想象中豪华，只是客厅中有一架白色钢琴让我印象特别深刻。她就是经常坐在钢琴旁给我发短信的吗？等待我回复的时候就弹一会？我注意看了一下，屋里没有男人的照片，也看不出有小孩子的痕迹。

证实了我的猜测。两条狗已经将屋子弄得凌乱不堪，不知是不是已经做过该做的事了。我把艾薇儿叫到跟前，用手指翻开它的毛——这是我来此的路上一直惦记的一件事。谢天谢地！它依然是白雪公主。

带着两条狗回到二毛处，我只跟他说没配成，艾小姐突然住院了，狗先放咱们这给照看一下。二毛当然很惊奇，一连串问了我好几个"怎么回事"。我简单解释了一下，并不顾他的强烈反对，马上要折回医院。二毛是有足够理由惊奇的，明明出去的时候是为配狗的，怎么突然间管起人住院来了？他打量着我，三儿，你怎么弄得像新郎官似的？不是你哥去的吗？你怎么知道她住院的？回头我再和你细说。三儿，你到底在搞什么鬼？这一阵子就觉得你不对劲。我说我得走了，对不对劲的，两条狗现在不是都在你手里吗？二毛看看狗，可也是。又一把拉住我，我看你还是别去了，要是她摸清你底细就不好了，随时都能把警察招来。我说她现在人事不省，报不了案。二毛有点急了，那你更不能去了，回头再死你手里，咱说不清楚。我说那怎么行啊？住院押金都是我掏的。二毛听了一跺脚，在我后面骂，你个傻子！

回到病房，夜已经深了，艾小姐躺在床上，安详地睡着。值班医生说，病人现在情况稳定，你可以休息了。

我端详着艾薇儿，这个名字是我在办住院手续时脱口而出的，我不想让人知道我连她的名字都不晓得，那样我要多说很多话。艾薇儿的脸色比原来更加苍白了，除此之外，她呼吸均匀，表情舒展，完全不像个病人。白色外套和牛仔裤被整齐地叠过，平放在椅子上。应该是护士整理的。手机被放在床头。

她的一只手放在被子外面。那是一只漂亮的手，白嫩，纤长。

我似乎看到它在白色钢琴上跳舞,自信而娴熟。这瘦弱的身体里,原来埋藏着那么多令人神往的秘密。我看得出了神。

手机在此时振动了一下。我犹豫了片刻,决定看看,毕竟现在是非常时期。

小巧的白色手机是触摸屏的。我用手指敲了一下屏幕,屏幕亮起来,显示是一条短信,下面是来电人:老公。这两个字让我吃了一惊。她不是说没结婚吗?短信里说了什么呢?我被一股强大的力量攫住,忍不住打开了那条短信。

只有一行字:明晚我过去。

过去?我推敲着这个词,一个被称作"老公"的男人对"老婆"的家只是有时候"过去"?这意味着什么呢?我看着艾薇儿,她一动不动地安睡着,那么美,尤其是这种放松的状态。可这么美的女人,在病中的夜里,除了一条只有传达意味的短信之外,怎么就没有人惦念她呢?现在似乎能理解她为什么会出5000块钱找一条狗了。我把那只漂亮的手抬起,放到被子里。呆坐在她床前,不知过了多久……

第二天早晨,当我被强烈的阳光刺醒,艾薇儿已经在地上走动。

她面颊红润了些,冲我笑一下,你醒了?帮我办一下出院手续吧。

出院?我一愣,不是说要观察两天吗?

我和医生咨询过了,他们说一会量一下血压,做个心电图,如果没有问题,就可以出院。

哦。我注意到她手里拿着手机,有点尴尬。她却没提短信的事，转过身，对着窗玻璃理了理头发，我看起来还挺精神的吧？

是啊！挺好的。我站起身，披上衣服往外走。心中莫名有点恼火。

到了住院处收费室，艾小姐的主治医生也在，正给一个办出院的病人家属解释收费情况。他有些疑惑地看着我，问道，真要出院？是。我很肯定。他摇摇头，我建议还是再观察两天，弄清楚病因。最好验一下血，再到精神科做一下心理咨询。心理咨询？为什么？我怀疑她有抑郁症，这可能是病因。你为什么这么怀疑？我的好奇心又蠢蠢欲动。别误会。他摆了一下手，是因为查不出器质性问题。他显然以为我的质问表达着身为家属的不满。又补充道，现在这个社会，谁没有压力呢？但是每个人的承受能力是不同的，释放的方式也不同。我回味着他的话，想着艾薇儿神秘莫测的生活和反常的言谈举止，觉得他的猜测很有道理。医生以为我在担心，拍拍我的肩膀说，出院后找个机会去做下心理治疗也好，现在好多人都做，不是什么大不了的事。我接过退还给我的几百块钱，心说我担什么心，又不是我把她弄成这样的。

回到病房，艾薇儿却不见了，连同她的衣服、钥匙、手机，全都不见了。保洁员大姐正在打扫房间。我问，人呢？她奇怪地看着我，不是出院了吗？似乎想探究什么。我忽然有种被涮的感觉，看着手里的医疗费收据，愤怒从心底油然而生。爱犬艾薇儿，你一分钟都等不及，怎么不抑郁死你！

七

艾小姐仿佛蒸发了一般,消失了。"爱犬艾薇儿"这个名字再也没有从我手机的电话簿里蹦到屏幕上来。每次有短信的铃声响起,我都非常紧张。我设想着,如果是她的短信,我第一句话对她说什么?但打开信息,十回有九回都是垃圾广告。时间一点点流逝着。有几次我想给她打个电话,或者发个短信。可说的其实很多,比如身体怎么样了,艾薇儿挺好的,你什么时候来领回去?但是,如果我还是她心中那个艾薇儿的恩人,那个在夜晚与她聊天的电脑工程师,那个背着她去医院并为她垫付医药费的男人,她难道不应该先跟我说句谢谢吗?

离我原定扔手机卡的日子已经过去一周了,艾薇儿身上的黑毛如期露出来了,我想,也许留着这张卡已经真的没什么意义了。

二毛感觉到了我情绪的变化,几次想拉我出去喝酒,都被我拒绝了。到底发生了什么呀?他小心地探问我。换来的是我的沉默。我从来没用过沉默的方式来表达不高兴,即便是小红跑了之后的那段灰暗日子,我也是通过喝酒来解决心中的郁闷。这让他很吃惊。他转而安慰我,住院费不就是1000多块钱吗?艾薇儿咱俩一人宰了她2000多,你还是赚。我不吭声。他又接着说,狗不是还在我们手里吗?不赔!我还是不吭声。不过说到艾薇儿,这阵子我倒一直惦记着一件事,就是把狗毛再染一染。那天,在艾小姐家见到艾薇儿时,我就有了这个念头,等黑毛露出来之后,一定要再染一染。不过现在,也许没有必要了。

又过了些日子，我终于决定弃用这个手机号，包括已经破烂不堪的手机。我和二毛到手机市场溜达了两回，已经看好了一款新的，手机号也准备买个189的新号段，与139的日子彻底拜拜。

一切仿佛又回到了从前，我准备全身心投入到贩狗的事业中，游说我两个哥哥一人拿出10万块钱，准备再买条差不多的种犬，正经做生意。希望能再创事业的高峰。只是我不再喜欢玩半条命，而是迷上了肖邦。我把MP3里的周杰伦删除干净，都换成了肖邦。在回家的路上，我沉浸在音乐中，常常忘了自己是谁。

这天，我正和二毛在店里热聊着美国的狗选美大赛的事，手机响了。是"爱犬艾薇儿"。而且是一个电话。我呆住了，我没想到这个名字有一天还会从电话簿里跳出来。二毛也愣愣地看着我。良久，我按开通话键。我不知道我会说什么，我听到我说，你还活着呢？

那边没有生气，有笑声，说，还行，没死。

沉默。我等她说。

她说，那天……真是谢谢你了！

一丝安慰狂喜着从心底涌上来……

她说，后来有点急事，先走了。你别介意。

我依然沉默，听她说。我知道，她要说的还有很多。比如关于艾薇儿。

果然。她问，我的艾薇儿还好吧？

我说，好得不得了，就快管我叫爸了。

她笑了一下，这就好。然后问我，你什么时候方便？我请你吃顿饭，表达一下感谢。另外，医疗费得还你。

吃饭？这事我可没料到，有点不好意思了。我说，那啥……不用……

她说，要的，我要离开这儿了。以后……恐怕再也见不到了。

这样啊？我又吃了一惊。

我们于是约好明天晚上。

放下电话，我冲二毛说，赶紧的，把艾薇儿领过来，明天得还人家。

二毛翻了翻眼珠，手抚了抚乱蓬蓬的头发，突然一捂肚子，哎哟！不行了不行了，我先上趟厕所。说着，往门边挪。

我一把拎住他的衣领子，上厕所？骗谁呢你？我太了解二毛了，他在撒谎之前总是动作过多。

二毛的包子脸憋得通红，用水泡眼可怜地看着我，三儿，你别生气。

我生什么气？啊？怎么回事？

二毛用手抓着脑袋上的大菊花，狠了狠心，三儿，实话告诉你吧，卖了。

卖了？我抓住他的肩膀，不敢相信。卖了？你竟然瞒着我卖了？啊？前两天我还看见它在你那边呢。什么时候卖的？

就昨天，一早来了个老板，一眼就看中了，当时就甩出2000块，2000还不卖？那不是傻吗？我这还没来得及染呢，要是染染，估计3000也卖了。二毛说完咧了咧嘴，三儿，手轻点，疼。

我一把将他推出去，真不是东西！我怎么跟人交代？

交代什么呀？二毛一脸不屑，要不说你这人傻，把电话号码一换，不就全解决了吗？反正你也要换了。这都这么长时间了，谁知道她还要不要啊？一条萨摩前前后后卖了7000，就现在这行情，偷着乐去吧你！他整理着衣服，继续嘟囔，平白地得3500块钱，还想怎么样？

我已无话可说。因为，我是这场骗局的一部分。

钱呢？我没好气，把钱给我！

八

第二天晚上，我比约定的时间提前到达饭店。

坐在包房里，我点了一支烟。我要趁艾小姐到来之前的空当，想想一会该说什么。我是个不善言辞的人。对一个不善言辞的人来说，要表达这么复杂的事情，有点难度。我摸了摸揣在裤兜里的5000块钱，好在钱能说明一切，它能帮我省掉很多话。

昨晚，我想了半宿，最后弄清了一件事，如果我还想继续撒谎的话，那么今天就不必坐在这里。像二毛说的，把手机里的卡拔掉，扔进厕所，按一下水箱的冲水按钮，就行了。非常简单，一了百了。她不是要离开这里了吗？再也见不着了吗？那还见这多余的一面干什么呢？但是，我总觉得哪里不对劲，说服不了自己。拜拜了，亲爱的5000块钱。二毛若是知道我又搭进去1500，一准还会大骂我傻！我是不会告诉他的。这是我张顺飞自己的事情。

艾小姐在服务员的引领下进来了，我停止了臆想。

她缓缓在我对面坐定，抬头笑了一下，你能来，我真高兴。这一笑，不知为什么，很苦涩。这段日子没见，她看上去憔悴了很多。

我问，你身体怎么样了？

她说，没什么大碍。

她叫服务员拿来酒水单，两人点菜。出乎我意料，她竟然要了白酒。

不一会，酒菜齐备。她亲自倒了酒，然后举起杯，张先生，那天晚上，真谢谢你！真的，非常感谢！说完，干了。

我被她的诚恳感动了，什么也没说，一饮而尽。

气氛马上变得很融洽，我不忍心破坏。她也没有马上问到艾薇儿，让我很释然。

大厅飘过来轻柔的音乐，她的脸红润起来，把玩着小巧的玻璃杯，显得分外迷人。我一定傻愣愣地盯着她瞧了半天。瞧到她有点受不了，放下酒杯，低头夹菜吃。过了一会，她忽然想起什么来，拿过皮包，从里面取出一个信封，推到我面前，张先生，这是那天的医疗费……我后来又回医院了，可你已经走了。

我接过钱，有点疑惑，又回医院了？一大早你急三火四地干吗去了？

她整理了一下头发，缓缓说道，我给美容院打电话，问那天有没有时间给我做美容，一向都是需要提前一天预约的，我也拿不准，没想到美容师告诉我早上恰巧没订出去，我就赶紧去美容院了。真是不好意思，也忘了跟你打声招呼。说完，她歉意地笑了笑。

原来是这样！我想起那条短信来。她就是为了他急着出院，急着去做美容的吧？

她似乎看出了我的疑问，却没有顺着答案的方向说，而是转移了话题。她问，张先生，你有女朋友吗？

我说，已经分手了。

哦，她若有所思，举起酒杯，张先生，你人这么好，一定会找到一个好女人的。来，为你的美好未来，干一杯。

我看着她，也为你的美好未来吗？

对，也为了我的。她干了。

我看着她又变得模糊的目光，不知说什么。

真好，你能来。好长时间没人陪我喝酒了。她给自己倒了满满一杯，一仰头，又干了。

我将酒瓶拿到自己身边。艾小姐，不急，慢慢喝。对了，我想起来问她，还不知道你叫什么名字呢？

她一愣，随即笑了，是啊，名字。也许以后，我就叫艾薇儿了……

我讪讪地笑着，表面上有点不好意思，心里却对自己说，张三，你个傻子。聊过几次天，以为她就信任你了吗？

我的眼神泄露了内心的信息，她收起笑脸，对我说，张先生，你别误会，我的意思是说，我真的准备以后就用艾薇儿这个名字了。

我不解地看着她。

她低下头抚摸着酒杯，自语般地，薇儿是我小时候的名字。

这样啊，明白了。我想起了那些夜晚，她无数次地在短信中提到"我们小时候……"心底涌起一股暖意。

我抬手将两个杯子斟满。举起自己的，来，干杯！为了小时候！

她也端起自己的。两个杯子撞在一起，发出清脆的响声。我看到她脸上浮起一片温暖的光。

大厅里的音乐此时转成了钢琴曲，我们都停止了吃菜，聆听着……一曲终了，我说，多好啊，肖邦。她吃惊地看了我一眼，随即会心地笑了。

接下来的谈话很舒服，在肖邦的映衬下，我放低了声音，学着她的样子说话，夹菜时手活动的幅度也不知不觉小下来。这种感觉很奇妙。让我享受。

聊了一会，她忽然有些伤感，盯着空杯看了半天，然后说道，你看到的我手机里那个叫"老公"的电话号码，已经被我删除了。说着，一滴泪掉进菜里。

我一下子不知所措，慌忙给她倒酒。

她端起来一口喝干净。

分手了？婚外情吗？她的事情我依然那么好奇，渴望探听。忍不住小心问道，为什么呀？

不明白是吧？她看着我，突然充满嘲讽地说道，我就是传说中叫"二奶"的那种女人啊！我吃惊地张大了嘴。她看着我，继续说道，看到了吧？不是美若天仙像狐狸精，也没有三头六臂像母夜叉。我回过神来，呷了一口酒。她似乎还不过瘾，发泄似的继续说着，我不用上班，有钱花，随便买漂亮衣服，名牌手袋。说着敲了敲她的皮包。我这才注意到包是香奈儿的。她的情绪明显有点失控了，手有点抖。我想打断她，举起酒杯。但是她不理我，沉浸在自己的情绪中。可是我寂寞，太寂寞了！他只有想要我的时候才来，要完了扔下钱马上就走。你知道那种日子吗？你当然不知道！你又不是女的。我无可奈何，只好自己喝酒。她并不想让我参与进来，只自说自话，我后来想生个孩子，但是没有成功。我瞒着他，死撑到六个月，最后还是做掉了。是个男孩，你知道吗？她嘴一咧，突然大放悲声。服务小姐马上推门进来，我尴尬地连说不好意思,没事没事。她看了看她,又看了看我,似乎明白了什么的样子,什么也没说又出去了,将门严严实实地关上。

一个优雅的女人瞬间就变成了一个泼妇,如果不是亲眼看见,我无论如何不会相信。长期以来承受压力的结果,大概就是这样吧?太可怕了。这还是那个与我短信聊天的有教养的女人吗?我感到心有点难受,忽然想早点离开这里。

她哭了一气,心情似乎好了些。又给两个杯子斟了酒。来,喝,今天真痛快!真应该早点找你出来。

我喝了一口,进入话题,这么说,你要离开这儿了?

是啊,再也不想回来了。

哦,那要去哪里呢?

回老家。

回家挺好,家里亲戚朋友多,就不孤单了。准备做什么呢?

还没想好。不过,肯定不用再养狗打发日子了。

说到正题了。我清了清嗓子,艾小姐,艾薇儿它……

她打断了我,对了,我正要说这个事呢。她整理了一下头发,双手在脸上搓了搓,我这一走,也不能带着它,张先生你人这么好,艾薇儿……就托付给你吧!

我一惊,险些碰掉了筷子,这个变化,完全在我的意料之外。我不知说什么好,愣愣地看着她。

她仿佛表达完了所有想表达的(可能也包括大哭),显得很轻松。

我在柔和的灯光中注视着她,陷入想象。就是那个男人,那个被她称作"老公"的男人,将她消磨成现在这个样子吗?苍白,瘦弱,神经质,歇斯底里?

我问，你爱他？

她将目光放远，仿佛看着那个男人在说，他是我见过的，最成功的男人，又懂得哄女人。他和一般的男人，不在一个层面上。任何一个女人爱上他都很正常。

这话让我自惭形秽。

我错就错在，高估了他对我的爱。以为他总有一天会变成我的老公。现在，我终于明白了。她神色黯然，将我面前的长白山香烟盒拿起来看了看，又闻了闻。我以为她想抽，忙举起打火机。她摆摆手，怀孕那会就戒了，后来就再也没抽。可是，经过了这么优秀的男人，我还能爱上谁呢？

我无声地端起酒杯，喝了一大口。我不想吹牛，真的觉得，她眼中此刻的悲哀，能杀死人。我问她，他是做什么的？这男人让我好奇。

她没有回答我。沉默了一会，看着酒杯，我答应过他，要保守秘密。

哦！我张了张嘴，心里骂自己嘴贱。

谈话陷入僵局之后，我重新开始焦虑。

我知道，该面对狗的问题了。来此之前，我只知道这次会面不能告诉二毛，尤其是我想坦白真相，把5000块钱还给艾小姐这件事，打死都不能说。我很不自信。在未来那么多个和二毛吃肉串喝啤酒的晚上，要守住这个秘密，不知自己能不能做到。坐到这里之后，我一直在试着找机会开口，但我发现，开口比我想象的难多了。可是刚才，艾小姐突然说回老家，要把艾薇儿托付给我，一下子打乱了我的计划，一个新的方向出现了。这5000块钱还要不要拿出来？要不要将我和二毛合伙骗她这个秘密就此守住？也许，顺势替她照管艾薇儿，什么也不说，就当什么都没发生，也未尝不是个好的选择。我被这些思虑推来压去，快要爆炸了。

酒已经没有了，我开始抽烟，以缓解心中的纠结。我不明白，老天为什么要这样折磨我的心？我只是个落魄的狗贩子，不是天将降大任的那个人。难道就因为用假艾薇儿骗了她吗？我看着她叫服务员进来，掏出红色的钱包，拿出钞票，买单。可为什么不去惩罚二毛呢？他那么胖，比我禁折腾。

我听到艾小姐说，张先生，艾薇儿就拜托你了。我们认识，也算缘分。后会有期吧。再见了！说完，她站起身，向门口走。

在她的手够到门把手的瞬间，我终于决定了。

我将5000块钱掏出来，放到桌上。我说，等一下，把这钱，拿回去吧。话一出口，顿时轻松多了。

她回过头，吃惊地看着我，又看看钱。张先生，我不是要把艾薇儿卖给你。

我知道。我将烟捻灭，沉吟了片刻，吃力地说，这个艾薇儿……是假的。我是个狗贩子，我骗了你……对不起！

沉默。所有的声音都消失了。

艾小姐站在门口，良久，移动步伐，走到我身边。又是一阵难堪的沉默。然后，有颤抖的声音传过来，应该道歉的是我！张先生，从来就没有报纸上的那个艾薇儿。那条狗，是我凭空想象出来的。是我……用来打发寂寞的……一个游戏。

我张大嘴巴，呆住了。老半天才回过神来。我寻找着她的目光，发出结结巴巴而奇怪的声音，那……那些短信呢？

她的身体一抖，手扶住了餐桌，咬了咬嘴唇，却什么也没说出来。我逼迫着她的目光，她躲闪了几次，最终还是迎了过来。可那里面的内容太复杂,我还没来得及找到我想要的部分,她已经低下头,深深地向我鞠了一躬,对不起!

"啪!"手机从我手上滑落,在触到大理石地面的瞬间,碎片纷飞……

设计师彼得

一

那天,从食堂吃完午饭出来,杨根被周小龙神神秘秘地拉到楼外一个角落,在烟雾的掩护下,道出了一个秘密。

讲完后,周小龙紧接着就说,她老公也在这上班,你说他就不知道?仿佛这句话才是他要说的重点。他困惑地望着杨根,鼻子里源源不断地冒出烟来,与他小小的年纪很不相称。杨根什么都没说。梁美云的大胸摇晃着浮现在他的眼前,这是她给他最突出的印象,还有胸上面一截白得离谱的脖子。以后得提防着她了。周小龙的语气里再度出现了与他年纪不相称的世故来。虽说他比杨根小了有八九岁,出来工作的年头却多出好几年。杨根依旧没回应。郎总也不是什么讲究人。兔子还不吃窝边草呢。周小龙自顾地分析着。杨根吸完了一根烟,看了看手机上的时间,转身往楼门口走。周小龙跟在后面,把剩下的烟大口吸完。

上到三楼,杨根特意往走廊的另一头瞥了一眼。尽头的洗手间，他从没去过。准确地说，以中间的楼梯为界，楼梯的那一边，他都没去过。因为车间在这一边，这一边的尽头，也有洗手间。但是和他一批来到莱达制衣公司上班的周小龙，不过一个礼拜的工夫，就把这幢外墙光鲜内里破乱不堪的六层建筑溜达了个遍。

梁美云在楼梯口的仓库有一张自己的桌子，桌子上有台旧电脑，键盘非常脏，椅子是能转的。她老公则只有一把椅子，不能转，每次坐上去都会发出复杂的各种细碎的声响。他负责出库和入库的运输工作，用一辆两轮的小手推车。他个子不高，腿短短的，却很结实，总是一副心满意足的表情，一看就让人心里有了底。郎总的办公室在楼梯那一边，挨着洗手间。他的房门应该总是开着，每次杨根的目光落向那边，都看到有人进进出出。于是他们就大白天的到洗手间里干那事？杨根听周小龙说的时候其实是心惊肉跳的，但是他觉得，自己不能在一个孩子面前表现得少见多怪。虽然事实上，关于外面的事，他确实没一个20来岁的孩子见识得多。

周小龙不像在撒谎，他蹲在隔壁听得一清二楚。他说，郎总没有5分钟，事就办完了。梁美云一声没吭。但是他从隔板下面的缝里，看到了她的枣红色圆头半高跟皮鞋，还有褪到脚面的工作服裤子。他们的工作服和工人的有区别，颜色浅一些，面料也厚实，他瞥一眼就缩小了范围。至于那双鞋，他妈妈有一双一模一样的，每天回家在门口第一眼就看到它。来的第二天，他就注意到了。当时他被派去搬货，低着头站在仓库门口等着，看到梁美云移动过来的脚时，还恍惚了一下。

杨根感到有点眩晕，周小龙说的每个字仿佛都肿胀了十几倍，挤在他的脑子里，他的脚步慢下来。走廊的人已经明显见少，这里的工人赚的是计件工资。得回去干活了。

杨根走到车间门口,把手搭在门把手上,正准备压下去的时候,门忽然开了。梁美云突兀地出现在面前,目光里有一丝微微的惊讶,脸和脖子雪白一片。杨根就在这一瞬间,脸像着了火一样腾的一下就红了,心也咚咚地打起了鼓。他慌乱地从她身边挤了过去,像个醉汉一样,倾斜着身体找到自己的机位,大口喘着气,坐了好长时间,也没有平静下来。

他的毛病就是这么落下的。

杨根清楚地记得,整个下午,他的脸就像被施了魔法,只要与人对视,就瞬间变红,然后心跳跟着就快起来。他必须低下头,把脸埋在缝纫机的后面,干上好半天活,才能恢复正常。开始的时候,他以为这种状况过一会儿就能好,于是抱着检测一下的心,主动和旁边的人说话,但是只要对方抬起头来看他,他的脸就热起来,惶恐中他便语无伦次,对方因为弄不明白他说什么,就会再问一句,他只好把头低下,装作忙着干活,告诉对方没事了。两次之后,他没有勇气再试了。偶有别人叫他帮忙递个剪刀或者一团线,他都只把胳膊伸过去,头绝不转向对方。甚至别人之间说话,他也不敢抬头去看,更不敢搭话。因为六个人共用一张工作台,他感到了来自其他五个人目光的共同压迫。为了缓解这令人窒息的气氛,他下意识地不知不觉进入了一种表演状态——为了多挣钱而拼命赶进度的杨根正在不管不顾地忙碌着,对,他忙得很,谁也不要打搅他。当下班铃声响起来的时候,他感到自己疲惫极了。他迅速站起身,飞快地冲到所有人前面出了门。但当他的目光不可避免地落到仓库门上时,心又咚咚地打起了鼓。他加快脚步,几乎是跑着下了楼梯,害怕慢一点,那扇门就会打开,露出梁美云雪白的脖子和惊讶的眼神来。

他一口气跑出了工厂,好像他有一件紧迫的事情要办,又或者有个人在等着与他见面,而且已经在某个地方等了很久了。他跑出了一条街,又拐了两条马路,确信不会再遇到工厂里的同事,才停下脚步,扶住一棵槐树,长长地舒了一口气。

天很快黑下来。夜色让他感到舒适了很多,不过想到要回到八个人一个房间的宿舍,他的心又憋闷起来。他在街上不停地走着,因为只要停下来站一会儿,便有路过的人盯着他看,让他感到很不自在。熬过了晚饭的高峰期,大概8点多,他试着迈进了一个人不太多的拉面馆,选择了最里面的座位,脸面向墙坐下,他感到又累又饿。

令他没想到的是,这顿饭吃得异常顺利。服务员是个十七八岁的姑娘,操着不太流利的普通话,手指肚圆圆红红的,握笔的姿势让他想起了小学一年级的同桌。他低着头点了一份大碗的拉面,然后小心翼翼地望向她,脸竟然没有红,心也没有打鼓。他于是目不转睛地望着她,满含感激地又点了一盘酱牛肉。姑娘拿着单据转身走了。他这才注意到,她的一条腿是跛的。

吃过了饭,心情好了很多,仿佛刚刚从一场噩梦中醒来。脚下的步子也轻快起来,这时候他才发现,已经走出了很远。

当他走回到工厂大楼时,宿舍已经熄灯了。只有一楼的警卫室亮着微弱的灯光。杨根从未这么渴望一张可以睡觉的床。这失真般的一天终于结束了,他想,明天,我又是从前的杨根了。

第二天早晨起来,从排队等着上厕所、挤位置刷牙到筷子打架抢劫式用早餐,都一切如常。这一个多星期来的不适应,此刻在杨根这里都变成了享受。他淹没在只关注自己目的的人群中,没人顾得上看他一眼。

然而当他走上三楼,目光接触到仓库门的一瞬间,心就像被按到了开关,咚咚地狂跳了起来,待到在机位前坐定,抬起头,接触到第一束目光时,他的噩梦又开始了。

杨根勉强撑过了一个上午,中午休息的铃声一响,就跑回宿舍,收拾好自己不多的东西,离开了工厂。走出大楼的时候,他听到周小龙在后面喊他,于是加快了脚步。

二

杨根一个人走在街上,想起了自己的家乡清水镇。清水河像一把长长的宝剑把清水镇劈成两半,河的两岸是镇上仅有的两条商业街,南街是集市,北街是百货。到了冬天,清水河结了冰,两条街就汇成了一条。特别是到了腊月,清水河成了附近十几个村镇最大的集市。人们把车直接开到冰面上,大人围着车挑选年货,孩子们就在冰面上玩,有的把家里的冰车都背来了。杨根小时候最喜欢这个时节,尤其到了腊月二十三这天,集市达到了热闹的顶峰,最后一批成衣也都在这一天赶完。父亲喝着茉莉花茶悠闲地坐在铺子里等人来取衣服,他和母亲则心里揣着欢喜去集上买东西。成年以后,这一天的情景在杨根的反复回忆下,已经被涂抹成了一组完美得每一笔都无法更改的连环画,镶嵌在他内心深处最安全的角落。它们围出一个圆形的空间,小小的,像红灯笼一样温暖。每当他失意的时候,就躲进去,独自待一会,整个人就会安宁适意下来。

杨记裁缝铺是镇上唯一的裁缝铺，坐落在北街，紧挨着马三清真烧卖馆，店面不大，前面是铺子，后面是住宅。杨根在这里出生，在这里跟父亲老杨裁缝学手艺，杨根的母亲在这里过世，丽范姨在这里与老杨裁缝相识、相好，并在杨根离开家之前，搬进了这里。想到这，杨根的思绪又回到了眼前。

他坐在行李上吸了两根烟，站起身决定去找自己的下一份工作。

紧邻着东北地区最大的服装批发城，遍布着几百家像莱达制衣这样的工厂。很快，杨根就到另一家规模更大、厂房更旧的制衣厂的流水线上上班了。但是，远离了周小龙、梁美云和仓库门，他的毛病却并未好转。

杨根陷入一种绵长的间歇性的恐惧和焦虑之中，一张张陌生的面孔围成一个圆，他们的眼睛像一个个200瓦的灯泡，照射着他，让他无处躲藏。他渐渐意识到，自己没有足够的力量来对抗这种煎熬。他28年的人生经验里，只有过一次类似的感觉体验。那是26岁以后，他终于从丽范姨频繁为他安排的相亲中醒悟过来，她的着急不全是为了他，像他原以为的那样，是一个母亲的着急。不是的，她其实是为她自己着急，她已经和老杨裁缝相好快10年了。不耐烦的神色渐渐爬到她的脸上来，杨根意识到，不知从什么时候开始，他已经成了这个家里多余的人。他不能再安心地住在和父亲共有的这间卧室里了。父亲在夜里每翻一次身，他都感到自己躺着的这张小床小下去一寸。直到有一天，他感到自己就像躺在一张婴儿床里，而他已经马上28岁了。这一年的春节，他站在河边，看着一个儿时的伙伴蹲在一只单刀片的小冰车上，脖子上骑着他穿着开裆棉裤的儿子，双手拄着冰钎子从他面前滑过，杨根终于下了决心，离开清水镇。

A 城庞大得令他头晕。刚来的时候，他几乎天天待在工厂里。现在，他经常在吃过晚饭后到街上闲逛。夜色像一块面纱，恰到好处地将他和这个世界隔离开来。但世界还在他周围浮动，走得越久，这世界就越大。他感到自己就是清水河里的一滴水滴。可是周围已不是家乡的水，而是油，滚烫的油。他意识到了自己的不同。从心惊肉跳地听周小龙平静地讲述梁美云的厕所情事伊始，他就意识到了自己的不同，像一滴水滴进了滚烫的油锅里。

就是在这一天一天不知所措而又无望的街头闲逛中，杨根发现了那则广告。那是一张贴在路灯杆上的 A4 打印纸，披着暗黄的光泽，雨水已经令字迹变浅。本来，这张纸和服装批发城附近随处可见的招聘缝纫工人的广告单没什么不同，他在找工作的过程中已经看过很多，但这一张上面的"在家工作"四个字，却深深地吸引了杨根的目光。他拿出手机，试着扫了一下上面的二维码，没有成功。于是添加了微信号。

与对方交谈了不到五分钟，杨根就决定了接受这份工作。尽管他从来没有加工过胸罩，并且对这一物件有种隐隐的不安，但是，和无尽的恐惧与焦虑相比，这一丝尚未被充分审视的不安几乎可以被认为是虚拟的。就当它是虚拟的好了。他站在路灯杆旁，又看了一眼那四个字。如同有一条路可以离开清水镇杨记裁缝铺后面那间小小的卧室一样，他在那四个字上寻到了离开 200 瓦灯泡照射区的出口。

对方的名字叫奥黛丽，是个男的。

他说，你在网上可以查到我们的店，就是这个牌子。缝纫工的工作就是在裸版的文胸上加工各种装饰，让它变成奥黛丽风格的新文胸。有问题吗？没有。杨根回复。好，我会提供给你样式，原料嘛，需要你自己买。我只收成品。如果你同意，我就发一份成品的价格表给你。我同意。杨根马上说。奥黛丽发来一个握手的表情，接着又转来了一个布料商城和一个裸版文胸批发店的网址。他告诉杨根，裸文胸和布料就在这两家买，跟他们提奥黛丽可以给你最低折扣。你先做三个尺寸的样品寄过来，我看看做工。最后，他发过来一张成品的收货价格表。

　　一切就这么简单。令杨根惊讶的不只是三言两语就找到了新工作，令他惊讶的还有奥黛丽做生意的方式。杨根再一次意识到自己和这座城市之间的距离。但是紧接着，他的心就欢快地跳起来，他感觉血又涌上了面孔，但是他可以分辨出，这是此前近两个月的时间里，最不一样的一次脸红，简直令他享受。

　　为了庆祝自己即将开始的新生活，杨根后来又去了那家拉面馆。这次他选了中间的一张桌子坐下，当跛腿姑娘手里握着菜单和圆珠笔向她走来时，他望着她的脸，情不自禁地微笑了一下。

三

　　75B、80C、85E，黑色、粉红色、肉色，蕾丝镶边、纯棉抹胸、金丝绒低胸，1/2罩杯带钢托、3/4罩杯无钢托、1/2罩杯无钢托，杨根把它们摆放在床上，拧亮了床头灯。这工作看起来简单，其实并不好做。以杨根的耐心和精细，也足足忙了一天半。老杨裁缝曾说，杨根的性格和悟性，天生就是做裁缝的料，没什么能难住他。但他从没做过这个，这过程充满了新鲜感。剪裁和缝纫时，他几度停了下来，就像在走一条不知通向哪里的山路，担心最终走不到奥黛丽那里去。直到此刻，他注视着焕然一新的它们，才发现这东西很美，也终于确定它们是独一无二的一种东西，不是衣服，绝对不是，它们是女人身体的一部分，在暗夜的幽光下散发着诱惑的气息。

他试着触碰了一下它们，继而把那只最大的肉色的抓在手里，他的心狂跳起来……他修长的手指灵巧地包裹了它，使劲揉搓着它，他的眼前出现了梁美云的胸脯和雪白的脖子，脸像火一样瞬间燃烧起来……他的身体颤抖了一下，但是没有停止，反而更加粗暴地揉搓起来……他把它放到嘴边，用他雪白尖利的牙齿撕扯着它，肩带被扯断，弹回来，抽打在他的脸上，他觉得痛快极了……金丝绒终于破了，海绵软软的摩擦在他的脸上，他已经感觉不到脸上的温度，那已经无关紧要了，他用牙齿把海绵咬出来，一片一片，像女人的寸寸肌肤，散落在他的周围……他躺在床上，大口喘着气，身体像一块通红的炭火，心像一匹挣脱了缰锁的小马，从炭火中跑了出来，跑上了一片碧绿无垠的草原，草原的尽头连着起伏的白云，阳光正肆无忌惮地从头顶泻下来……

不久以后，人们视线中的杨根与刚来到 A 城时的杨根已经不一样了。他高挺的鼻梁上夹着一副墨镜，铁灰色两粒纽扣的休闲西装熨帖地包裹着他瘦长的上身，他在里面配了件紫蓝色的格子衬衫，牛仔裤也换成了瘦款，他把裤脚挽起来，露出白底的黑色高帮休闲布鞋，他还为自己买了一顶小礼帽。每次出门前，他都对着镜子仔细整理自己的装扮，尤其喜欢墨镜和礼帽。戴上它们，内心就充满了安全感。而且，它们把他的脸衬托得很白。

这样的杨根走在大街上，是吸引人注目的。他酷酷的，眼睛在镜片后面洞察着每一个注目他的人，却并不让他们知道。杨根是敏感的，这敏感不只体现在对服装潮流和审美的判断上，也体现在对人的感应上，没有一丝落在他身上的目光能逃脱他的感应。没人再认得他了，即便周小龙走到面前，也不会发现这就是杨根。他不再赤裸地暴露在人们的目光下——与他们匆匆交错的瞬间——因而也就不必脸红。这感觉真好。

他很少出门，常去的地方是快递公司和超市。去快递公司是为了工作，他需要把做好的成品寄给奥黛丽。去超市是为了生活，需要填饱肚子。他不愿意把快递员叫到家里来。他们站在门口，窥探着他和他的房间，像一个个若有所思的侦探。他不能把门关上，把他们关在外面，又不愿意请他们进来，只能半掩着门，在他们长时间沉默的注视下填写单据，那令他焦灼和不安。他去不同的快递公司，把写着地址和电话的一张纸递给接待人员，然后就将隐藏在镜片后的目光转向门外。他什么都不必说，像个盲人一样，等候片刻，就办妥了手续，然后交钱交货，走人。冷冷地。他也从不在超市停留过久，出门前就想好要买的东西，在收银台，他低着头，眼睛从收银小姐的胸部迅速扫过。他从不看她们的脸。

大部分时间他躲在自己不足30平方米的小屋里。小屋里现在满满的，靠墙的地面上堆放着五颜六色的布料、如肌肤般雪白柔软的薄海绵，宽窄不一的弹力肩带搭在绳子上，长长的，像染了颜色的辫子和头发。桌子上摆放着一个个敞口的方纸盒，里面装着各种金属的塑料的装饰配件和松紧环，剩出来的面积刚刚够摆放一只碗和两个盘子，他偶尔也会喝一瓶啤酒。缝纫台上是一团团丝线，如同一朵朵喇叭状的大百合花扣在那里。成品都堆在床上，双人大床被占去了一大半。而他就睡在它们中间，搂着它们，摩擦着它们，亲吻着它们。有时还把它们穿在身上，套在腿上，蒙在脸上。他睡得很好，不用赶着上班，也不用顾虑屋里的另一个人或一些人，想翻身就翻身，想踹被就踹被，很大声地放屁。他长这么大，还是第一次单独睡在一个房间里。他把窗子挡得严严的，把衣服脱光，短裤也脱了，随意变换着睡姿，在床上翻滚着，让床单触摸到所有的部位。他于是常常梦见自己光着身子走在A城的街上，心里感到巨大的惶恐和羞耻，匆匆躲避着人群，想要去找一处可以遮羞的地方，但是总也找不到。让他惊奇的是，人们并不笑话他，他们穿着衣服从他面前走过，如常地和他打招呼，谈论他的父母和在他家做的衣服，却并不往他身上看一眼。他便在这时候醒过来，迷迷糊糊套上短裤，前面有一处凉凉的，还没有干，他顾不得了，接着睡去。第二天临睡前，他犹豫再三，还是把短裤脱了。有时候，他也失眠。喘着粗气闭着眼睛想着梁美云完成助眠运动之后，也还是睡不着。他就瞪着眼睛看着黑暗的虚空，等待着。这时候，他感到心里很空，比夜晚还要空。

母亲活着的时候，父亲只给男人量尺寸，母亲过世后，父亲的这部分工作都交给了杨根，而父亲则接过了母亲的活。他的手指温柔地在女人的胸前、臀后和腰间滑动，不时地说点什么逗得她们笑得前仰后合，尺寸就要一遍一遍重新量。这时候，父亲总是突然想起来什么似的，吩咐杨根到墙角的缝纫机上干活或者出门送货。杨根面对着墙壁，在缝纫机的噪声中不再听得清父亲说些什么，但是明显地感到他的话突然多了起来，仿佛换了一个人。不过，他和杨根说的话，还是和从前一样少。杨根从小话就不多，母亲死后，几乎没人和他说话了。

丽范姨就是在那些日子频频来到铺子，做这改那，进而帮他们打扫房间、做起饭来。丽范姨是个寡妇，带个儿子，丈夫死时留下个小杂货店给她。那些日子，她的店总是关门，想买东西的人找不到她，就跟邻居打听她去哪了。最先发现她行踪的是隔壁的马三。渐渐地，可能有了闲言碎语，丽范姨脸上挂不住，就跟老杨裁缝正式地谈了一次。那天吃过晚饭她就过来了，一直到杨根睡下还没走。他们待在铺子里，几度有丽范姨的哭声和指责声传过来。此后，老杨裁缝变得心事重重起来，还剪坏过一块布料，因为铺子里没有同样的布，自己掏钱赔给了人家。但是不久以后，丽范姨就又频繁出现在杨记裁缝铺里，甚至还满脸笑容地帮着老杨招呼客人。偶有熟人开她几句玩笑，她也哈哈笑着不介意。老杨裁缝又恢复成了妻子在世时的样子，量尺寸的时候，很少能听到女人们的笑声了。

后来，当杨根失眠的时候，也偶尔会想象一下父亲与丽范姨在铺子里相会的情景，应该就是此刻这样一种环境吧？在布料堆里，那些确切的某个人的布料，父亲都记在心里。那些做好的成衣，确切的某个人的成衣，挂在墙上、横在屋里半空的竹竿上，像一个个围观的熟悉的人……杨根身体紧了一下，一股莫名的兴奋从身体中间扩散开来。

离开家以前，他从未想过这些。他那时候对女人身体的想象还未进入到真实的人的层面，他躺在自己的小床上甚至从没听见过丽范姨从铺子里发出过声音，他当时觉得，她和父亲待在那里只是在小声说话。他的想象仅限于穿着暴露的女明星，是平面的。即使面对着银幕，也还是平面的。梁美云把这张平面图撕开了，在周小龙生动的描述中，梁美云和郎总从银幕上走下来，成为活生生的现实，令他大受冲击。此刻，他躺在自己一个人的房间里，躺在无数个未知却确切的女人中间，回首他远在清水镇的父亲，却一下子透过老杨裁缝明白了他自己。他在这些日子里，无师自通地从少年一下子飞奔到了此刻。那些一次次失败的相亲的真正原因，丽范姨莫名其妙的评语，他现在忽然全明白了。丽范姨有一次小声跟老杨裁缝说，你倒是教教他。老杨裁缝很不悦，说，不用！

四

跛腿姑娘叫春草，杨根是这么判断的。他经常听到一个脑袋很大眼睛也很大的中年男人从后厨的门口探出半个身子，大声叫她：纯曹——他把这两个字用四个声调都默念了一遍，觉得应该就是春草。

拉面馆离他现在住的地方比较远，他需要走一个多小时。他会选一些日子特意去一次，吃一碗面、一盘酱牛肉，喝一瓶啤酒，有时候也会再加一个菜，比如西红柿炒蛋或者尖椒炒干豆腐。不戴礼帽和墨镜，像原来的杨根那样，穿着肥大的夹克和旧牛仔裤，在天刚刚黑下来的时候出发，走到店里刚好过了晚饭口。拉面馆太小，只有六七张小方桌，菜也不多，很少有人在这里喝慢酒。他会安心地坐下来慢慢地吃，偶尔抬头瞅一眼春草。

春草的胸不大不小，他目测了一下，应该是80C。如果站得直一些，身高应该接近165。她的腿跛得很厉害。当跛腿倾斜着踩到地面时，身子便一下子矮下去10厘米。但是她的面容是平静的，甚至有一点淡淡的自信劲儿。这神情很吸引杨根，也感染着他。

每当他坐到店里，看着她起伏着身体在过道里飘浮，他的心就安适下来，仿佛回到了清水镇的北街上。每当他们的目光相遇，他都对她微笑一下。而她总是似笑非笑，并不慌乱，也不拒绝。没事的时候她就在柜台里摆弄手机，偶尔也站在店门口，看看街景。她看街景的时候目光总是定定地望着一个方向，那样子，更像是在想心事，神游到了另一个世界。

这一天，杨根在她对着另一个世界出神的时候，用手机QQ"附近的人"功能搜索到了她。离他最近的人——郁金香，女，118岁，天蝎座。他把头像点开，不禁惊住了，这个漂亮的女子是她吗？精致的妆容，雪白光滑的皮肤，饱满的红唇，时尚的发型。没错，鼻子和下巴泄了底，还有那种令杨根迷惑的眼神。他抑制不住内心的兴奋，心怦怦地跳起来，脸也跟着发烫。幸好她还在门口，看不到杨根。站在门口的她眼睛没那么大，皮肤也没那么白，头发凌乱地揪到头顶，梳着一个道士般的丸子头，脸都暴露了出来，显得比照片胖。杨根的手指在郁金香的页面犹豫了很久，最终忍不住，加了她。

回去的路上，杨根一直小心关注着手机的反应，但是她始终都没有同意他的请求。他的心渐渐地塌下去，吃饭时候的适意全都没有了。他还是第一次主动加一个陌生人。

往家走的途中会经过一条比较热闹的小街，叫辉煌街。以前，杨根会绕着走，不从这里面穿过。这个时间小街里灯火通明，卖小商品的、烤肉串的、量血压的、做珍珠奶茶的把路挤成了两小条，人们摩肩接踵，走走停停，杨根站在街口往里面看一眼就决定不省这几步路。但今天，不知为什么，他一脚踏进了这里。

他艰难地走了一会儿，就后悔了。人和人如此近，小贩们尽一切可能捕捉他的目光，然后就盯着他吆喝起来。人很多，他要挪动很久才能摆脱他们的视线，但很快就会遇到下一个，没完没了。前面的人也总是突然转过头来，几乎贴着他的脸，从他身边又挤到他后面去。小时候，他曾经非常喜欢南街和北街被挤成一条街的时光。他麻木地向前走着。有那么一瞬间，感到了一丝忧伤。它从正折磨他的恐惧和焦躁中浮了上来，在熙熙攘攘的人群中，让他忽然想起自己已经是个离开清水镇的成年人了。

后来，杨根感觉到有个人一直在他身后，即使人不多的地方，也靠得很近。有种柔软的气息在身后弥漫着。又走了一会儿，他终于扭回头看了一眼。

一张干燥的脸呈现在他眼前，鼻梁很高、颧骨很高，金黄色的卷发凌乱地遮住了额头，眼睛被粗黑的眼线镶着边，白眼仁大大的，暗黄并浮着几根血丝。然后，他就听到了一个沙哑的声音说，大哥，50块钱做吗？杨根愣住了，她瘦小的身躯包裹在黑衣黑裙里，两只手空空地垂在身前。他停住脚步向四周看了看，有点迷惑。她接着说，有地方，就在附近。说着向前迈了一步，几乎贴到杨根的身上。她的一只手就在身体的掩护下在杨根的那个地方拂了一下。杨根的身体僵硬地挺起来，一把推开她，转回身向前面的人群挤去，心怦怦地一下子跳到了嗓子眼。后面传来了笑声，沙哑的，尾音劈着叉。他感到无数的灯光全都射向了他。

走进家门的时候，他几乎虚脱了。心一直在狂跳，仿佛一个巨大的铅球在身体里抢着。他趴在床上，用了不知多久，才把气喘均匀。

此后很长时间，杨根都没有出门。

他把自己投入到工作中，累了就睡，醒了接着工作。床上的成品越堆越高，夜里一翻身，踢在上面，就掉到身上来。

有几个型号的主人渐渐具体下来。85E 是梁美云，80C 是春草或者郁金香，暖色的是郁金香，冷色的是春草，75B 或 75A 是声音沙哑的黄头发。每当有胸罩掉到身上，他就会在迷迷糊糊中猜测她是谁，早上醒来，就用脚趾挑上来，看看自己猜中了没有。这渐渐成了一种游戏。白天无聊的时候，他也会跟自己玩一会儿。坐在床上，闭上眼睛，用手随便摸出来一个，然后猜她是谁。

有一天，他连续三次摸到了黄头发。辉煌街上的一幕又浮现在眼前，他感到身体燥热起来。他掏出烟来，边抽边在房间里走着。后来他对自己说，再玩六次，如果再有三次是黄头发，今天晚上就去找她。不就是 50 块钱吗？想到这，他把烟按灭，重新坐到了床上。

杨根闭上了眼睛，手在靠墙那一堆小山丘里搜索着。第一个，是个陌生人；第二个，是郁金香；第三个，是春草；第四个，他的手踌躇起来，身体向前挪了挪，把手探进山丘的深处，摸到了一个小的。他睁开眼睛，竟然还是春草！

他在床上坐了很久，直到整个房间变得黑暗。

杨根出了门。他一口气走到了辉煌街的街口。他站在那儿向里面张望了一会儿，转回身，又往回走。走到家楼下的时候，他拐进一个小便利店，买了半打啤酒，两根火腿肠，两包方便面。

喝完两瓶啤酒的时候，杨根忽然感到一阵心酸。他用空酒瓶抵住桌上的一个纸盒，把它推了下去，哗的一声，配件撒了一地，这声音让他感到舒服。于是他又推下去一个。金属松紧环雨点一样落在他的脚上，凉凉的。

第三瓶喝掉一半的时候，杨根感到头有一点晕。他从没喝过这么多。但是心情却渐渐好了起来，他感到自己的身体正向上暖暖地飘浮，充盈着一种薄薄的幸福感。他忽然很想和人交流，说说话。而每个认识的人也都在友好地等待着他。他可以凝视着他们的眼睛，无拘无束地交谈，像个成年人那样。甚至可以轻松地拿梁美云的大胸开几句下流的玩笑，一点都不脸红。此刻，他感觉这一切都很容易做到。于是拿过手机，想给周小龙打个电话，却发现自己没有他的号码。他只好刷了一下朋友圈，从第一个人开始点赞，不知点了多少，直到遇到自己上一次的赞。从有微信开始也没点过这么多赞。然后，他又上了QQ，翻看大家的动态。很多消息刚刚在朋友圈已经看过一遍，他快速地往下翻着。大部分人他都没见过，譬如奥黛丽。奥黛丽确实是个男的，很胖，三十七八岁的样子，下巴上留着一簇修剪得很整齐的胡子。这是他的新头像。两小时之前，他肥硕的身躯托着这张胡须脸在和几个哥们喝啤酒，地点就在遇到黄头发的辉煌街上，一个朝鲜烤肉馆，店名叫板门店。他问：还有来的没？杨根的心动了一下。但是还没容犹豫要不要去，他就在这条动态下密密麻麻点赞的人群中，惊异地发现了郁金香三个字。

　　他的手指僵住了。是她吗？杨根坐直了身子，让重心重新回到心脏附近。他把她的名字点开，放大。没错，就是她，拒绝了他请求的郁金香。

　　他揉了揉眼睛，又用手敲了敲头，确认自己的意识是清醒的。于是他轻点她的头像，进入了她的空间。她的动态不多，大多是一些转发的帖子，比如"爱上这几个星座让你幸福一辈子"、"看脸还是看心？帮你分析男人的七大类型"……杨根向下翻着，忽然，三个熟悉的字跳入他的眼帘，他发现了这样一条：奥黛丽新款上市。后面是一个链接。他的手指抖了一下，点了进去。

等了很久，网页才打开。是个店铺的网址。他为之服务了这么久，却从没进去访问过的奥黛丽的店铺。

整个页面的色调为淡淡的粉紫色，字是淡粉和浅灰色搭配，非常安静和谐，一点也不闹腾。想象不出是那个在午夜时分呼朋唤友喝啤酒的胡须胖子的店。杨根看到他亲手改制的那些五颜六色、款式各异的胸罩，在柔美的光线衬托下，一件一件挂在店铺里，竟像仙女一样美！而这些仙女的价值经过他这样幕后工人的重新包装，价格已经贵得惊人，更加散发出一种超凡脱俗的高贵气息。他长久地注视着她们，当一丝突然而至的不适消退后，他的内心竟涌起一种异样的感觉，仿佛有一汪泉水从那里流向了全身，让他觉得自己简直就是一个艺术家！就在这种奇妙的心境下，他看到了穿着80C的郁金香。她微微地昂着头，目光平静地看向另一个世界，双臂交叉着抱在胸前，轻轻托起一个完美的V形乳沟，那上面，是一截雪白颀长的脖子。杨根惊呆了！

五

他一手拿着酒瓶，一手滑动着手机，看了她全部的照片。那些从他指间诞生的美丽花苞与她的身体融合在了一起。他看了一遍又一遍，几乎不能相信这么美的东西是他制作出来的。从14岁跟着父亲学习裁缝以来，直到此刻，他才真正感到了这门手艺的迷人之处。他对面前这位姑娘和她的身体生出了深深的感激，忽然间，很渴望拥抱一下她。

在迷迷糊糊中他睡着了,醒来的时候天还黑着。

杨根从床上起来,把散落在地上的配件和松紧环收在盒子里,又把空酒瓶装进垃圾袋放到门口。他坐在缝纫机前,目光在屋子里扫视了一圈,然后落在一卷白色的雪纺上。

后来,杨根忙碌了起来。他把雪纺展开在工作台上,端详了片刻,就动手裁剪了。它将是独一无二的。不用裸文胸打底,不用弹力肩带,也不用任何金属和塑料的配件,甚至不用缝纫机。杨根从针盒里挑了一枚最小号的钢针,借着灯光穿上白丝线,向着他想象中的样子,缝了起来。里面一层是平的,中间一层要缝出三行褶皱,最外面一层,褶皱翻倍,六行,不,九行。像层层的花瓣。他曾经看到过一张白色郁金香花海的图片,当时的感觉就是,这种长得整整齐齐的外国花,每一朵都像用白色雪纺做出来的,美得根本不像真花。直觉指引着他做着这一切,他的手被什么东西操控了,停不下来。他一针一针密密地缝着,就像一只蜜蜂钻进了一朵白色的花里面,吮吸着花蕊。他感到身体变得越来越轻,越来越轻,离开了这间拥挤的小屋,变成一朵云飘浮起来。丝线从手心里长出来,越长越长,将他和花缝在了一起。

不知过了多久,仿佛做了一个长长的梦,杨根脑海中那件朦胧的东西终于变成了现实。它躺在工作台上,像一朵刚刚从天上飘下来的雪花,闪着晶莹夺目的光泽。

杨根感到从未有过的一种舒畅。他伸开双臂,伸了个长长的懒腰。随后他看了一眼手机,已经是午后了。

杨根烧了水,吃了泡面。把床上堆积的成品用黑色的袋子包装好,又找了个小盒子单独盛装那件蝴蝶一般的雪纺胸衣。他从尺寸簿上扯下一张纸,想了想,写道:这个送给郁金香。然后把纸片放到盒子里。之后,他用了点时间打扮自己,戴上墨镜和礼帽,出了门。

走出单元门,阳光像火一样骤然射下来,即便隔着墨镜,也让杨根恍惚了一下。他看着手里那个已经用透明胶带封好的盒子,站在门口犹豫起来。这时候,两个中年男人抬着一台42寸笨重的老式电视机从门里费力地挤了出来,看到杨根,齐声喊,闪开闪开!杨根慌忙向前走去,走了很远,才意识到快递公司在另一个方向。

寄走了东西,杨根回到家,看到工作台上的雪纺碎片,忽然坐立不安起来。他把工作台清理了一下,又下楼扔了一次垃圾,依然平静不下来。奥黛丽会把东西转给她吗?会不会笑话他?她会有什么反应呢?会加他吗?

他拿过手机,鬼使神差地把自己QQ空间的内容全都删了。他又盯着自己的头像,头像的照片是结冰的清水河。

杨根重新戴上墨镜和礼帽,打开屋里所有的灯,靠在涂着暗绿色乳胶漆的墙上,为自己拍了一组新照片。经过反复对比,最终挑选了一张侧脸并且嘴里叼着根烟的,换掉了清水河的冰。他还修改了自己的昵称。现在他叫——设计师彼得。至于为什么叫彼得,他只知道那是跳到他脑子里的第一个洋名。

六

设计师彼得和模特郁金香的故事是从雪纺胸衣寄出去两天以后开始的。

那天，奥黛丽发来 QQ 消息，说了两件事。一件是郁金香跟他要了彼得的 QQ 号码；一件是他想聘彼得做奥黛丽品牌的设计师，希望彼得多寄些自创的样品供他挑选。一旦被选中进行批量生产，薪酬另算。说完了这些，他忽然问，彼得是你的英文名吗？没等彼得回答，接着又说，设计师彼得，不错，配得上奥黛丽。哈哈。真没想到你还会设计啊。

不久以后，设计师彼得就在奥黛丽的店铺页面看到了身着雪纺胸衣的郁金香。她把长发披散下来，在头顶配了一小块蕾丝白纱。她的脸上挂着淡淡的笑容，目光直视着彼得，成为一个圣洁的少女。彼得长久地注视着她，心中涌荡起一股美好的情愫，那汪清泉又在身体里流淌起来。她完全理解了它，这就是他想象的样子，她最美的一种样子。

彼得为郁金香设计的下一款作品选择了粉色蕾丝配弹力缎，是一件小睡裙。在裁剪的途中，他脑子里又涌出几个新的灵感来，忙用笔在纸上记下。

小睡裙在奥黛丽的页面出现后的第三天，彼得接到了郁金香发自 QQ 的一条消息。

谢谢你！后面是一个笑脸。

彼得端详着这三个字及背后的表情，心里有一朵花噗地开了。他回复：你真美！发出去之后，脸不知不觉红了。

之后的日子彼得像被神灵附了体，没日没夜地裁剪、缝纫，他觉得身体里有一个百花园，不停地一个挤着一个从指间开出花来，根本停不下来。

工作的间隙，时不时地在 QQ 上和郁金香聊两句，房间里就弥漫起一股淡淡的芬芳来。

郁金香问他，你是 A 城人？他犹豫了片刻，说，是的。过了好一会儿，她又问，我们见过吗？他想了想，说，在奥黛丽上见过算不算？她似乎放松下来，接二连三发过来好几条信息。问他，你在哪里学的设计？是大学生吗？QQ 里的年龄是真的吗？他告诉她，我是和爸爸学的，没念过设计学校，工作很多年了，年龄当然是真的。接着又说，我又不是女人，年龄不是秘密，后面配了个龇牙的笑脸。她知道他在说她的 118 岁，随即发过来一个用手捂嘴的笑。

她问，你还设计过什么？网上能看到吗？

他不知怎么回答。过了很久，回复了两个字：不能。

她没再说话。

他抱着手机等着，思度着要不要找一个新的话题，但是实在不知道说什么。于是放下手机，接着干活。

在断断续续的聊天中，他知道了郁金香做这一行也没多久。大概半年前，她在网上看到奥黛丽招聘平面模特的广告，感到很新鲜，就决定尝试一下。她告诉他，奥黛丽的老板特别聪明，每个应聘的模特都要买五款以上奥黛丽的产品，穿上后拍照寄给他们。她犹豫了几天，怕这是个圈套，只是骗人买他们的产品。但她太想尝试了，于是狠狠心一下子买了他们十款产品，大不了自己穿了，反正自己的尺码也不会再变化了。接着她又找了一家影楼，花了好几百块钱拍了一组照片，她对自己说，如果应聘不成，就当为自己拍一组写真了。她一点都不后悔，就算最后没被聘上白搭了自己一大笔钱也不会后悔。因为这次拍照，让她知道了自己原来也可以这么美！说到这里，她停下了。他马上发过去一条，是真的，你真的很美！但是她不见了踪影。他什么也没干，等着她继续说话。等到天黑下来,有点怅然。

两天以后,她又出现了。接着上次的话题,她说,没想到最终被聘用了。这是她这辈子做得最疯狂的一件事了。说完,她发过来"哈哈哈"三个字。

他也回复给她三个哈。跟着她高兴起来。

你呢?她问,你这辈子做得最疯狂的事是什么?

我……他在心里对自己说,我有吗?

他想了半天,告诉她:做设计师。

她又发过来三个哈。

日子忽然间轻盈起来。他拉开窗帘,把窗子打开。窗帘上的灰尘落了他一手。风将绳子上的丝带和绸缎吹得轻轻舞动,拂着他的脸,像温柔的手臂。

他动手开始打扫房间。把工作台后面堆积了很久的碎布料都扫出来,整整装了两个大垃圾袋。又把墙角立着的一个旧桌面擦干净搬进屋里,放在小方桌上,然后找了一块酒红色的丝绒布铺在上面。这下子开阔多了,六个盘子也放得下。他其实不知道自己为什么要把这个大桌面搬过来,它立在角落里大概很多年了,后面已经结了蛛网。后来,他开始清理床铺。把做完还没寄走的胸罩都收到袋子里,想了想,放到了原来立桌面的地方。这间房没有厨房,他从未起过火。他一直计划着去买一个电磁炉,也许有空可以去家电商场看看。床一下子大起来,床单是房东留下来的,粉底紫兰花,很旧了。他向布料堆里看了看,看中了新买的一卷乳白色棉布。他拿过剪刀,为自己剪下了一条新床单。铺上之后,站在门口打量了一番,觉得颜色不太协调,又重新剪了一条酒红色的床单换掉白的，之后为它搭配了一个暗绿色的枕巾。他满意地看着自己重新布置的小窝，有点感到自己属于这座喧嚣的城市了。是啊，他在这里自食其力，是个设计师，有自己的"家"。忽然地，他很想和郁金香喝一杯。

他给她发了一条信息：真想和你喝一杯。

她发过来一个笑脸。接着，又发过来一个干杯的动态图片。两只高脚杯，里面盛着红葡萄酒，杯子撞击的瞬间，有三五滴跳起来，舞动一下腰身，溅出杯外。

他笑了。从未有过这么美好的时光！

他渐渐发现，郁金香也有很好的鉴赏力，总是能够发现他设计上的匠心，并且会对他的配色提出些大胆的建议。彼得喜欢和谐柔美的配色，而郁金香总是建议他试试艳丽的撞色。后来，他就把每一款都按照自己和郁金香的想法做两件。然后他发现，两个郁金香同时出现在一个页面。一个安静，似乎怀揣着心事，一个则散发着野性的气息。后面那个郁金香是他从未见过的。她刺激了他新的灵感，接着为她设计了一套红、白、黄三种底色的豹纹胸罩，并且第一次搭配了三角内裤。他能感觉到，她的身体里藏着一只小兽。他想让她把它放出来。寄出去之后，他每天都刷店铺的网页，热烈地期待着。

但是，一周时间过去了，他也没看到那三只小豹子。

没被选中？他怀着忐忑的心情，给奥黛丽发了条信息：豹纹款收到了吗？

收到了。

他踌躇了一会，又发：用吗？

用。

他的心放了下来。

又过了一天，终于在网页上看到了那套豹纹。但是，模特不是郁金香，而是另一个叫倩倩的。怎么回事？

他马上给奥黛丽发信息：豹纹怎么不是郁金香？

奥黛丽回：她拒绝展示内裤。

为什么？

我以为你知道。后面是一个坏笑的表情。

彼得愣了，我怎么会知道？

奥黛丽随即发过来一个两只眼睛闪着红心，嘴里流着口水的表情，再没说别的。

彼得盯着奥黛丽的表情，脸忽然间就红了。

他思度再三，给郁金香发了条信息：豹纹不喜欢吗？

郁金香再也没有回复他。

七

设计师彼得变得魂不守舍。胃口也消失了，胃里面好像有什么东西堵着，甚至连水也不想喝。时间像被抻长的吊带，一下子成倍地增长出来，显得他如此渺小，艰难地跋涉很久，看看手机上的时间，也只是过了几分钟。

他扔下手里的活，虚弱地躺到床上，希望睡眠可以解救他。他从未经历过这样的痛苦。

昏昏沉沉过了两天，他觉得实在熬不下去了，鼓起勇气求助奥黛丽：你有郁金香的电话和地址吗？过了很长时间，奥黛丽发过来一个地址和手机号码。后面跟了一个吃惊的表情和两句话：不会吧？以为都上过了呢。

彼得没再理他，洗脸刷牙换衣服之后，出了门。

走了大概25分钟，他遇到了第一个花店。站在门口将店铺整个扫了一遍，依然不甘心地问，有郁金香吗？迎上来的店员在中途站住了，失望地摇了摇头。她刚想再说点什么，彼得已经从门口消失了。

他接着又进了两家花店。

当走进第四个花店时，他终于不再坚持，无奈地看起了别的花。送给谁？他不吭声。女朋友吗？他不置可否。玫瑰？他思虑了片刻，摇了摇头。康乃馨？依然摇头。向日葵是刚到的。他看也没看，却在马蹄莲旁边停下了。店员马上抽出来一枝递给他，他拿过来看了一眼，可惜了，只有一个花瓣。他把花又递回去。最后，他的目光落在一株尚未开放的百合上。店员小心翼翼地去抽一株开得正盛的。他摆了摆手，自己挑了两株花朵全都闭合的，交给店员。要搭配点别的吗？店员迟疑地问。他摇了摇头。

彼得将地址和电话写下来交给她。店员又递过来一张卡片，写点什么吗？他想了想，在卡片上写下了"设计师彼得"几个字，在写的过程中，他忽然产生一种陌生感，仿佛这是一部电影或一本书的名字。他当时肯定不会知道，这是他这辈子唯一一次写下这个名字。转瞬之间，它就从自己的眼前消失了，甚至没来得及看第二眼，就被头上别着蓝白格子小方巾的女店员折起来，插进了刚刚打好的花束里。他在墨镜后面迅速扫了一眼她的脸。她看起来那么小，像个初中生。他禁不住又看了一眼，她冲他微笑了一下，牙齿白白的。他忙转身走出了店门。

设计师彼得走在街上。他已经很久没在街上闲逛了。前面不远处是一家规模很大的医院，迎面所见的大楼很高。他仰起脸数了数，大概二十五层或者二十六层。然后他意识到，那家花店里的花应该大部分都是送给医院里的病人的。他想到那两株花瓣紧紧闭合在一起的百合，他平生送出去的第一束花，忽然有点后悔了。最迟两个小时以后，这束奇怪的花就会被花店送到郁金香的手里，它虽然很香，但是一朵都没开。她会怎么想呢？她能看出来这样的百合很像郁金香吗？他的心底涌上来一丝懊恼，那是责怪自己太笨的一种情绪。然后他就想起了他的父亲老杨裁缝，他在心里第一次由衷地敬佩起他来。

他转身往回走，加快了脚步。他决定换一束红玫瑰，为什么不呢？！平生第一次送花，而且是送给一个如此牵动自己心的女孩。不都说女人最喜欢红玫瑰吗？他的脸热了起来，心激动得怦怦跳。酷酷的设计师彼得难道不应该送一束红玫瑰吗？这样想着，他觉得刚才的懊恼一扫而空。

然而当他看到花店的门的时候，脚步却慢了下来。想到那个牙齿雪白的女店员，微笑着注视着自己，他虚弱下来。他感到自己无论如何没有能力完成换花这件事。这些日子，沉浸在和郁金香的二人世界中，他几乎忘记了，自己是有毛病的。一丝恐惧陡地从身体里探出头来，他站住了。

他远远地看见一个男人从花店里出来，将一个长条盒子夹在一辆摩托车的后座上，戴上头盔，接过女店员递给他的一张纸，看了一眼，然后揣在怀里，发动了摩托，瞬间就不见了。

来不及了。他对自己说，竟然感到了一丝解脱。

他的手机就在这时候响了。老杨裁缝的声音从听筒深处传来，犹如清晨的一声呼唤,将他从梦中唤醒。

杨根啊,你怎么样?

我……

在上班吧?那我就长话短说。

他恍惚了一下,靠在一间店铺的橱窗上。

我想把北街的房子卖了。镇西口新盖了四栋楼,你丽范姨打听了,把房子卖了,能买一套120平的,三室,比现在的面积整整多出一倍,还是个封闭小区。我想着,以后你要是结婚也够住了。你丽范姨说,得跟你说一声。

他的思绪跟着老杨裁缝的声音一下子回到了裁缝铺。

那……铺子怎么办?

唉,现在做衣服的越来越少了。只剩下十来个老主顾,我搬到哪儿他们都会找到我的。实在不行,我就上门去接活,也是一样的。多走走还有好处。对了,马三想买我们的房子,他打算盖个两层楼的大馆子。

他再没说什么。

杨根啊,服装厂女的多,有合适的,就处一处,听见没有?

一阵疾风忽地吹过来,他的帽子被掀到地上,向前飘移着。他收了线,向前追去。天不知什么时候阴了下来,他捡起帽子,拍掉上面的尘土,被又一阵大风推着走了一会儿。当他重新站定时,忽然不知道自己身在哪里了。他从没来过这条街,但站在这条街上,他记起了自己的名字叫杨根,来自离A城300多公里的清水镇。现在,他出生并长大的那座房子将卖给别人了,他留在那里的所有痕迹都将被新主人拆掉,母亲也将因失去熟悉的环境而变得更加虚幻。

他孤独地站在陌生的街道上，努力捕捉着身体里那股明明存在却怎么也触不到的支撑自己的力量，忽然有种想哭的冲动。

在回家的途中，杨根想明白了那件事情。

郁金香为什么不愿意展示内裤？因为她的两条腿不一样，其中一条是跛的。没准一条粗一条细。她其实就是拉面馆的春草，就像设计师彼得其实就是杨根一样。PS过的上半身照片改变不了这一切，即使只穿着美丽的文胸，露出V形乳沟和雪白的脖子也改变不了这一切，就像墨镜和礼帽改变不了一切一样。他们都把不堪的那部分隐藏起来了，忽略掉了，痴迷地做着另一部分，信以为真。但那一部分还活着！总有人提醒你，那一部分还活着。那才是现实。

这真令人沮丧。

杨根一口气跑上顶楼。不，是顶楼的上一层。那其实就是个阁楼，楼下那户人家把它改装了一下，在斜的那面墙下修了个两个人都容不下的小洗手间，在外面开了个门，用来租给杨根这样没什么钱的人。那里面就像个鸽子笼，已经十月了，还热得像盛夏，他舍不得开空调。冬天就要来了，虽然房主加了几片暖气，但一定会很冷。非常冷。他依然舍不得开空调。他甚至舍不得去看病，连一盒感冒药也舍不得买。感冒那一个礼拜他就拼命喝水，难受极了就躺在床上睡觉。有一天夜里醒来，他发现自己浑身滚烫。他当时就想，干脆一下子烧死算了，就再也不用在人前脸红丢人了。

想想自己真是没用，不知怎么竟安心地活到了28岁。像个老鼠一样，不敢见人，每晚靠着那些胸罩自慰，一天不知多少回，让他总是担心皮被磨破，却不能自抑。为郁金香做了那么多件胸衣、睡裙、浴袍……有时一做就是一个通宵，有一点瑕疵就拆掉重做，却不敢说一句喜欢她！连送一束花也不敢亲自去，甚至让别人送也不敢送玫瑰。她有什么可怕的？她不就是个小拉面馆端盘子的跛子吗？随便在街上拽一个周小龙那么大的男孩都比自己活得有模有样！

　　杨根狠狠地关上了门，一下子扑到屋中央，把绳子上的吊带统统拽下来，又转身把缝纫台上的线团全都推到地上，还有各种小配件的盒子，一个接一个端起来砸在墙上，房间里发出哗哗的巨响，他像疯了一样，把墙角的布料踢乱，踩上去，使劲地跺着脚，揉搓着，把它们弄皱，弄脏……

　　杨根倒在布料堆里，失声痛哭起来。他被自己的哭声吓了一跳，原来它们这么粗壮、悲伤并且绵绵不绝，后一声比前一声更加动情，仿佛一个长长的队伍，在传递一个噩耗，不停有后面新的人的悲痛参与进来，最终汇成一支庞大的交响乐。母亲去世时，他都不曾这么伤心地哭过。想到母亲，他的哭声里又加入了委屈，从而引发出新一波的泪水来。

八

　　第二天清晨，杨根在布料的废墟堆里睁开了眼睛。他四下看了看，缓缓站起身，开始收拾东西。

　　他以无与伦比的细致和耐心恢复成了原来的杨根，毫无怨言，不管终点有多远，只专注于手里的事物。他用剪刀把脏的布料剪掉，用熨斗烫平上面的折皱；慢慢解开乱麻般的吊带，一根一根抽出来,整齐地搭在绳子上;最后,他端着方纸盒,把散落在房间各处的小配件一个一个捡起来……他还准备把它们洗干净,然后再分别挑拣,装饰归装饰,松紧环归松紧环,金属的归金属,塑料的归塑料。他沉浸其中,忘了一切,渐渐感到了内心的平静。

就在他躬着身把沾满灰尘的一盒配件倒进水里时,房门响了。他愣了一下,从洗手间挤出来,侧着耳朵又听了听,没错,是自己的房门在响。他站到门口,踌躇着问了一句,谁呀?嗓音竟然有点嘶哑。

楼下的,房主。

他疑惑着打开门。五十多岁的女房东手里拿着一张巴掌大的纸片站在门口。

小杨啊,这是今年冬天的取暖费收据,我刚交的钱,你过目一下。说着把纸片递了过来。

杨根甩了甩手上的水,用两个指头夹着这张蓝字单据,一眼瞥到个数额:4158.00,马上明白了女房东来此的目的。

就按照我们说好的,你承担五分之一,是831块6。

杨根在心里迅速清点了一下自己的钱包,脸一下子就红了。能……晚两天吗?他盯着女房东的衣角,外面那个角向上翘着,面料看起来很硬。

最迟……月底吧,我看你也是个本分孩子。说着,目光凌厉地向屋里扫视了一圈,又重新落到杨根身上。这份钱你不出也没关系,我就从你预交的房租里扣除,如果不续租的话,就提前一个半月搬走。你看行吧?

杨根什么也没说,点了点头。虽然一个月的房租只有600,但他实在不知道还能说什么以及怎么说。他勉强站在这里而没有跑开已经尽了最大的努力，他感觉脸已经开始发烫。

女房东又向床的方向瞟了一眼，没发现有什么异样，才若有所思地走了。

杨根手上的水已经干了。他打量了一下已经恢复整齐的房间，知道今晚上得加班了，必须马上把洗手盆里的配件清理干净。

缝纫机的嗡嗡声将他与世界隔离开，线团在不停地转动，他的眼睛紧跟着针尖，他的手指滑动着布料，他让自己完美地变成了机器的一部分，进入它的节奏运行着，没有丝毫差错，渐渐忘了一切。

不知过了多久，杨根伏在缝纫台上睡着了。他睡得很香甜，梦里的他也在工作着，没有一点懈怠。是一声清脆而短促的手机铃音将他唤醒，他睁开眼睛辨别着，铃音便在此刻又响了一下，在安静的房间中无比清晰。

他抓过手机。是她。

花开了。她说。

满屋都是香的。

他盯着这两行字，身体一下子柔软下来。眼睛忍不住湿了。原来泪水并未流光。

嗯。他发过去一个字。深深地吸了一口气，然后缓缓地吐出来。真希望这一刻也能缓慢下来。

一张图片紧跟着过来。

她穿着粉底豹纹内衣斜倚在床上。是的，内裤也穿着。小腹微微凸起，腿被毯子覆盖着。神情竟有一点羞涩。他的心莫名地刺痛一下，忍不住用手去抚摸她。

我喜欢这个颜色。她说。

嗯。他回,还有个微笑的表情。

这是我收到的第一束花。

是吗?

你相信吗?

你的话我都信。

她沉默了一会儿,说,真好。

嗯,真好。

他感到时光像清水河一样在他们身边静静流过。

发张你现在的照片好吗?

他的心一阵慌张。犹豫了半天,还是从头像照那组照片中挑了一张,发了过去。

墨镜摘了好吗?

让我看看你的脸。

他不吭声,却听到自己的呼吸重了起来。

要不……视频一下?

不要。他慌乱地发过去两个字。

哈哈。她笑起来。你的眼睛该不是有什么毛病吧?

当然不是了。他配了个佯装生气的表情。

她一下子又没了动静。

杨根屏住了呼吸,盯着屏幕。害怕她再一次消失掉。

过了很久,他小心翼翼地问,还在吗?

又等了一会儿,手机终于响了一声。

你怎么知道我喜欢百合?我跟你说过吗?

真的?杨根放下心来。你最喜欢的难道不是郁金香?他有点吃惊。

我没见过真的郁金香。

这句话出乎他的意料,也令他窃喜。然后他告诉她,我也没见过。

一张可爱的笑脸。

他也回了个笑脸。

她沉默了一会儿,忽然一本正经地说,我想问你个认真的问题。

你说。

如果……

她发过来两个字。停顿了一会儿。

我长得很丑,或者,我是个聋子、瞎子或者瘫子,你还会送花给我吗?

他一下子被问住了,不知道怎么回答,就那么愣愣地看着手机,看了很长时间。他想,这或许是她今晚上最想说的一句话吧?而他显然没办法这么快就想好如何回答她。事实上他在送花的时候从没想到这一层。他只好沉默。

她再没有信息过来。

杨根坐在缝纫台前,看着一个只上了一只吊带的文胸,再也没心情工作了。

屋里安静下来,从没有这么静过,仿佛一群屏住了呼吸的人,在等待着什么,令杨根感到紧张不安。

日子从这一刻开始又黯淡下来。

他只好重新投入到工作中。从早到晚缝纫机响个不停。但这嗡嗡声掩盖不了他内心的烦躁和焦虑。春草和郁金香的形象交替地浮现在面前，令他头晕。机针走着走着常常突然跳线，他只好一遍一遍拆掉线重新做。这种情况以前从没出现过，他感到恼怒。当机针又一次跳线后，他一把抓过线团，砸在窗子上。

看着窗外发了一会儿呆，杨根拿过手机，上了奥黛丽的店铺。

她依然站在那里，淡淡的眼神隐藏着一丝不易察觉的自信和蔑视，望向远方，仿佛那里有一个充满希望的世界。

他一张一张地翻看着，从第一张看到最后一张，又从最后一张看到第一张。后来他发了一条信息给她：我想和你见个面。

三天以后，她回复他：好。

九

出发前的最后一刻，他把西装脱了，换上了去拉面馆时常穿的那件旧夹克。这是他从清水镇带来的，是两年前他照着马三儿子从县里买回来的一件成装自己做的。做得非常好，一穿出来，马上就有很多年轻人来到铺子要求做一件一模一样的。

他还摘掉了墨镜和礼帽，像她要求的那样。

站在镜子前，他有点忐忑，但还是就这样出门了。

从楼宇门走出来，他又看了一眼手机。辉煌街南口锦江之星，8012。其实他已将这个地址倒背如流，也很清楚酒店的位置，他从它的门前来来回回走过很多次。是她定的地点、时间。在她告诉他"好"以后隔了两天，她突然发来了这个地址，时间是第二天下午三点。他当时吓了一跳，对这个地点没有丝毫心理准备。心脏咚咚地就打起了鼓。她接着告诉他，三点的时候，请他务必到达酒店的大堂，在那里等候她的电话。她叫他上去的时候，再上去。他把她的话琢磨了很久，试图猜测她的意图。她一定是提前就去了，先抵达房间。她先进了房间就在心理上获得了某种优势，就把一部分紧张转给了他。她可能会照着镜子补补妆，也可能会洗个澡，重新化一下妆，梳梳头，甚至刷刷牙，收拾停当了，再叫他上去。进而他想到，房间里空间狭小，这样她就不必走来走去，安心地坐在那里等他进去就可以。而且房间里很私密，不像其他场合有很多陌生人，她也就不必在众目睽睽之下走来走去，从而保持住一份约会时的尊严。这样想着，杨根对这个地点就释然了。但这个地点仍然充满着诱惑，令人浮想联翩。如果这是一次设计师彼得与模特郁金香的约会，定在这里顺理成章，在他的想象中，或者在她的想象中，这都没什么稀奇，配得上设计师和模特的职业和个性。难道她就是因为想到了这一点才定的这个地方吗？还是她原本就是个随便的女孩？这个问题杨根没有答案，但是他倾向于相信前者。在与她断断续续的交往过程中，他就是这个直觉。

　　杨根走在街上，午后的阳光像火一样烤在他的身上，但今天，他的心情异常平静。当他把费尽心思打扮好的设计师彼得从身上清除掉，穿上杨根自己做的夹克时，他的心就平静了下来。他相信，当郁金香在他面前像照镜子一样还原成春草时，心里的紧张也会荡然无存，对那条腿的担心也会消失，当然，她可能会先惊讶一阵子。但那之后的场面一定会很温馨。杨根这样想着，感到很轻松，像每次去拉面馆一样轻松。终于可以在春草工作以外的时间和她好好聊聊了，他一直都有这样一个愿望。当她费尽心机要把最好的自己呈献给他的时候，他其实已经接受了她的另一部分。但是她呢？能够接受设计师彼得其实就是在拉面馆跟她点菜的杨根吗？选在这个地方约会，难道没有一点决绝的意思吗？也许只有这一次机会，当时尚的设计师彼得看到她的那条坏腿，难道还会给她下一次机会吗？但是当杨根站在她面前的时候，她应该会放下心来吧？可是，又会不会很失望呢？想到这一层，他的脚步缓慢下来，但很快又恢复了原来的速度。他不知道哪来的这份笃定和勇气。

他沉浸在自己的思绪里，对马路上的人视而不见。他的心里装着一个女人，这个女人马上就要和他发生真实的故事，此刻，正将他的心撑得满满的。他还从未有过如此动荡曲折的情感体验。

差两分钟三点，杨根迈进了锦江之星的大门。

大堂不大，安安静静的。前台的服务员看了他一眼，站直了身体。杨根四下看了看，在前台对面的一个长条沙发上坐下。沙发离前台只有两三米，服务员一直盯着他看。杨根觉得很不自在，终于忍不住告诉她，我等一个朋友，住在这里的。服务员这才低下头去看电脑。

不远处的电梯响了一下，一个穿西装戴眼镜肩头背个长带公文包的年轻人走出来，目不斜视地匆匆出了大门。杨根目送着他的背影消失在门口，有一丝羡慕的情绪在心里涌动了一下。接着从门外进来个中年男人，一身酒气，大腹便便，大着嗓门开了间大床房，转回身看了一眼杨根，进了电梯。不一会儿，一个妆容精致却有着两道深深抬头纹的中年女人走进来，悄无声息地进了电梯。

十分钟过去了。服务员抬头看了他两眼，接着在电脑上忙碌。

陆陆续续又有不多的人进来出去，还有的人是从楼梯下来的，走下来之后，杨根才发现，原来左边五六米远的黑暗处是楼梯。

三点二十分的时候，服务员似乎处理完了手头的工作，从电脑前抬起了头。忽然问他，你朋友住哪个房间？

8012。他脱口而出。说完就后悔了。

8012？她皱了皱眉。8012的客人一直在啊，没见她出去。说完将他从上到下打量了一番。

哦，是吗？杨根装作才知道的样子，匆忙地起身，进了电梯。再坐下去，他实在不知道说什么好了。而且服务员的眼神已经比刚才多了内容，杨根能感觉到。他一向都很敏感。

等了很久，电梯没有动。他左右看了看，发现了一个标着数字的金属牌，是了，在电视上见过。他试着按了一下8，电梯陡地向上冲去，他感到一阵眩晕，忙扶住了旁边的扶手。

下了电梯，正对着的是8045，他往右走了一会儿，发现不对，又往左走去，拐了两个弯，终于看到了8012。他停下了脚步，想了想，又退回到电梯附近。这里比较开阔，还是在这里等她吧。电话还没有来，也许她还没准备好。

又是十分钟过去了。三点三十分，他的耐心终于快耗尽了。他发了条信息给她：什么时候可以去房间？就在这一瞬间，他注意到，她的头像旁边有个小蛋糕亮了，一闪一闪的。今天是她生日？他愣了一下，忙翻到她的空间查看。他发现她的年龄已经改过了，此刻显示的是18岁。这是真的吗？

杨根站在那里，有点不知所措。要不要送她一件礼物呢？可是现在离开显然很不合适。那就一会儿请她出去吃饭？他下意识地摸了摸裤子的口袋。200多块钱，应该够了。这样想着，他稍稍安下了心。

信息没有回复。他焦灼地等待着。这个特殊的日子突然参与进来，令他意识到了这次约会的严肃性，他没有丝毫心理准备。早知道这样，也许穿西装戴礼帽更好一点？也许那才是她期望看到的样子吧？他低头看了看自己的夹克，确实太旧了点，也有点土气。他感到脸又微微地热了，心绪凌乱。

他就这样胡思乱想患得患失地又站了一会儿，来时路上的笃定和勇气已经变得面目模糊，不确定了。每当电梯开门的时候，他都转过身去对着窗口。

三点五十分，他终于鼓起勇气，走到了8012的门口。

门竟然是虚掩着的。他敲了敲门，没有人应声。又敲了敲，加大了力气。依然没有人应声。他忽然有了种不祥的感觉。推门进了房间。

房间里非常暗，褐色的厚窗帘都拉上了。他迟疑了一下，想退出去。但房间里非常安静，又令他感到奇怪。他敲了敲洗手间的门，问，你在吗？那里面一点声响都没有。莫不是出了什么意外？他担心起来，推开洗手间的门。没有人。杨根将洗手间的灯按亮，淋浴间的玻璃是湿的，再看看洗手台，也有水迹，有一只牙刷头冲上插在杯子里，显然是用过的。

他疑惑地回到房间，适应着光线，终于发现，房间是空的，除了他，没有别人。他失望地坐到床上，想不明白这究竟是怎么回事。然后他发现，这是一张大床，靠窗那一边的被子从枕头下面掀开了一个角，露出一小块床单，整个床还是整齐的。她应该在那里小心地坐过，可能还倾斜着身体在枕头上靠了靠。不知为什么，他的眼前闪过了那张穿豹纹内衣的照片，她倾斜着身体靠在床上，腿上覆着毯子。她原本是准备坐在这里迎接我的吗？被角轻轻搭在腿上？但是，现在她在哪里呢？

杨根呆呆地坐在黑暗中，不知如何是好。

他给她发了条信息：你在哪里？

石沉大海。

他试着发了一个语音对话的请求给她,没有被接受。他终于拨了她的电话。但是,关机了!!!怎么会这样?他从床对面的镜子里突然看见了自己,平淡无奇的装扮,庸常的一张脸,还有一副痴呆般的表情。

手机砰的一声掉到了地毯上。

不知过了多久,房间里的电话铃响了。他惊慌地蹿了过去,拿起了听筒。一个女声提醒他,两个小时的钟点房时间已经到了,请他退房。

十

那天,从酒店出来后,杨根没有丝毫迟疑地走进了辉煌街。夜市刚刚开始,天还没有完全黑下来,小贩们正陆陆续续地摆着摊子。他从南口走到北口,又从北口走回南口。灯一盏一盏跟着他的脚步亮了,人也跟着他的脚步多了起来。当他第三次抵达北口时,终于找到了黄头发。她已经不记得他,不记得她曾经跟在他后面告诉他只要50块钱,当杨根在她面前停住脚步时,她心不在焉地看了他一眼,说,100。

在她那间铺着残缺不全的地板革的黑乎乎的小屋里,在她那张摇晃得厉害没有床头的方形床上,在她那件看不清颜色却布满沙子般细小颗粒的床单上,杨根完成了自己有生以来第一次真正意义上的做爱。他感到了一种狂乱而短暂的欢愉,令他惊颤不已,继而一种难言的绝望和悲伤在他的身体里弥漫开来,他痛苦地趴在她瘦小的身体上，久久不愿起来，仿佛丧失了所有的力量，直到她被压得受不了使劲把他推开。

在离开她身体的一瞬间，杨根注意到她的刘海因为身体的摇动而向两边散去，把额头呈现了出来，就在左眉骨的上方，有一条差不多五厘米长的伤疤，刚刚结痂，硬皮还没退去，突兀地呈现在他眼前，像卧着一枚生锈的大钉子。她注意到了他的反应，迅速把刘海抓到额前。

他的心一揪，忽然间涌过一阵难过，不由自主地俯下身去，隔着刘海，在伤疤的位置轻轻吻了一下。那是他留在她身上唯一的一个吻。

苹　果

一

老安卖水果。老安的邻居若是买水果，一定到老安这儿买。从不挑三拣四，也从不讲价。老安的水果比别处好吗？还是老安的水果比别处便宜？都不是。老安的水果和别处一个样。

不光一个样，老安的水果铺子还比别处乱。水果摆放毫无规矩，柜台上也有，地上也有。除了水果，铺子里还堆着很多纸盒箱子，都是水果的包装箱。收破烂的几天不来，箱子就满屋都是。十几平方米的屋，容不下几个人走动。明明若是进来，不是踩到苹果，就是栽倒在橘子堆里。明明栽了也不哭，反而嘎嘎笑。笑完坐在橘子里给橘子叠罗汉。邻居看了倒无所谓，若是生人看到了，转身就走。心想，脏死了，被尿过了也说不准。但邻居不这么认为。邻居知道，老安虽然不是个整齐人儿，缺德事一准是不会干的。

明明早就习惯了这一切，明明喜欢水果铺子。他今年四岁了。老安从不干涉明明。他喜欢进来就进来，不喜欢就推门去里屋玩。

这孩子，性格好得很，自己能跟自己玩。以前也就不大知道拉屎撒尿，老安操点心，不让他到铺子这边玩，把里屋门敞开，靠门槛立一块小木板，高度正好到明明的脖子。他看得到这边，却进不来。进不来他就哭。他一哭，老安就递给他一个苹果，再一哭又给他一个苹果，他觉得好玩，拿了苹果放到地上，接着哭。这时候已经没有了眼泪，就弄个哭的动静意思一下，或者干脆就是"啊——"一声。老安脾气好，就不停地递，反正苹果多得是。玩坏了就减价处理。明明玩着玩着就忘了为什么哭，某一次拿苹果回来放地上的时候也忘了再回去要，被自己的收获所迷惑，就势坐下来，把苹果当玩具玩。嘴里咿咿呀呀不知说些什么，时不时还呵呵笑几声。玩累了就往地上一倒，一点过渡都没有，睡着了。老安听明明没了动静，就过来看看，看到他睡了就一脚跨过小木板，把他抱起来，轻轻放到床上，盖好被子，关了门，再回来卖水果。现在好了，明明终于知道大小便要到洗手间去了。老安轻松多了。没有顾客的时候，他就坐在墙角的破沙发里眯一觉。

老安特别能睡。上厕所大便的时候，坐在马桶上也能睡一觉。有一次去交自来水费，人很多，排队。老安排着队站那儿就睡着了。等他忽悠一下子醒来，前面早就没人了，就他自己站在地中央。收费员见他醒了，笑嘻嘻地说，"哎哟，老安，这么快就醒了，我正准备出去抽支烟呢！"老安不好意思地嘿嘿傻笑，"等会，把我的钱收完了你再抽。"

老安爱笑，笑是他语言的一部分。一旦不知使用什么语言的时候，他就笑。有过路的进铺子里买水果，问，"这苹果多少钱一斤啊？"老安说，"这个红富士，一块九毛八。"来人说，"贵了。我们家附近就卖一块六。"老安看着他，不说话，面上浮出笑容。

来人继续说，"一块六吧，一块六我就买五斤。"老安心里不答应，但是他不摇头，也不说话，就笑，这次笑出声，"嘿嘿。"来人给逗乐了，"你可不得罪人啊！好，就少买点吧。"

邻居们也不是冲着老安的笑来照顾生意的。邻居们普遍认为，老安不是个一般人儿。

老安今年五十了。不过看起来还要老些。他长得黑，额头的皱纹像刀刻的一样，头发也白了大半。这副样子实在不像一个经常爱笑并且爱睡觉的人长出来的，倒像是个劳心劳力的人。

老安年轻时是钢厂的工人，后来单位买断，回家开了这个水果铺子。不知情的过路人进来买水果，看到明明这个小不点儿，还当老安是明明的爷爷。但是邻居们都知道，老安和人聊天时提到明明，那是一口一个"我儿子……"。

老安原来没儿子，他有个女儿，今年已经大学毕业了，在省城一家私企打工。女儿很少回来看老安。

为了明明这个儿子，老安在四十六岁时和老婆离婚了。

二

那天晚上，老安和钢厂的几个师兄弟喝酒，散了之后，一个人骑摩托回家。快到铁西区中医院的时候，肚子胀，想解手。他想到医院里找个厕所，又觉得有点远，反正天黑了，干脆就地解决。寻了个路灯照不见的角落，他把摩托车停了，开始泄洪。正陶醉着，忽然觉得脚下有动静。低头一看，吓得差点仰过去。一个长条状的小包裹贴着墙根躺在地上，一端露出个模糊的婴儿小脸。老安这一泡尿全都尿在孩子身上了,还有零星部分溅到脸上。人家本来睡得好好的,这一溅,不舒服,动了。老安狠狠吸了口气,愣在那儿。愣了半天,才想起系裤子。他一边系,一边四下瞧了瞧,一个人都没有。这孩子被人扔了!确定无疑!老安的心突突抖了两下,忽然涌起一股莫名的伤感,旋即夹杂进一丝按捺不住的狂喜。他不知道,捡到个婴儿,原来是这种感受。只犹豫了片刻,老安就决定把孩子抱走。他怕孩子一会儿哭了,惹来人,就抱不走了。

他脱下外套,扯开两条袖子,小心把孩子放上去。然后把食指伸到孩子的小鼻子下面,热热的气息袭来,呼吸均匀。他原本还想打开被子看看,却听见远处几个半大小子的说笑声越来越近,连忙把孩子抱起来,系在胸前,然后迅速发动了摩托车。

尿臊气被风一吹,灌了他一鼻子,胸口很快潮乎乎一片,他顾不得这些了。他想,也许这孩子的亲人躲在远处已经看到了这一切,然后在后面尾随他,看他的家在哪里,以便知道自己骨肉的去处。老安一边走,一边看着后视镜,并且特意多绕了几条小胡同,做贼一般。到家的时候,敲门的手不住地颤抖,已经不听使唤了。

媳妇来开门,她正在做颈椎牵引,见到老安怀里的孩子,手里的充气橡皮球"啪"地掉下来,被气囊顶得老高的嘴巴发出含混的叫声,"怎么回事?啊?怎么回事?"老安扯过她胳膊往屋里推,迅速关上门。"小点声。"然后一边解衣服袖子,一边奔到床前。

"到底怎么回事?"媳妇一把拽下脖子上的气囊,跟到床前。

"捡的。"

"啥?"

"捡的!"老安重重地重复了一遍,眼里释放出被紧张压抑了很久的惊喜。

"捡的？"媳妇还是一脸惊愕，目光却已转到孩子身上。旋即用手捂住鼻子，"这孩子的尿怎么这么臊？"她挥着手，"呛死人了。"说话间手却又向包被伸过去，"男孩还是女孩？"老安的目光比妻子还要急切。

紫花棉被打开了，一个袖珍小人儿呈现在两人面前，皮肤红红的，小手攥着拳头，比汤圆大不了多少。小人儿上身穿了一件斜襟的红色纯棉褂子，细细的缎带从腋下穿过，绕了一圈，在胸前打了一个蝴蝶结，蝴蝶上方是一个金线绣的小小的"福"字。褂子不长，刚刚盖上肚子。下身光着，两条小腿儿像细细的莲藕。

是个男婴。

老安兴奋得直喘气。媳妇似乎还不满意，伸手要揭脐带上贴着的纱布，被老安止住了。"我看看长得怎么样了。"她不满地看了老安一眼。老安并不生气，开始在屋里绕圈，嘴里不停地重复着两个字，"留着，留着。"停下来搓搓手，看一眼孩子。"这是老天爷看我没有儿子啊，嘿嘿，你说是不是？"停下来，又看一眼。"留着！啊？"

媳妇却很冷静，仔细查看了孩子的五官，四肢和手脚，"不会有毛病吧？"孩子给鼓捣醒了，"哇"的一声哭起来。老安媳妇将手指伸到孩子嘴边，迅速被他捕获，狠命吮吸。"饿了。"

这天夜里，老安砸开了附近一家小超市的门，买了一袋老年壮骨奶粉，和媳妇一起忙活到后半夜才合眼。

然而，老安秘密得子的喜悦却只持续了一天两夜。第二天，在媳妇的坚持下，两口子带着孩子到儿童医院做了健康检查，第三天，结果出来了，这孩子是先天性智障。

老安的心一下子凉了。媳妇却好像如释重负，瞥了一眼老安，

"瞧你那丧气样,又不是亲生的!"回来的路上,老安一直抱着孩子,媳妇几次要换换手,他都好像没听见。

"这孩子不能留,得送福利院。"媳妇一到家就对老安发了话。这句话,她忍了一路了。可让她万万没想到的是,老安却不肯。老安平时都是让着媳妇的,轻易不犟一回,算个好脾气的男人。没料到犟劲使在这事上了。这可是涉及以后过日子吃喝拉撒的大事,天长日久的,养个傻子啥时候是个头?媳妇不干了,对着老安大吵大叫,如同一发连着一发的炮弹,而老安呢,就像罩着高级防弹设施的城堡,没被炸开,也不还击。他以沉默的方式,坚守着。媳妇最后撂下话,"有他没我,有我没他!"老安抱着孩子,看着地面,还是不吭声。媳妇气得要疯了,铁青着脸,忽然恶狠狠地问道,"你说,这孩子跟你到底啥关系?"

据说,老安媳妇临走时扔下一句话。"安振海,我算整明白了,你一直都在骗我!"说完,摔门而去。

这是老安描述的版本。

第一次跟人讲完,对方眨眨眼睛,马上就问,"老安,你说实话,这孩子到底是不是你的?"老安一脸惊愕,"怎么可能呢?就是我捡的。"

从第二次开始,老安就只讲到明明被验出弱智,对离婚的环节只字不提了。可这又引发了人们的下一个问题,"老安,你这是图啥呀?干吗非要养个傻子呀?"老安愣在那,眼睛黯淡下去,若有所思。老半天,挤出一句,"这孩子,和我有缘啊。"

邻居中,认为明明是老安私生子的人大有人在。"你想想,他女儿怎么也不回来看他了?一定是做了亏心事。"邻居们说。

大家开始有事没事往老安的水果铺子跑。婶子更是以看孩子为名跨到里屋去，站在床边仔细端详孩子的五官，评头论足。这个说鼻子有点像，那个说我看还是耳朵像。老安在外屋要是听见一句半句的，就会忽地走过来，"去去去，都出去，像什么像！"一改平日的和气。婶子大娘就讪讪地笑，"老安，没别的意思，要是忙不过来，就吱一声。"

三

转眼入了深秋，黄叶飘得到处都是。

夜越来越长。老安的屋里时常传来婴儿的啼哭，有时一哭就是半宿，听着让人揪心。女人们起夜的时候总要站在窗口听一会儿，听一会儿，再叹一口气，叹一口气，又摇摇头。

一个月不见，老安瘦了。脸更黑了，额上的皱纹也更显眼了。一下子老了好几岁。笑起来，像个干瘪、慈祥的老太太。

这一天，社区主任王桂芝来了。

"老安，你出来一下。"主任在外面喊。老安应声从铺子里出来，脸上堆满了笑。王桂芝正站在水果铺子的门面前，仰头看牌匾。牌匾苹果绿的底子，用橘色的宋体写着"安记水果"四个字。刚做出来的时候特别鲜亮，颜色是老安自己选的，他很喜欢。但时间长了，风吹雨淋的，如今早已掉了色，像个年老色衰的女人，而且是个不太干净的女人，上面浮了厚厚一层灰。老安有时候想拿笤帚扫扫，但也只是想想，一转身就忘得干干净净。见主任在看，有点不好意思。"主任，是不是又要检查卫生啊？"王桂芝继续盯着牌匾，"你这个太旧了，换个新的吧。"老安一听，咧了一下嘴,"主任,我一会就上去扫扫。换一个,不少钱呢。嘿嘿。"王桂芝手一摆,"不用你掏钱。"说完往屋里走。老安跟在后面,"有这好事?""是啊,这不社区帮你们争取的嘛!有个方便面厂家统一给做。灯箱式设计。你就不用在外面挂灯泡了。"老安一听就明白了,肯定是带广告的那种。还想问问什么图案,广告占多大面积。不过看主任那架势应该是已经决定了,反正自己也拿不出钱另做一个,问那么多干吗?王桂芝不光是已经决定了,而且有着不容置疑的理由,"咱们市正在争创'全国文明城市',这事你应该知道吧?文明,首先就要整洁干净嘛。你这铺子虽不临大马路,也是我们社区的脸面啊。"

　　说着话,两人进了屋。王桂芝一屁股坐在破沙发上,看着屋里的乱象,皱了皱眉。老安等着主任继续批评他铺子里的卫生,王桂芝却理了理头发,转移了话题。"老安啊,还有个事我得跟你说说。"她边说边往里屋扫了一眼。明明正躺在床上睡觉,坐在破沙发的位置刚好瞧得见。老安为了照顾孩子方便曾经特意挪了床。老安的心一紧,立刻摆上笑容。"大姐,您说。"王桂芝手一摆,"别叫大姐,我跟你谈公事。""是是是。"老安的笑容更热烈了。"我都听说了。"王桂芝缓和了一下语气,"事倒是个好事。可孩子不能随便养,国家有规定的。"她看着老安,目光一点一点地又严肃起来。"婚生的,得领准生证才能生,私生的,也得上户口。"老安急了,收了笑容,"大……主任,这孩子是我捡的!""就算你是捡的,也不能说养就养啊?领养也是有手续的!""怎么是就算呢,就是我捡的嘛!"王桂芝有点不高兴,手又一摆,"明天你跟我去趟民政局,看看你的事怎么办,把真实情况都跟组织说说,看合不合法。"说完站起身,往门口走。

边走边嘟囔，"区里下个月要搞文明社区评比呢……"走到门口回身又叮嘱了一句，"明天一早就过来啊！"老安还想说什么，王桂芝已经迈着两条笔直而又粗壮的腿走远了。

老安几乎一夜没合眼。他早就跟邻居们打听过，他的条件是不能随便领养孩子的。这些日子，这件事一直是一块心病。现在看，躲是躲不过去了。他坐起身，盯着明明巴掌大的小脸，在月光中叹起气来。

第二天，老安把孩子托付给邻居李大娘，将水果铺子锁了门，一大早就走进了社区办公室。

王桂芝正在办公桌后面看当天的报纸，老花镜夹在鼻子头儿上。她看得很仔细，没意识到老安进来。

老安站了一会儿，突然说，"主任，我要捐点钱。"

王桂芝被吓了一跳，身子一挺，报纸掉在桌上。她这才看见老安，问道，"说啥？"

"我一个月拿出500块钱，捐钱。"

"啥？捐钱？给谁捐钱？"王桂芝的老花镜一下子滑到嘴角。她觉得，这个老安和昨天那个老安不是一个人。神情不一样，语气也不一样。昨天那个老安是一堆肉，今天的老安是一块骨头。她不由得把身子坐直。

"给组织。"

"给组织？"王桂芝瞪大了眼睛，"为啥？"

"捐助……是资助，资助困难的孩子。"

王桂芝一把拽下老花镜，从办公桌后跨出来，一双胖手使劲拉住了老安的胳膊，"老安，你不是在开玩笑吧？"眼里闪出惊喜的光芒。

"开啥玩笑?真捐。一个月500。"老安的话掷地有声。

王桂芝后来跟人说,"老安说这些话的时候神色平静,显然是经过深思熟虑了。献爱心啊!人家自愿的,怎么能拒绝呢?多好的人!就出在我们社区,就生活在我们身边。给我们社区增光啊!"

王桂芝兴奋异常,马上打电话叫来了报社记者。"这得宣传,好好宣传!"她冲老安挥手,指指椅子,示意他坐下。嘴里不停念叨着,"多好的素材!"

就这样,老安上了晨报的社会新闻版,还配发了一幅彩色大照片。照片上,他坐在自己水果铺子的破沙发里,怀抱着明明,正在用奶瓶给孩子喂奶,眼睛里流出浓浓的爱意。记者在报道中描述了老安如何捡到明明并且抚养了一个月的过程,还给老安要捐的钱想了个好听的名字——爱苗基金。正儿八经地写在报纸上。

老安一下子成名人了。并且,借着创建"文明城市"的东风,被区里推选为市级的"文明标兵"。同时被推选的还有社区主任王桂芝。

明明没有被领走,他成了老安的养子,民政局特批的。从上报纸那天起,老安履行了自己的诺言,每月拿出500块钱,交到社区的"爱苗基金"。四年来,一个月没少过。

"老安不是一般人啊!以前还真小瞧他了。"邻居们这么说。邻居们还说,"明明是不是私生子另当别论,这一个月拿出500块钱行善,可是真金白银啊!那么多有钱的人都做不出来。你说说,老安是一般人儿吗?"

老安的水果铺子里又热闹起来。以前邻居们过来多半是看明明的，现在过来，几乎都不空着手走。二斤橘子，两只香蕉，多少都买点。婶子大娘有时候坐一会，临走时想想，说，"老安，买一个苹果行不行？"老安满脸笑容，"那咋不行？做生意的还能挑买家？"女人们来得也勤了。一双自家孩子穿小了的鞋子，两套干净的小孩衣服，毛巾被，小枕头，小号的洗澡盆，旧玩具……都是给明明的。女人们说，别嫌弃，用旧东西，孩子好养活。老安傻笑，嘿嘿嘿地照单全收。家里更乱了。铺子乱，里屋也乱。但是老安高兴。人一高兴，看着似乎也比前阵子精神了。

明明现在夜里不怎么哭了。有位邻居妹子跟老安说小孩夜哭可能是缺钙，让他给明明补点钙。还告诉他普通的钙片就好使，不用买广告上的那些。贵！老安照做了，药店的小服务员不屑地扔过来一瓶钙片。明明吃了一瓶，明显见好。不屑就不屑！还有件事让老安头疼。明明四岁了，按说应该上幼儿园了。可是他的智力只相当于两岁的孩子。试着往家附近的一个私人幼儿园送了几天。开始送小班，第二天阿姨就说，"老安，他总打别的孩子，我照顾不了，别的家长都不愿意。要不你送中班试试。"送中班没两天，阿姨又说，"老安，他什么也听不懂。别的孩子学儿歌做游戏，他就在地上溜达，还总捣乱推别人，我知道他想跟人玩，可小朋友都吓得直哭。"老安没办法，只好把明明领回来。每天就在铺子里玩。明明还不会说话。到目前为止，老安只教会了他两个词。一个是"爸爸"，一个是"苹果"。

四

老安喜欢苹果。他的铺子里，苹果的品种最全。红富士、红玉、黄元帅、蛇果、国光都有。他坐在破沙发里，拿卫生纸一个一个地擦，擦得光彩照人，仿佛涂了蜡。他这样爱惜，对明明却毫不吝啬。明明后来也知道了，别的水果不能随便玩，只有苹果除外。他随便玩，随便吃。爸爸从不阻拦。他吃的时候，爸爸就笑眯眯地看着。

有一天，明明一个人在里屋玩。他拽开了写字台的抽屉。他现在已经够得到最上边的抽屉了。他摸到了一个塑料皮的本子，凉凉的，滑滑的，很特别。他一把把本子拎出来，看了看，和橘子一个颜色。他觉得又没什么意思了，"啪"摔到地上。一张纸片飞了出来。他跑过去捡，翻过来看。呀！有意思了，纸片上有三个人。一个阿姨，抱着宝宝，后面站着个哥哥。宝宝的手里拿的不是苹果吗？这个苹果没见过，怎么没有颜色呢？他跑出去找爸爸，嘴里喊着"苹果，苹果。"老安看到他小手里的照片，神色突然大变，一把抢过来。喝道，"乱翻！"明明一愣，很生气，抓起一个苹果向老安砸去。老安无奈，将照片塞在后屁股兜里，抱起明明安抚。

这天夜里，老安失眠了。他躺在床上，翻来覆去，睡意竟神奇般地消失了。

他望着窗外，月亮正圆，挂在最高处，闪着清辉。四周无限地寂静，暗，深邃，像别人永远无法知晓的内心。他觉得，月亮此刻的样子就是伤口的样子。伤口的疼，不是因为流着热热的血，而是冷冷的，刺骨钻心。这种感觉，他已经体会很多年了。看着熟睡的明明，一张苹果一样红扑扑的小脸儿，多么像"他"啊！恍惚间，老安仿佛回到了四十年前。

四十年前，照片里抱着苹果的小男孩也正好四岁，和明明一样，不会说话，喜欢吃苹果。和明明一样，睡觉的时候，嘴巴微微张开，呼出一股淡淡的奶香气。那是一张生日照片，苹果是生日礼物。老安痛苦地想，如果他此刻在身边，也该有四十多岁了。可以和自己喝两杯了。

冬天的第一场雪下过不久，老安的水果铺子里又出了桩人们意想不到的事。

晚上七点多钟，老安下了一锅挂面，打上两个鸡蛋，又将煤油取暖炉点上，暖暖和和地，和明明一起待在铺子里，等着吃晚饭。明明被闪闪发光的白雪吸引，想到外面去。老安看看锅，热汤面已经好了，将液化气关了。现在还不能吃，明明怕热。趁这工夫，爷俩出了门，在门口玩雪。

正玩着，一个人影走过来，在马路对面的垃圾箱前停下，翻找起来。老安开始以为是捡破烂的，想叫过来卖纸盒箱子，往前走了两步发现不是。这人披着一件看不出颜色的棉大衣，下摆已经破烂不堪，棉花拖拖拉拉悬在外面。头发很长，乱蓬蓬顶在头上，盖住了半张脸。这不是四傻子吗？老安的心一揪，他这是饿了。老安回身进了屋，拿出两个橘子，一个苹果。他叫了声"四傻子"，晃了晃手里的水果，示意他过来。

傻子以前和老安住得不远，隔两条马路。家里有个老母亲，上面有两个哥哥，一个姐姐。哥哥姐姐都成家了，他和母亲常年轮流背个蛇皮袋子,到处翻垃圾箱,捡破烂。去年上秋,老太太死了。二哥二嫂搬进了傻子的家,傻子被撵出来了。另一个哥哥和姐姐也不管,他就四处流浪了。

老安有一阵子没见到傻子了。傻子是认得老安的,老安总给他苹果吃。他冲老安咧开嘴,傻笑着,走过来。这一走不打紧,至灯光处,老安一看,哎呀!怎么还光着脚呢?心里一酸,上前拉住傻子的手,把他拉进了屋。

傻子有点不知所措,站在铺子当间,左顾右盼。老安已经进了里屋。明明围着他转了一圈,拽拽他大衣的棉花,觉得很好玩,就不停地拽。傻子生气了,一把把明明推倒,明明哇哇大哭。老安闻声奔过来,手里已经提了一双棉布鞋。他抱起明明,一边哄,一边叫傻子把棉鞋穿上。傻子一穿,提不上,小了。脚跟露在外面。可还是很高兴,乐得合不拢嘴。老安没笑,他知道这样穿出去,走不多远就得丢。他记得还有一双皮鞋,是隔壁二楼李大娘儿子不要的,皮子很好,七成新,李大娘舍不得扔,就给了他。他穿着有点大,但也没舍得扔。老安想,干脆留傻子吃了饭再走,一会儿再找找那双鞋。

傻子长得高大,铺子里的过道狭小,坐三个人吃饭有点挤。老安看看天,估摸着不会有人来买水果了,就关了铺子的灯,从里面锁了门,带了傻子和明明到里屋吃饭。

明明哭得有些累,吃了几口鸡蛋就头一歪,睡着了。老安把明明抱上床,安顿好了,回过头再到饭桌前一看,一锅面条都已经被傻子吃光了。傻子红光满面,额上流下汗来,头发湿乎乎地贴了一脸。老安说,"把大衣脱了。"傻子笑呵呵地脱掉大衣,露出里面的毛线衫,胸前的油污一块一块的,袖口的毛线已经断了,扯住线头一拽就能拽掉半条袖子。老安递给他一条毛巾,"擦擦汗!"傻子往脸上胡乱一抹。扔掉毛巾,面容清晰起来。老安看着他,有点诧异。仿佛不认识。他还是第一次这么近端详傻子的脸。原来傻子已经不年轻了。他的眼角布满了皱纹,横的,竖的,斜的,杂乱无章,像一堆破渔网。老安的心一抖,一根针从心里刺出来,顺着呼吸往上逼。他使劲闭紧了嘴巴。针寻不到出路,继续向上,经过鼻子,抵达双眼。他感到双眼热热的,两股血一样温热的泪盈满了眼眶。他闭上了眼睛。"'他'现在也是这个样子吗?"老安问自己。没人回答他。

他站起身,去碗橱里拎回一瓶酒。给傻子倒了一玻璃杯,自己倒了一玻璃杯。将酒杯往傻子的杯上碰了一下,一仰头,喝了一大口。傻子见状,也拿起杯往老安的杯上撞了一下,一仰头,干了。老安刚要制止,已经来不及了。傻子感觉一团火在喉咙燃烧,火焰向下蹿去,他觉得自己的身体着火了,"呼"地一下站起身,一拳向老安的头上打去。老安的双眼金星四溅,"咣当"一声躺倒在地上。傻子伸脚向老安身上踹,不知踹了多久。他看到了血,从老安的头上流出来。他害怕了,惊叫着,从老安的小屋跑出去,趿着老安新给他的棉布鞋,大衣也忘了穿。

人们听到了傻子的号叫。隔壁二楼的李大娘正在阳台收拾大葱,她看到傻子踹开水果铺子的门,疯狂地向夜色奔去……

老安被邻居们送到了医院。后仰的时候,脑袋磕到了床脚,一根已经生了锈的钉子扎进了他的头。

老安感到,自己的身体被无数只手抬起,软绵绵的,腾云驾雾一般。他想,我到了天上吗?天堂已经接受我了吗?妈妈呢?一会见到她，她会原谅我吗？四傻子的皱纹在他的眼前晃，明明的笑脸在他眼前晃……他昏迷过去。

老安住院了。社区主任王桂芝把这个消息报告了报社。第二天，全市关心老安的人就都知道了这件事。人们唏嘘不已，好人啊！于是三五成群的，相约去医院看老安。邻居们来了，领导们来了，被资助的孩子和家长来了，不相识的好心人来了。老安病房里的鲜花堆成了山。别的病房的病人都在议论，那个房间不知住了个什么大人物。

老安的女儿来了。她无声无息，给老安擦脸，翻身，用鼻饲管喂食，喂水。用尿不湿接屎接尿。面对记者的访问、领导的慰问、邻居们的安慰，她一概漠然置之，面无表情。人们不知道她的精神还在不在此地，仿佛和老安一起神游去了。令人担心。人们说，"她太悲伤了"。

明明也来了。他本来由李大娘照看着，可是天天嚷着爸爸，李大娘喂他饭，他就端起饭碗摔在地上。李大娘没办法，把他带到医院，对老安的女儿说，"明珠，让他在这待一宿，看看你爸。好歹也给你做个伴，明天一早，我就把他带走。"说完不容分说，丢下明明就走了。

安明珠看着明明，明明也看着安明珠。他们互相不大认识。但明明觉得这个姐姐有点眼熟。老安的写字台上有张相框，里面站的就是这个姐姐。明明于是咧开嘴，冲明珠笑了。明珠厌恶地看了他一眼，没笑。"傻相！"她在心里说。把明明领到老安床前，一把按在凳子上。明明看到了爸爸。"爸爸！"他叫道。爸爸没有反应。他睡着了。可爸爸的鼻子上怎么插了一根管子呢？他很好奇，想爬过去摸摸，姐姐一把按住他，不让他动。他哭了。姐姐不管他。姐姐有姐姐的心事。她在想,爸爸要是能听到哭声就好了。

这一切,老安都不知晓。他在另一个世界。他终于回到了四十年前。

五

这一天是小涛的生日。初秋的艳阳天。

一大早,母亲对他说,"小海,今天我们全家去照张相,小涛四岁了,还没照过相呢。"他不想去,父亲已经不在了,算什么全家福?小涛能代替父亲吗?他不过是个傻子。安振海想,傻子从没见过父亲,我可是在爸爸的肩头长大的。

安振海是父亲挚爱的长子。他健康、聪明。每天,父亲从矿上一回到家,来不及洗掉身上的煤渣就迫不及待地把小海扛到肩上,直到小海也变成个小煤球。可是有一天,爸爸没有回来。在应该回来的时间,家里来了两个陌生人。他们穿着干净的衣服,没有煤渣,却不停地提到爸爸的名字。怀着身孕的母亲默默地听着,听着听着,身子一晃,就放声大哭。母亲从来没这么大声地哭过,惊天动地;母亲也从来没有流过这么多眼泪,暴雨一般。小海吓得不知所措,也跟着号啕大哭起来。那天,母亲哭昏过去好几次。直到人们不停说到肚子里的孩子,她才渐渐止住哭声。

后来,小涛早产了。并且,满月时去医院做健康检查,被告知先天性智力低下。

生活彻底变了样子。安振海觉得,美好时光都随小涛的降生而消失了。

他讨厌小涛。母亲不在身边的时候，他称呼小涛"小傻子"。"小傻子！别跟着我！""小傻子，别冲我傻笑，滚一边去！"他恨小傻子，因为他，别人都嘲笑自己，并且有了个新的绰号——大傻子。现在，没人喜欢和大傻子玩了。很丢人。小傻子还抢走了妈妈，四岁了，还天天黏着妈妈吃奶。妈妈一点都不讨厌他，每次从柜子里掏出一个香气袭人的苹果，都只准小海吃皮，皮吃干净后，把白嫩多汁的果肉留给小涛吃。小涛那么贪婪，看见苹果就呵呵傻笑，总是吃得精光，连籽都不吐出来。不光如此，每次兄弟两人打了架，妈妈都会狠狠地打小海一顿，边打边哭，声泪俱下，"你能不能懂点事？将来我死了，可怎么放心？"

今天，妈妈穿上了很久不穿的红花外套，将长发盘了个好看的髻。她好几年没这么高兴了。小涛也洗了头，干干净净的，还穿上了一双新布鞋。那是妈妈赶在生日前，刚给他做好的。妈妈又拿出一件海军衫，是舅舅家的哥哥穿小的，递给小海，让他穿上。小海喜欢这件衣服，偶尔才穿一下。但是今天他不想穿，因为不想庆祝小傻子的生日。妈妈叹了口气，把衣服塞回柜里。要锁柜子的时候，她犹豫了一下，把手伸进去，掏出来一个红红的，飘着诱人香气的苹果，递给小涛。小涛手舞足蹈着，呀呀呀叫起来。那是高兴的表示。妈妈看着他，又看看小海，又摸出一个，这个更大，更香。她递给了小海。小海的心都要蹦出来了。多么完美的一个苹果啊！他舍不得吃，揣进怀里。要先享受一会儿。

一家人出门了，上了公共汽车。一个叔叔给妈妈让了座，她抱着小涛坐在窗口，小海站在他们旁边。有风从窗子吹进来，苹果的清香扑鼻。小海觉得，心情已经好起来。他有点后悔没穿海军衫，那件衣服是应该被嵌在相片里的。小涛看着窗外移动的风景，开心无比，挥着手里的苹果，呵呵呵笑个不停。小海看着他，奇怪，今天好像也不那么傻了。窗外的柳树舒展着枝条，时有汽车飞驰而过，偶尔也有拉着钢条的马车。当然，最多的还是自行车。小涛看得眼花缭乱，正兀自开心着，忽然，对面开过来一辆大货车，按着喇叭，从他们身边疾驰而过。小涛受了惊吓，手一松，苹果掉了，随即"哇"地哭起来。妈妈一阵慌乱，马上转过头看小海。小海立刻明白了妈妈的意思。他犹豫着，没有马上拿出苹果，他希望小涛的哭声能停下来。但是没有，他哭得更凶了。身子还拼命向窗口探去，似乎想把苹果抓回来。妈妈的脸上已经有了怒容。小海不情愿地掏出苹果，塞到小涛怀里。阳光消失了。

　　小傻子抱着苹果，一直到照相馆都没有撒手。相照得不太顺利，小海不笑。摄影师喊了好几次"照了啊——"都在最后放弃了。后来妈妈说，"就这么照吧。"

　　他们往回走。小傻子又高兴了，把苹果搂在胸前。妈妈抱着他，即使掉了，也会掉在妈妈的臂弯里。小海不再看他，有什么好看的，他都比不上一个苹果。走了一会儿，来到一个小商品市场。妈妈对各式各样的发夹子显然动了心，把小涛放在地上，让小海看着，她自己在摊床前一个一个拿起来看。最终没有买，但是她似乎很满足。继续往前走。不知走了多久，小涛突然指着一个孩子大叫，"果果！"随即哇哇哭起来。那孩子正在吃苹果。小涛手里的苹果呢？不知什么时候又不见了！"小傻子！"小海在心里恨恨地骂道。他心疼死了，这个，本来是属于他的。那么大，那么香！刚才真应该咬一口再给他。妈妈也慌了，"赶紧找！"一家人折身往回走，可哪里还有苹果的影子呢？小海站住不走了。他觉得，小傻子应该接受现实，这是对他的惩罚。他说，"妈，我走不动了。"可妈心疼小傻子,她看到几十米外的水果摊,决定去买一个回来。她把小涛的手放在小海的手里,将两兄弟的手紧紧捏了一捏,说,"小海,看着弟弟。就站这儿等我。妈一会就回来。"说完,拍了拍小海的头。小海觉得,妈妈的目光好像是在看一个大人。

妈妈很快不见了,消失在熙熙攘攘的人流中。小海看了一眼小涛,他在哭,没命地哭,嘴里念叨着"果果",脸朝着天,闭着眼睛。苹果会从天上掉下来吗?"傻子!"小海骂道,心里涌起一股强烈的厌恶。他愤愤地甩开了小涛的手。"滚!"小傻子惊恐地瞅了他一眼,止住了哭声。他有点怕了。哥哥从没像今天这么凶过。小海见呵斥见了效,禁不住又喊了一声,"滚远点,谁有苹果就找谁去!听见没?滚!"说完一跺脚。小傻子以为哥哥要打他,像平时一样,撒腿就跑。小海解气似的,一屁股坐在地上。他太累了。为了这个小傻子的生日,他走了一上午,丢了一个芳香无比梦寐以求的大苹果。已经多久没吃过苹果肉了?他闭上眼睛,想着那只苹果被咬过一口之后,微黄的果肉里溢出来的汁液,一定甘甜无比!牙根里有口水渗出来……都是因为他!一会回家,一定得偷着打他一顿才解恨。想到回家,他才意识到这是在市场,一下子跳起来。小傻子跑哪里去了?"小傻子——"他喊着,没有回答。"小傻子——"他继续喊,还是没有回答。他有点着急了,"小涛——"眼前是重重叠叠的人,那么多人,挤来挤去,但是没有一个声音应答他。

小傻子去找苹果了吧?在以后的岁月里,在他的少年时光,他曾经无数次地想到这个问题。母亲发疯般地号哭,披头散发地在市场里东突西撞,让他意识到问题的严重。对母亲来说,小傻子似乎比父亲还重要。可是他再也没有回来过。那张照片,是他唯一的一张。瞪着一双无神的大眼睛,抱着哥哥的大苹果,傻笑着。安振海将他的笑容深深地刻在心里,年深日久,刻出了一个无法愈合的伤疤。

他将永远无法面对母亲。虽然母亲没有责怪他,但母亲的眼神让他痛。母亲的眼神散了,脸成了木雕。再也看不到像照片里那样微笑的母亲了,他痛彻心扉。他没有想到,当他失去父亲的时候,至少还有母亲。而他失去小涛之后,却失去了全部。他终于知道了,母亲是他和小涛两个人的母亲,小涛,是与他一样,流着父亲和母亲共同血液的兄弟,但是小涛再也没有回来过。小涛不给他做兄弟的机会了。

那张照片,一直在母亲身上揣着。直到死。

小海一成年,她就死了。生命的弦一下子就松了。这一生,她绷得太紧了。断了两次,又重新接上,怎么能不紧呢?第一次断,她接得不难,毕竟知道丈夫的归处,若干年后,总会再见的。可第二次,她接得太难了,用尽了全身的力气。她痛啊,她不知道儿子去了哪里,有时候,在街上看到没腿没手的乞讨者,回到家里也会大哭一场。报纸上说,那些人的手和脚都是在小时候就被坏人砍断的,沦为赚钱的工具。小涛离开了亲人,可怎么生活?他还是个智障!她不敢想,越想越难受。每一次想象都是个深渊,令她难以自拔。

她是握着小涛的照片死的。

这是安振海揣了40年的秘密,也是在他心中持续了40年的隐痛。知情的亲友从不在他面前提及此事,那等于在触伤口。他也从未将此事告诉过妻子和女儿。

一滴热热的泪从老安眼角滚落。安明珠正在给父亲喂饭,她清晰地看到了这颗泪滴。她有点惊慌,不知道哪个动作感动了父亲。她的心并没有呼唤父亲,她只是在尽一个女儿的责任。如果真像电影里说的那样,沉睡的人会被亲人的真心呼唤而感动,她是不能相信父亲会在此刻有了知觉。她停止了动作,等待着。然而父亲没有醒。她有点轻松,又有点失望。她并不知道,父亲的内心正泪雨滂沱,沉浸在一场巨大的忏悔中。

六

安明珠不了解父亲,越来越不了解。她虽然不能完全相信母亲的判断,认为明明是父亲的私生子,可也无法理解父亲会养一个和自己没有任何关系的傻孩子。她其实不嫉妒那个孩子,只是有点心疼父亲。父亲老得厉害,自从有了明明,几年里他老了有十多岁。此刻,安明珠可以真实地面对这份心疼,这个男人,是爱过自己的,从小到大,从没有打过她一下。幼年时代,她就是父亲的掌上明珠。可如果他醒来,安明珠就会将这份心疼掩藏。以那样一种原因与母亲离婚,她不能原谅父亲。她抽出纸巾,把父亲的眼泪擦掉。是什么让他这么伤心呢?母亲的离去都没有令他伤心,他的心还是软的吗?她看了看睡在老安身边的明明,这孩子,真的是父亲的儿子,我的兄弟吗?如果真是这样,那父亲背着母亲都做了什么呢?安明珠有点恨。

一周之后,老安忽然有了知觉。他在昏睡中叫了一个名字,"小涛——"接着就睁开了眼睛。安明珠吓了一跳。她想,"小涛是谁？是他助养的孩子吗？为什么叫的不是明明？"她有点不知所措，迅速去找医生。

医生并没有如安明珠想象的那般高兴，他查看了一下老安身上各种仪器的指标，只说了一句，"继续观察。有什么变化及时通知我。"然后就走了。安明珠莫名地，有了一种不祥的感觉。她俯下身去，叫了一声，"爸！"

老安微闭着双眼，似乎很累。他的一只手摸索着，抓住了女儿的手。一股温热的暖流在两个人的身体里流通着。安明珠的泪几乎要掉下来。她知道，自己就快原谅父亲了。

这天晚上，来了一个女人。安明珠看见她在病房门口徘徊，透过门上的玻璃，几度向里面张望。这几天，来看老安的人不多了。报纸刚出来时，人们像一阵风一样聚集过来，病房里热闹了一阵子。现在，显得有点冷清。安明珠意识到，这是个不一般的拜访者。她走过去，拉开了病房的门。

女人见门开了，转身要离开，可走了两步，又回过身，怯怯地望着安明珠。她看上去也就二十四五岁，手里提了一个大花篮，里面插了满满的康乃馨，都是浓郁的红色。安明珠注视着她，预感到要发生什么。

"你找谁？"

"请问……安振海是在这个病房吗？"声音干涩。

安明珠的眼中充满了疑问，"你找他有什么事吗？"

"这么说……你就是她女儿了？"女人的声音舒展了一些，伸出右手握住了安明珠的手。

安明珠回头看了一眼父亲。

女人顺着她的目光望过去。老安的头偏在枕头一边，有些吃力地微张着双眼，正注视着这一切。

女人三步两步走到床前，放下花篮，"扑通"一声，跪了下去。

安明珠一惊，愣住了。老安也一惊，身子在被里抖了两下，要起来。安明珠慌忙奔过去，按住他。

女人欲言又止，张了几次嘴，最终还是眼泪先流下来。"谢谢您了……"

安明珠很担心父亲。"到底什么事啊？"

女人说，她是明明的妈妈。安明珠吃了一惊。她迅速扫了一眼父亲。父亲竟也满脸惊讶。

女人说，四年前，她亲手把只有六天的明明丢在铁西中医院附近。

女人说，孩子的包被是紫花的，一出生就盖着，里面的上衣是大红色，胸口绣了个金黄的"福"字……说着从兜里掏出一件小红衣，展开来，两只手提着给老安看。她说，"孩子的姥姥做了两件一模一样的，另一件，她一直留着……"

女人说，"明明这个名字真好听……"

女人说不下去了，泪水弥漫了眼睛。她泣不成声。最后，只是不断地重复着，"我没脸见您啊……"

老安还想问问她是怎么找到孩子的，张了张嘴，却发不出声音。他随即笑了，还问什么呢？一定是她的忏悔感动了上苍。是啊，一切还都来得及。他开始羡慕这个女人了，真想跪在那儿，替她哭。这哭声隐藏的感受，他太熟悉了。

安明珠送走了明明的母亲，并答应明天一早就带她去接孩子。

在回病房的路上,她感觉,自己的心房,一下子被这个女人照亮了。她轻快地奔到父亲身边,抚摸着他的手,唤了一声,"爸爸。"她什么都不想说,只想唤一声,"爸爸!"她知道,爸爸全都懂。她还计划着,要把这些告诉母亲。

七

春节临近的时候,老安的水果铺子又开门了。人们看到,老安的媳妇坐在破沙发里,一边照看生意,一边织着一件大红的毛衣。

有邻居问,"给明珠织的呀?"

老安媳妇不说话,只把头一转,冲里屋瞭一眼,努一下嘴。

邻居们顺着她的目光看过去。老安半靠在床上,正摆弄着一只苹果。那只苹果,又大,又红,阳光照在上面,闪闪发亮。老安看得出了神。

老安胖了,也白了,只是他再也不能说话了。人们都说,老安脑子里插了根钉子,把脑子插坏了,看见谁都笑,仿佛都认识,又仿佛都不认识。人们又说,老安好人有好报,脑子虽然坏了,媳妇却回来了。

老安现在经常安详地靠在床上,晒太阳。晒够了,就头一歪,没有任何过渡地,睡着了。

百　合

一

　　如果不是姥爷患了老年痴呆症，不怎么认得人了，崔雅萍姥姥是无论如何不会再回到这个家里的。

　　崔雅萍回来的前一天晚上，我妈妈陈红在饭桌上试探地说，爸，我妈明天回来。我姥爷就像没听见，眼睛紧紧盯着排骨。我估摸着，他这会儿连陈红是谁都未必清楚。我妈看了他几秒钟，突然提高了嗓门，崔雅萍明天回来！崔雅萍？我姥爷迅速抬起头在屋里扫视了一圈，显得很失望。我妈说，明天！回来！我姥爷看着我妈，半天吐出两个字，骗人！我也有点不信，小心地问，妈，我姥姥不是说死了也不回来吗？我妈瞪了我一眼，她腿摔断了，我两头跑，照顾她不方便。然后剜了一勺土豆泥敲到我姥爷碗里，继续说，王小舟我告诉你，你姥姥是我好不容易才劝回来的，见了面，别胡说八道惹她不高兴。谁胡说八道了？这不都是你告诉我的吗？我不跟你废话，总之，这次回来就不能让她再走了。我频频点头。陈红现在身处更年期，跟我们家的祖奶奶差不多，我和姥爷都得听她的，稍有拂逆，就高声断喝。

第二天，崔雅萍被我妈妈背着上了楼，我跟在后面搬轮椅。搬到三楼我就快昏过去了，我妈说，就应该把你们这些90后都撒到北大荒去修两年地球。我喘着粗气，姥姥，我妈老看我不顺眼。崔雅萍忙说，回头姥姥给拿钱，买好吃的。然后又转向我妈妈，我说我不来，非往这弄。我告诉你，你爸要是还认得我，立马我就回去。

姥爷在睡午觉，我们兴师动众地冲进屋来，也没能把他扰醒，他房间的门安静地关着。崔雅萍在客厅中央坐定，用一种异样的目光打量着这个她曾经生活了多年的家。她的目光迅速掠过地板、家具、植物，最后停留在客厅天棚的吸顶灯上。这盏灯，从我出生就没换过，或许比我年长很多。从她的表情中我猜测，那是她熟悉的。然而这房间中，一定还有什么东西令她不快，她轻轻地皱了皱眉。陈红把崔雅萍推进我的房间，妈，这间刚给你收拾出来。老太太四下打量了一下，目光锁定在枕巾上。把这条枕巾给我拿走。我冲陈红做了个鬼脸，她小心翼翼布置的房间到底还是出了纰漏。陈红二话没说，撤下了喜鹊登枝的红色枕巾，到柜子里翻了一下，匆匆找出一条蓝条毛巾重新铺上，只盖住了枕头的三分之二。从房间里出来后，陈红就忍不住跟我抱怨，看见没？就这么矫情。那枕巾不是圣诞节的时候咱俩在乐购买的吗？她也不想想，卫丽响的东西还能用到现在？我笑嘻嘻地说，谁让你贪便宜买那么过时的枕巾，一看就是20年前的款式。她照着我的后背就是一巴掌，你还笑话我，以后在她面前你也得小心点！

安排停当，我妈去厨房准备晚饭。我陪我姥姥在客厅看电视。

我妈不在的时候，崔雅萍还是挺像个姥姥的。她先从兜里翻出200块钱塞到我手里，舟儿，拿着。我扭捏着说不要。她不容分说合上我的手掌，姥姥给的，不用告诉你妈。接着又问我工作的事，还在家闲着呢？我嘿嘿一笑，没闲着，带了两个学生，一个月600多块钱。嗯，她拉起我的手，无限怜爱地抚摸着，舟儿这手真漂亮，天生就是弹琴的料。然后就照例提起了我爸爸，你爸爸要是还活着……才说了半截，姥爷的房门响了，我和崔雅萍不约而同抬起了头，刷地望过去。只见我姥爷陈忠诚上身胡乱披着一件抓绒家居服，裤子斜提在胯上，高大的身躯立在门口，一双刚刚熟睡过的眼睛似真似幻地望过来。我姥姥的手一抖，从我手上掉下去。然而陈忠诚什么也没说，直着身板踱到洗手间去了。崔雅萍马上捋了捋头发，又将堆在胸前的衣服拽平整。不一会，随着马桶冲水的声音响起，陈忠诚再次出现在客厅。我妈妈也闻声赶过来，密切注视着他。他仍然没打算在这里停留，向自己的房间走去。在进门前，突然回过头来说了一句，你咋还不走呢？钱不是都给你了吗？说完，进了自己房间。崔雅萍马上转过头质问我妈，啥意思？啊？撵我走啊？不是说不认识人了吗？陈红愣了片刻，旋即说道，妈，我爸一定是把你当成孙姨了。我一听，赶紧附和，对，姥姥，那个孙姥姥想赖在我们家，我姥爷硬给撵走了。崔雅萍面色缓和了些，但还是不依不饶，就是那个叫孙洁的保姆吧？我这样子像保姆吗？不行，你去问问他，到底认不认识我？我妈忙说，叫小舟去给你问，我得看看锅去。我立马拿出最谄媚的笑容，姥姥，他刚睡醒，睡眼惺忪的，没看清，我姥姥，那是最漂亮的老太太，那个孙洁怎么比得了呢？是不？崔雅萍看着我，噗嗤一声，笑了。

二

后来的事实证明,我姥爷还真是把崔雅萍当成孙洁了。没办法,我姥爷一生桃花太多,难免张冠李戴,更何况现在认不得人了。

我曾经偷偷问我妈妈,姥爷年轻的时候是不是巨帅?要不怎么会有这么多女人喜欢他?我妈说,你那小脑袋瓜子里都想什么呢?你姥爷有今天,那是他自食恶果。你看看,剩下谁了?还不得我伺候?这倒是真的。先说卫丽响吧。从我有记忆起,这名字就不能轻易提。每次一提起她来,我妈妈就像被踩到的地雷,瞬间在我姥爷面前就炸了。吵到最后,陈红的结语通常是,她就是一搅屎棍子!小时候不懂这其中的含义,大了以后方觉我妈妈的总结相当精辟!但这种感觉我是不敢在陈忠诚面前流露的。因为我看出来,被卫丽响搅动过的生活,令我姥爷很痛苦。

女画家卫丽响年轻的时候是个货真价实的美人,她那时刚刚研究生毕业,分到师专艺术系当老师。我姥爷陈忠诚副教授是中文系的老师,因为经常在杂志上发表小说,并且长得高大帅气,在师专属于明星级人物。他除了教中文系的当代文学课,还兼着若干文科系的大学语文课程。所以,他的身影就经常出现在艺术系的教学楼里。一来二去就被卫丽响给瞄上了。卫丽响以文学女青年的姿态,经常拿些诗歌散文请我姥爷指点,爱情就这样在两个人之间悄悄滋生了。按照我妈的说法,一切都是卫丽响的错,她明知道我姥爷有家庭,还积极主动追求我姥爷,在师专到处散布与我姥爷的恋情，并最终以怀有身孕的谎言，成功挤走我姥姥，鸠占鹊巢，成了陈忠诚的第二任妻子。不过我妈妈也不是省油的灯，人民医院护士长崔雅萍的女儿，是那么好欺负的吗？卫丽响进我们家门的时候，我妈妈18岁，卫丽响也就大她七八岁，两人三天一小仗，五天一大仗，打得我姥爷一筹莫展。后来我妈妈出去读大学了，家里才消停了四年。算起来，我的卫丽响姥姥也就在我们家待了六年，后来就去了日本，当时说是去读书，结果一去不返，现在早已改成日本姓了。是叫横路莉香呢，还是叫山口响子？我曾经给她设想了很多名字，但终究苦于不知道她再嫁的那个日本老公姓什么，而连百分之五十的概率都确定不了。

我曾经对卫丽响非常好奇，在我姥爷房间写字台的抽屉里，有一本旧影集，里面有两张卫丽响的单人照，藏在最后一页我姥爷的两张讲座照片的后面。这是我偷偷发现的，是陈忠诚的一个秘密。自从卫丽响和我姥爷离婚后，我妈妈就快意恩仇地扔掉了她很多东西，包括一些照片。没人告诉我她是谁，但是看到的第一眼，我就知道，这个气质非凡的女人，就是传说中的卫丽响，确定无疑！她比我想象的还要漂亮，任何一个男人为了她失足，都是有说服力的。按照我妈的描述，卫丽响在我们家这么一搅和，对她的生活基本影响不大，起码表面看是如此。但是，我的崔雅萍姥姥却从此伤透了心，以至于发下毒誓——死了都不回这个家了！当然，这话以后在我们家是万万不能再提了。

礼拜一一大早，我妈就把我从被窝里揪起来，我得上班了，好好看着他俩，要是打起来，就马上给我打电话。我手一摆，放心吧，有我在，肯定打不起来，说着又躺下了。我妈一把拎住我胳膊，快起来！饭都凉了。

崔雅萍已经吃完了，坐在餐桌旁，用纸巾把鸡蛋壳收到碗里。我坐下没一会，她就问我，你姥爷平时总是睡这么晚不起来？我说是啊，他睡眠好着呢，下午还能睡一觉。真是傻人有傻福！他才不傻呢，就是记不住刚做过的事了。衣服都是你妈给洗啊？对呀。舟儿啊，不是姥姥说你，你也帮你妈干点活，她这一天，多累啊！我嘻嘻一笑，她是铁娘子，巨能干！再说，也信不着我呀！洗澡呢？你姥爷洗澡怎么办？我妈送他去澡堂子，再雇个搓澡的。崔雅萍叹了口气。我忙说，等过两年我一结婚，你外孙女婿就帮他洗了，嘿嘿。崔雅萍眉毛一挑，来了精神，有男朋友了？我马上就后悔了，说，没有。她有点失望。过了一会，又开始说我姥爷，他怎么总把衣服穿得七扭八歪的，年轻的时候不这样啊……陈忠诚老人就在这个当口来到餐厅，坐在了崔雅萍对面。

　　我忙起身，帮他盛了碗粥，又剥了个鸡蛋。他盯着餐桌上的食物，面无表情地吃了一会，突然对着崔雅萍说，绿豆粥，崔雅萍最喜欢吃。崔雅萍一惊，张着嘴看着他。他又低头吃饭。崔雅萍不甘心，用筷子敲了敲他的碗，陈忠诚，你看看我是谁？我姥爷瞪了她一眼，你不是孙洁吗？中午给我做盐爆花生米。崔雅萍有点不高兴，我告诉你，我是崔雅萍！我有点紧张了。陈忠诚眯缝着眼睛看了她一会，摇了摇头，你别以为我糊涂了，崔雅萍比你白多了，也没你这么胖。再说，崔雅萍，人家也不能回来呀。我姥姥忽然就不知道说什么了，我猜她心里应该有点高兴，心又放回肚子里。陈忠诚又说，你别不高兴，崔雅萍那是个干净人，但是，你比她脾气好。说完傻笑了一下。我扭头看崔雅萍的反应。她却把目光转向窗外，不知为什么，面色有点忧伤。

　　算起来卫丽响离开这个家有20多年了，我姥爷曾经非常希望崔雅萍能回来，我和我妈妈都充当过和平使者，但是崔雅萍顽固得像一块生了根的石头，无论如何不肯回头。而且，这么多年，没再有过感情生活。我和我妈妈都难以理解。我妈妈是理解不了她的小题大做，觉得我姥爷既然已经后悔了，她就回来得了呗，哪个男人不犯点错误呢？犯得着得理不饶人让自己受苦吗？而我是不能理解她怎么能够这么多年不交男朋友，她就不寂寞吗？也许，她把多余的时间都用在打扫房间上了？她的家永远那么干净，把手伸到床底下都摸不到一丝灰尘。她也始终关注着我们这个家里发生的一切，小时候，每次我到她家去，我妈妈一走，她就对我盘问个不停。

陈忠诚确实健忘。后来坐在沙发上看电视，他又仿佛第一次见到崔雅萍，问她，你是谁呀？崔雅萍眼睛望着电视，随便答道，孙洁。陈忠诚似乎有点不相信，但是又确定不了，索性放弃了这个问题。问，你咋坐在轮椅里呢？腿摔折了。是吗？怎么那么不小心？崔雅萍没吭声。陈忠诚转而又跟她讨论电视节目。我发现，陈忠诚精神不错，也许一下子找到了个说话的伴儿，还是个女的。可是崔雅萍好像不大想跟他说话了，但是他在旁边磨叨个没完，崔雅萍就把电视音量调小了，打算问他几个有价值的问题。你干吗要把孙洁撵走啊？有个人照顾你不是挺好吗？啥？我姥爷一下子没跟上她的节奏，顿了一会，她想跟我结婚啊，那怎么行呢？陈红不会同意的。我马上证明，谁说的？我妈根本就没管你，是你自己不愿意嘛，嫌人家胖。胖吧，也不是大毛病，主要是……文化不行。我把嘴一撇，跟我姥姥说，嘴硬，他就是嫌人家不好看。我姥姥趁机跟进，你那个卫丽响倒是好看，不是也跑了吗？我姥爷脖子一梗，怎么是跑了呢？学习，我支持她去的。这回轮到我姥姥撇嘴，那怎么不回来呢？我姥爷沉默了半天，蹦出一句，人往高处走嘛！说这话时，似有无限感慨，像个好人儿似的。我据此推断，我姥爷虽然痴呆了，但是喜怒哀乐的感觉还是有的。

这一天平安度过。陈红很高兴，跟我说，你也有点用哈。我嬉皮笑脸地答，你才知道啊？这样过了几天，两个人似乎都找到了谈话的乐趣。也难怪，我姥姥被卫丽响挤走之后这些年，基本也没人陪她天天说话。我姥爷呢，自从两年前把孙洁撵走，就没人跟他正经说话了，然后就痴呆了。孙洁走后，我妈妈有点后悔了，不光是因为她挨累，主要是没人陪我姥爷说话了。我妈说，如果有个人陪着他，兴许不会痴呆。我说，你也没诚心留人家，怕她死在咱家里。我妈说，你这孩子怎么说话呢？你姥爷嫌她胖，我有啥办法？我姥爷也真是，70多了还这么看重颜值。前面两个在那摆着呢，你让他怎么将就？

看着他们和谐相处，我轻松了很多，把精力重新放到了网上。萧伟这阵子追我追得热火朝天，令我十分意外。和他是在一个高中同学的生日聚会上认识的，不知是谁带来的男朋友。午夜时分，他甩掉女友送我回家，也许都喝多了，到我家楼下的时候，他竟然吻了我，而我也竟然没有拒绝。这违背我一贯的作风。撬别人的男朋友、第一次见面就接吻，这都不是我王小舟能干出来的事，可偏偏在他面前都干了。我倒是没怎么后悔，但也没打算当真，本能地觉得，这样荒唐的开始，注定是没有下文的。没想到萧伟却认真起来，迅速和女朋友分了手，郑重地告诉我，这样的一见钟情，他从没有体验过，也许他就是我命中的那个 Mr.Right！幸好后来知道了他女朋友只是我高中同学的初中同学，与我并不直接认识，否则，还真不好面对。说不喜欢他是假的，不喜欢怎么没拒绝他的吻呢？可是，万一这家伙要是个劈腿大师怎么办？这些天，我一直在犹豫着要不要和他继续交往。这萧伟也够逗的，怕我不相信他，把初中、高中、大学的毕业证，还有身份证都拍了照片，在QQ里给我传过来，说请王同学随便去打听，他萧伟绝对是好人家的清白孩子，就连女朋友也只谈过两个。后面是一个泪流成河的兔子头像。我捂着嘴在电脑屏幕前偷偷地笑。说实话，有点动心了。

正当我一边和萧伟QQ一边侧耳倾听着充满趣味的对话时，崔雅萍和陈忠诚突然打起来了。

事情是这样的，纪录片频道这一天播了一个女画家的专题片，那女的其实比卫丽响年轻的时候难看好多，而且画的也不是油画，但是陈忠诚盯着她的飘飘长发，还是看出了神。崔雅萍看一眼屏幕，看一眼陈忠诚，看一眼屏幕，又看一眼陈忠诚，看着看着就不高兴了，拿过遥控器，一按，换了个台。陈忠诚转过脸来，喝道，干吗换台？崔雅萍针锋相对，我不爱看。陈忠诚生气了，给我调过来。崔雅萍说，我就不调！陈忠诚去抢遥控器，两个人撕扯着，崔雅萍就从轮椅掉到了地上，手里依然死死攥着遥控器。可把我吓坏了，赶忙去拉陈忠诚。他怒冲冲地推开我，走到电视机前，用手调回了长发女画家，重新坐回到沙发上，又看了起来。崔雅萍嚷，我算看透你了！我费了好大力气把她扶到轮椅上，她抽泣起来，我只好把她推到了她的房间。你看到了吧？她一边抹着眼泪，一边说，他就这么对待我，我看他一点都不糊涂。赶紧给你妈打电话，我要回家！我硬着头皮劝她，姥姥，这不就是你的家吗？别跟他一般见识，他痴呆。他痴呆？我看是我痴呆，我还跟他说话，哎哟……她突然摸着伤腿，仿佛刚意识到疼痛，咧着嘴，语气微弱下去，舟儿啊，快给你妈打电话，叫冯大夫，腿不对劲了，哎哟……

我妈陪着冯大夫心急火燎地赶回来，一检查，没什么大问题，重新上了药，固定了夹板。冯大夫一边收拾东西，一边叮嘱我姥姥千万别再碰这条腿了，否则骨头移位，还得重接，遭二遍罪。临走，又拉着我姥姥的手说，崔姐，这把年纪了，别那么较真。一家人在一起，这不挺好的吗？你呀，比我有福气。我是儿子在国外，老伴在天堂，吵个架都找不到人啊！我妈送走冯大夫，转回身就开始发飙。先是把我臭骂一通，我姥姥根本插不进话，更别提有机会说回家的事了。对我来说，陈红发飙早已是家常便饭，根本伤不到我丁点皮毛，但是我姥姥在，那就不一样了，眼泪也争气，不用挤就往外跑，真给力！我姥姥心疼啊，后来居然说，陈红，你要是还当着我面骂孩子，我现在就回家！陈红当即住了口，她没料到，骂我竟然一箭双雕了。为了缓和我姥姥的心情，她跑到客厅，又数落了我姥爷一番，我姥爷一声不吭，不用看我也知道，肯定是一脸委屈。经过这一通折腾，崔雅萍暂时不好意思再提回家的事了。

晚饭大家都吃得气鼓鼓的。尤其是我姥爷，竟然故意把饭粒拨拉得到处都是，我妈装作没看见。吃到中途，我姥姥终于说话了。她说，小红啊，有合适的，就再找一个吧，别像我似的，苦了半辈子。陈红没吭声，低着头，半天没抬起来。我忽然很自责，给她的碗里夹了一块肉。

女画家事件之后，我觉得自己不能再像个局外人似的看热闹了。陈红虽然脾气不是一般的臭，永远过不去更年期，可毕竟是这个家里的有功之臣。养大了我，还一直两头照顾着姥姥、姥爷，而且，年纪轻轻守寡。换了是我，跳楼的心都有了。我要是再这么没心没肺的，她又该伤心，然后对着我爸爸的照片抹眼泪了。初中二年级时，我曾经稀里糊涂地谈过一次恋爱，成绩像跳伞一样下降，我妈妈一跟我谈，我就跟她吵架，后来她动手打了我一个耳光。那是她唯一一次动手打我，把我姥爷心疼坏了，对着我妈咆哮大骂。我妈说，当年她跟卫丽响打仗，我姥爷都没舍得骂她一句。那天晚上，我妈妈躲在房里，抱着我爸的照片失声痛哭，久久不能平复。最后，我和我姥爷只好敲门进去，认错道歉，她才停止了哭泣。第二天，我就和那个男生断了关系，一直到毕业没再说过一句话。现在回想起来，有点对不起那个男生。无数的事实一再证明，陈红同志是能干的，可怜的，惹不起的。我姥姥顺着她其实也是心疼她。

三

我在网上跟萧伟讨主意，怎么样哄这俩人高兴呢？萧伟发了个一休开动脑筋的图像过来，接着说道，这么着，让你姥爷送你姥姥玫瑰花。我送你，然后你再借花献佛。我发了个诡笑的图像，说，我可不能让你的阴谋得逞，再说，我姥姥也不喜欢玫瑰花。他发过来一个哭脸，要不，买礼物也行，你在淘宝里挑，我买单。你姥姥喜欢什么？衣服，还是化妆品？我说，萧伟我告诉你，别以为女人都喜欢这些，我王小舟就不吃这一套。他哈哈大笑，太好了，我就喜欢你这样的！

想来想去，我决定给他们露露我的手艺。我问崔雅萍，姥姥，我弹琴给你听，想听什么？崔雅萍有点受宠若惊，真的？姥姥可是好多年没听舟儿弹琴了，上一次，还是在少年宫吧？对，抹红脸蛋儿，大红嘴唇子。我夸张地一噘嘴。她哈哈笑起来，那次弹的好像是《梦中的婚礼》吧？真好，姥姥都没听够。那我就再给你弹一次。我记得，那次在少年宫的汇报演出，全家人都去看了。我爸爸和姥爷坐在我的左手边，我妈妈和崔雅萍姥姥坐在我的右手边。那是崔雅萍离开这个家之后与陈忠诚的第一次公开会面。当时，卫丽响已经与姥爷离婚好几年了。我爸爸妈妈，当然也包括我姥爷，都非常希望崔雅萍回来。但是纵使我和我妈妈百般劝解，死要面子的陈忠诚副教授一直不肯亲自向崔雅萍道歉，而崔雅萍又是个自尊心极强的人，事情就一直僵着。我妈妈趁着我的这次演出，把两人都约出来，想缓和一下关系，还计划好了演出结束之后，全家人一起出去吃饭。我清楚地记得，在我等待上台的一个小时时间里，崔雅萍的目光始终盯着舞台，偶尔看看我，没看我姥爷一眼。而我可怜的陈忠诚姥爷，几度把头转过来，用满含期待的目光寻找着沟通的机会。演出结束后，崔雅萍在少年宫大门口与我们道别，在转身离去的瞬间，看了一眼陈忠诚，那一眼，充满了失望。那天，崔雅萍穿了一件墨绿色的连衣长裙，戴着一串珍珠项链，将头发盘成一个高贵的发髻，有一种让我铭心刻骨的美。我说，姥姥，那天你真漂亮！她似乎想起了什么，漂亮什么呀，姥姥那时候都是老太太了。就是那次见面之后，她放出了狠话——死了我都不会回来。

这段记忆对崔雅萍来说可能并不美好，但毕竟那一天，她赢得了尊严。但是，这尊严挺让人遭罪的。如果是我，我要遭罪的尊严，还是选择回到装满亲人的家里？我不知道。我看见陈忠诚挺直了身子，进到音乐里去了。他想起那一天了吗？当他接到崔雅萍那句狠话时，是怎样的心情？好像回家之后，他就进了自己的房间，关上房门，晚饭也没吃。

在那之后，其实还有一次机会。我爸爸去世第二年的冬天，我姥爷突发急性胃炎，上吐下泻，高烧不退，我妈妈毫不犹豫地给崔雅萍打了电话。崔雅萍叫我妈把我姥爷送到人民医院，马上安排了急诊、拍片、住院。快退休的人了，楼上楼下跑，满头大汗。我妈说，你是没看见你姥姥急得那样啊，说他们离婚十多年了根本没人信。你姥姥业务棒，人缘好，又漂亮，离婚后，医院里很多人给她介绍对象。条件好的太多了，我记得有个丧偶的市委老领导，好像是个人大常委会主任，住院期间喜欢上了你姥姥，托人来说合，可你姥姥就是一句话，不看。谁也不知道她心里怎么想的。直到这次看到她为你姥爷忙前跑后的，大家才恍然大悟——原来她心里一直没放下你姥爷。与她关系好的同事，就劝她与你姥爷复婚。我也有心趁着这个机会，劝你姥爷说句软话，争取把你姥姥哄回去。但是，你这个倔姥姥啊，你姥爷住院一个礼拜，她愣是没跟你姥爷说一句话！过来探视，只要你姥爷是醒着的，她就不进病房，隔着窗子看一眼就走。其实那次，你姥姥若是给你姥爷个机会，他一定会跟她道歉的。我看得出，他是真的感到对不起你姥姥了。

那次住院以后，我姥爷终于心灰意冷，不光是对崔雅萍回来这件事不抱希望，对别的女人也提不起兴趣了。就说孙洁吧，在我们家待了四年多，对我姥爷照顾得无微不至，崇拜喜爱之情，藏都藏不住。可我姥爷，根本没感觉。以前我在家练琴的时候，孙洁曾经试探地让我给她弹二人转的曲调，可刚弹了没几句，我姥爷就发火了，钢琴，怎么能弹这种东西呢？孙洁脸通红，慌忙躲到厨房。以后再也不敢让我给她弹曲子了。

一曲结束，崔雅萍鼓起掌来，陈忠诚也马上跟着拍手。我问我姥爷想听什么，他脱口而出《阿诗玛》。我将疑问的目光转向了我姥姥，这是什么年月的曲儿？我也不会弹啊。我姥姥却来了兴致，简单，你听我唱一遍就会弹了。说完，清了清嗓子，将圆润的声音泼洒开来……我听了一会，试着用琴音跟随，她微笑着鼓励我，唱得更加奔放。这华丽的和音一定是第一次在我们家盛放，陈忠诚听着，眼中流出柔美的光，扯着嗓子也跟着唱起来，唱得竟然也不错。一曲终了，我姥姥看陈忠诚的眼神就变了。陈忠诚兴奋地坐到我姥姥对面，说，崔雅萍唱这首歌最拿手了。我姥姥面含微笑，似乎沉浸在他们共有的记忆中。

我也在琴声中想起了更多的往事。是的，我想起了玫瑰花。初二那年的情人节，我第一次收到玫瑰花，是邻班的一个男生委托一个女生转到我手里的，我当时激动得要哭，虽然并不怎么喜欢那个男生，但还是接受了。随花一起收下的，还有一封用粉色信纸写下的情书。那是我平生收到的第一封情书，里面写的什么我已经忘记了，但是清楚地记得，字是用银色的荧光笔写的，每个字都闪闪发亮。我妈妈打了我之后，那封信就被我扔进了垃圾箱。记得当时是寒假，我们却已提前上学补课。放学后，我不敢把花带回家，就去了姥姥家。崔雅萍看到我手里的花有点吃惊，但只是摸了摸我的头，说，舟儿长大了。她帮我把花插到花瓶里，吃饭的时候，终于忍不住问我，你喜欢那男孩吗？我摇摇头，没心没肺地说，我喜欢花。崔雅萍说，这就不对了。我说，怎么不对？花总是好的。她笑笑，没再说什么。吃过饭，帮她收拾餐桌的时候，我蓦然发现，在垃圾桶里躺着一枝玫瑰花。我吓了一跳，忙跑回客厅去看，我的那枝还好端端插在花瓶里。我敢肯定，那枝倒霉的玫瑰绝不是陈忠诚送的,因为崔雅萍的家里从来只插百合。我的美丽的崔雅萍姥姥,即使过了60岁,也是有人喜欢的。此刻,她坐在阳光里,音乐像小河流淌过她的身体,她的身体就像一块美玉。

过了一会,崔雅萍回过神来,斜着眼睛看陈忠诚,忽然问道,你倒是给我讲讲,是怎么认识崔雅萍的?陈忠诚嘿嘿笑了,我讲了你不生气?不生气。不吃醋?不会。我捂住嘴,怕自己笑出声来。陈忠诚这才放心地讲起来。他说,崔雅萍啊,那是护士学校的校花,当时追她的可多了。我们师专就在护校的隔壁,很多男生都向她献殷勤。写情书啊,送钢笔、日记本啊。我家里穷,没有钱给她买礼物,但是我觉得我比他们都关心她。有一次,是一二·九文艺汇演,在护校的礼堂。我们师专的学生也过去看热闹。崔雅萍是报幕员,穿着一条紫红色天鹅绒的连衣裙,那个俊啊,男生们都盯着她看。可当时是隆冬啊,我穿着军大衣坐在礼堂都浑身冰凉,更别说她穿那么少了。我没顾上看节目,马上跑回宿舍,挨个铺位翻,翻出三个热水袋,全都灌满了热水,然后一口气跑到后台。当时啊,她披着一件小棉袄正不停跺着脚呢,我这三个热水袋,让她从身上到心里暖了个透啊!哇!我叫起来,姥爷,太感人了!我找对象就照你这样的找。姥姥,我好眼馋啊!崔雅萍始终没插话,脸上漾着幸福的红晕,抿着嘴,一抹微笑挂在嘴角。中午时分,崔雅萍突然问我,舟儿,家里有花生米吗?我说应该有的,干吗?咱们做盐爆花生米。啊?你坐轮椅上怎么做啊?你做,我在旁边教你,20多的大姑娘,也得学着做点菜了。噢。我嘴里应着,心说,陈忠诚,这下你有口福了。

崔雅萍在回忆中找到了久违的幸福。我敢说,如果不是我姥爷痴呆了,把她当成了别人,这些甜蜜的往事是不会以这种方式被讲述出来的。崔雅萍享受着我姥爷的甜言蜜语，不停开发着新的话题，像个热恋中的少女。我不得不惊叹陈忠诚的记忆力。我甚至想，也许老天爷拿走了他现在的记忆力就是为了保存住他年轻时那最美的一部分。我也在倾听中不停地修正着对他们之间感情的判断。原以为，我的姥爷像电影中演的那样，奉了父母之命娶了并不喜欢的崔雅萍，所以才会在后来出轨爱上卫丽响。而真实的情况是，他们的爱情曾那么美好，也许正因为如此，我的姥姥才会那么伤心吧？

晚上，我在QQ里把热水袋的故事告诉了萧伟，萧伟沉默了半天，问我，小舟，究竟我怎样做，你才会接受我呢？如果你喜欢热水袋，我送一千个都行。我说这和数量没关系。他说那和什么有关系？我说我也说不清，反正，我挺羡慕的。萧伟发过来一个抓狂的图像，我仿佛看到了他那无辜又祈求的眼神，那正是我有点抗拒不了的。幸好隔着屏幕。他又发送过来一个视频请求，小舟，让我看看你好吗？就看一分钟。我发过去一个"不"。那……一秒钟也行。我握着鼠标，犹豫着，还是没有接受。

心情好，身体也跟着受益。崔雅萍的腿恢复得很好，已经不坐轮椅，可以拄拐在屋里来回溜达了。最神奇的是我姥爷，有一天竟然对着我妈妈叫了声小红。当时崔雅萍不在场，陈红兴奋地在客厅里走了好几圈，最后叮嘱我，不许告诉你姥姥。

四

腿脚见好，崔雅萍就想到外面溜达溜达。我说，咱们带着我姥爷一块去吧？她想了想，还是没有同意。

小区花园里聚集着几个下棋的老头,带孩子的中年妇女和老太太。我姥姥仔细辨认了一下,似乎都不认识。她有点失望,应该也有点放心。是啊,都三十来年了,还能剩下几个老邻居呢?我扶着她来回走了几圈,后来就有一个用肩膀在撞击树干的老太太试探着叫了声崔护士长。我姥姥马上站住了,用探寻的目光望向她。她说,还真是你呀,你没怎么见老。你可能认不出我了,我姓潘,住五单元。嗓门一下子大起来。崔雅萍又打量了一会儿,笑了,潘大姐,你要是不跟我打招呼,我还真认不出了。我判断崔雅萍其实根本没认出来她,而别人认得崔护士长,多半是以前到人民医院看过病。但是这并不影响她们交谈。潘老太太说,好多年没见你了,是最近回来的吧?回来好啊。我姥姥略微有点尴尬,好在不需要她回答什么。潘老太太继续说,这个岁数了,还有啥想不开的?我姥姥只好点头说是。我不知道崔雅萍是否愿意同这个有点邋遢的老太太继续聊下去,就拽着她想走,但是她推开了我的手。她问,潘大姐今年高寿啊?潘老太太把左耳朵探过来,啊了两声才明白我姥姥的意思,79了,刚过完80大寿。身体还行啊?我姥姥拍拍她的背,大声说,身体。潘老太太摇了摇头,还算行吧。她们就这么大着嗓门比比划划地聊了半天。我的注意力早就被一对刚会走路的双胞胎吸引了,后来干脆撇下她们到近前去看,再回来时,她们竟然在聊寿衣,兴致盎然的。潘老太太说,我连背心和裤衩都是自己缝的,还绣了福字,说时一脸的满足。

晚上,崔雅萍把陈红叫到跟前,郑重地问她,你爸爸的寿衣做了没有?陈红显得很惊讶,那忙什么呀?崔雅萍说,你懂什么。明天去买布料和棉花,我给他做一身棉衣。哦,好。陈红虽然不懂,但显然是从崔雅萍的神情中感觉出了事情的严肃性。

崔雅萍忙活开了。起先，她在我妈妈的床上做，后来觉得地方不够大，棉花粘到床单上还不好收拾，就移到客厅的地板上。阳光从阳台的窗子射进来，我的崔雅萍姥姥，坐在洁白的棉絮当中，神情安详，就像一只落在白菊花上的蝴蝶。我从来没想到，人在做一套去天堂的路上穿的衣服时，竟然会这么优美沉静。我的姥爷陈忠诚还不知道这套棉衣与他有关，但他显然很享受这种气氛，温暖，祥和，是一种遥远的家的温馨气氛。崔雅萍不是像裁缝那样量好了剪裁，然后缝制。她是边做，边给我姥爷试穿，边修改。陈忠诚出人意料地听话，披着用线粗略固定住的棉絮任崔雅萍摆布。崔雅萍并不说话，她只用手，叫他抬胳膊，转身，仰头，表情温和而认真。他就乖乖地照做，像个听话的男孩。有时候，还会轻轻伸出手去，捏掉崔雅萍花白头发上的几缕棉絮……我看得出了神，屏住呼吸，生怕惊扰了他们。

　　一个周末的下午，我妈妈过来把陈忠诚从沙发上拉起来，让他回屋去换衣服，说一会要出门。我姥姥坐在棉花里问，又去洗澡啊？我妈说，是。崔雅萍继续低头干活。陈红等了一会儿，见我姥姥再没说话，就搀着我姥爷出门了。

　　他们刚走，萧伟就来了。他在电话里说，我就在你家楼下，你下来一下，让我看你一眼。我说，谁让你来的？他说，我的心啊！我走到阳台往下看，正遇上他的目光。他穿着一套黑色运动装，却蹬着一双天蓝的鞋，耳朵上插着白色耳机，正微笑着仰头看我。和婚礼那天的西装青年判若两人。他说，你下来。我说，我不。他说，你不下来，我就喊了。你喊什么？我喊……他突然就喊开了——王小舟，我爱你！我吓坏了，停！停！我这就下去。一转身，崔雅萍正站在我身后，她把老花镜拽到眼睛下边，打量萧伟。

我说，姥姥，可不许告诉我妈啊！崔雅萍继续盯着萧伟，我看，这孩子不像小流氓。

我把萧伟拽到楼侧，你想干什么？幸好我妈不在家。我知道，她带你姥爷洗澡去了。这你也知道？嗯，你在网上跟我说过，每个周六的下午。这都记得？他严肃地盯着我，目光能把我吃了，王小舟，我爱你！我一下子就软了，但嘴还是硬的，你也是这样对别人说的吧？从来没有！我第一次说！我盯着他的眼睛，他的眼睛像两汪深深的潭水，我觉得我要掉下去了。这种感觉，我也是从来没有过。我情不自禁地又接受了他的吻，绵长而甜美，仿佛飞升到了梦境。萧伟说，你的身体已经告诉我了，你喜欢我。就算你不相信我，难道也不相信你自己吗？为什么不正视它？我怕……萧伟用手指堵住我的嘴，我以后的时间都属于你，总有一天，你会相信我的。

脸红心跳地回到屋里，我盯着电视发呆。不知过了多久，听到崔雅萍问我，你喜欢那男孩吗？语气和神情都像情人节那天的样子。这一次，我轻轻点了点头。那为什么好像不高兴呢？因为……可能因为他是别人的男朋友吧。崔雅萍突然就不说话了，若有所思。

陈忠诚的寿衣做好这一天，崔雅萍的腿也彻底好了。她让陈忠诚把棉衣棉裤都穿上，系上红腰带，扣好盘扣，前后左右看了又看，脸上终于露出满意的微笑。真帅！我赞叹道。帅不帅不打紧，主要是舒服，暖和。崔雅萍纠正完了我的评价，又吩咐陈忠诚把棉衣脱了。她对着阳光轻轻抖了抖，仔细地叠好，然后用一块棉布包整齐地裹上，端端正正放到床上。做完这些，她才坐下来，摩挲着自己的腿，现出一副如释重负的表情。

正当我和陈红以为一家人真正团聚的时刻已经临近时,崔雅萍却告诉我们,我要回家了,明天就走。

陈红一愣,情绪接着就失控了。为什么呀?这待得好好的,嫌我们伺候得不好吗?我在后面使劲拽她衣服,嘴巴使上了蜜,姥姥,你就别回去了,我舍不得你走啊。崔雅萍摸了摸我的头,你想姥姥了,就到姥姥家去,姥姥给你烙糖酥饼。陈红一把把我拨拉到旁边去,烙什么糖酥饼,多大年纪了你知不知道啊?这要再摔一次,可就不是腿的事了,冯大夫不是说了吗,你现在全身的骨头都变脆了。那叫骨质疏松,我会注意的,我就是干这个的。我姥姥并不打算妥协。不行,走也不能现在走,明年我们这就动迁了,到时候,我们一起搬到你那边住。到时候你们去就是了,你先让我回去。陈红耷拉着脸不吭声。我使劲搂住崔雅萍的脖子,姥姥——崔雅萍态度缓和了些,我在这住不方便,舟儿还要跟你妈挤一个房间。有什么不方便的,你就搬到我爸的屋里住不就得了?你说啥?崔雅萍像川剧变脸一般,瞬间黑了脸。我凭什么搬到他屋里?!我犯贱是不?!说完,怒气冲冲推开我们俩,径直去她的房间,力气大得惊人。我还头一次见她发这么大火。这下,谁也劝不了了。

陈忠诚一开始还在看电视,后来见我们扛拉拉扯扯,有点觉得不对劲。等到崔雅萍大声质问我妈,然后甩手而去时,他的眼中开始流露出惊恐的神情,不由自主地站了起来。

没多大工夫,崔雅萍背着她的大包出来了。你们谁也不用送我,我就打个车,20分钟就到家了。陈红气得不停喘着粗气,不动,也不说话。我慌忙奔过去,姥姥,我送你回去吧。崔雅萍看了一眼我妈,好吧,你把我送上出租车就行。陈红在我后面嚷,王小舟，你脑子有毛病是不？你个二百五！我背着崔雅萍的大包犹豫了。陈红这次是真的恼了，机关枪一般发泄起来。我就不明白，你就这么别着劲，别了半辈子，对你有什么好处？全家人都跟着你遭罪。我爸心里对你是有愧的，你也一直惦记他，这是何苦呢？再说，他现在就是一个傻子，已经受到惩罚了，你还不肯原谅他吗？崔雅萍静静地听着，面无表情。直到陈红发泄完了，才伸手去开门。这时候，陈忠诚采取行动了。他一个箭步冲过来，一把拽住崔雅萍，问道，干啥？崔雅萍盯着他的脸，大声说，回家！陈忠诚有点迷惑，但还是死死拽着崔雅萍不放，不能走！你放开我，凭什么不能走？这又不是我的家。陈红在远处吼，这怎么就不是你的家？我姥姥铁青着脸没吭声，用手使劲抠着陈忠诚的手指，拼命往前挪动着脚步。我被他俩夹击着，不知如何是好。陈忠诚在这似曾相识的挣扎与挽留中，好像记起了什么。我觉得有一种东西从他浑浊的目光里挣脱出来，脸色因激动变得通红，他的嘴唇开始颤抖，我甚至听到了他怦怦的心跳……这样僵持了半天，我听到我姥爷说了一句清晰无比的话，像一只冲破牢笼的困鸟——雅萍，你不能走啊！说完就昏了过去。

　　陈红后来跟我说，你姥爷当年要是这么清醒，你姥姥或许不会走。当然了，你姥姥若是肯忍下这口气，卫丽响或许也进不了我们家。你姥爷当时，其实左右为难，没什么主意。只有卫丽响是自信的，像个战士一样冲进了我们家。她以为年轻美丽可以战胜一切，可冲进来之后，才发现，她不是胜利者。陈红絮絮叨叨说着，像是跟我说，又像是自言自语。没有胜利者，大家都输了。她摇着头说，我也输了。我第一次听她跟我讲这些。我握着她粗糙的手，真希望自己可以年长几岁。我感受得到，这一切令她烦恼、疲惫。

当年，可能就是在这样的烦恼和疲惫之下，她遇到了我的爸爸——她的大学老师，一个年长她近20岁，原本抱定独身主义的历史学者。她炮制了和卫丽响一样的谎言，告诉我爸爸，她怀孕了。逼着他结了婚，又逼着他来到这个城市，住进她的家里。他们结婚不久，卫丽响就走了。陈忠诚无可奈何地接受了这一切，包括这个比自己没小多少的女婿。在我与父亲共同生活的十多年里，无法判断他是否幸福。可以确定的是，他对我妈妈非常好，也非常爱我。在我严厉警告他不许到学校接我，以免被同学当成我爷爷之后，他依然非常爱我。陈红就是在那些年里，脾气被宠得越来越坏。当我温文尔雅的南方爸爸用他的善良、体贴、宽容和忍让，最终赢得了我姥姥和姥爷的认同之后不久，就在回老家探亲的途中遭遇了车祸。他乘坐的大巴车因为雨天超载，掉进了山谷里。所以，陈红同志又是不可触碰的，她就像个外表强悍的玻璃人，没人敢惹。在她抱着我爸爸的照片偷偷哭泣的那些夜晚，心里一定还怀着一些无法言说的歉疚。那低低的抽泣曾令我极度不安、恐慌，是成长的岁月里，她教育我最有力的武器。

一种变化在我姥爷的病床前悄悄发生了。我和我貌似强大的妈妈，互相握着对方的手，诉说着往事。我意识到，也许，在她的眼中，我真的长成个大人了，而我，则感受到了她的虚弱和衰老。我没有机会再向她诉说我的委屈了，一个少年丧父的女孩，多年来面对着陷入自己痛苦的母亲，用顺从和玩笑逗她开心，用努力学习、好好练琴令她安慰。让她以为我一直都是快乐的。我把脸伏在她的肩头，哭了。她用手摩挲着我的后背，用颤抖的声音告诉我，妈妈唯一感到安慰的，是你这么乖，还善解人意，就像你爸爸。陈忠诚熟睡着，发出轻微的鼾声。医院里这么安静，以至于我不能放声痛哭。

五

陈忠诚这次醒来后,意识似乎比以前清醒了些,但是说话不行了,吐字不清,你得猜。身体也比以前僵硬了。另一个明显的变化是对崔雅萍的依赖更加明显了,崔雅萍离开一会,他就会变得烦躁不安。

崔雅萍的眼中现出了一种悲伤的神情,常常,她坐在他的身边,看着他,眼里就流出这种悲伤,似乎那里面还掺杂着些许怜悯。她开始干更多的活。洗衣服,做饭,打扫房间。剩下的时间,就在照顾陈忠诚。她看着他刷牙洗脸,帮他系扣子,梳头,夹菜,甚至忍不住把汤喂到他的嘴里,因为陈忠诚现在基本上不能准确地把汤都送到嘴里。我妈妈还是不满意,当然主要是对我。每天回来都要盘问一遍,哪些活是我干的,哪些活是我姥姥干的,无论我说干了什么,最后她都会训斥我一顿。后来,把崔雅萍弄烦了,她再问,崔雅萍就把我拽到一边,冲陈红说,都是舟儿干的,我啥也没干,在家享了一天福。陈红张口结舌,不知接下去怎么说了。我心里这个高兴啊,到底是我的亲姥姥!

于是,我就弹琴给崔雅萍听。当然陈忠诚也跟着一起听。我在网上下载了很多老歌的曲谱,让崔雅萍随便点。每天上午的一段时光,是我们三个,准确地说是四个人最高兴的时刻,另一个是萧伟。我偷偷地把 QQ 视频打开,让他也分享我们的音乐时刻。

崔雅萍经常即兴地唱起来,眼里飘过无数风云,仿佛重新经历了一遍年轻岁月。陈忠诚已经唱不了了，但是他张着嘴开心地听，听完一首，衣领就被口水打湿了。崔雅萍于是就给他缝了几个围嘴。他戴着围嘴，坐在温暖的阳光中，高兴得拍巴掌的样子，就像个胖娃娃。

我爱上了这美丽的时光，夜晚，躺在床上，我甚至想，难道是上帝把我童年失去的时光又还给我了吗？

萧伟动情地对我说，他们是真的相爱，希望我们老了，也能像他们一样。我说，我可不要像我姥姥那样，苦了自己那么多年。萧伟马上说，舟儿，你相信我，绝不会让你受伤！那就让别人受伤吗？舟儿，我爱你！我没法骗自己！要是有一天，你又爱上别人了呢？不会的！我怎么相信你？时间！你给我时间。我会证明给你看的。时间不是也证明了你姥爷是爱你姥姥的吗？可这时间里有一多半是苦的，我害怕。我这样说着，却紧紧抱住了萧伟。

然而，上帝对被苦的时间浸泡过的崔雅萍却并不仁慈。有一天，她正给陈忠诚喂水，忽然就按住前胸倒在了地上。我吓坏了，慌忙把她扶到沙发上躺下，她的额头渗出了汗珠，脸色白得像一片棉絮。陈忠诚惊惧地看着她，不知所措。我赶紧扑到电话机旁，拨打了120。当几位白衣天使抬着担架进到我家里的时候，陈忠诚好像明白了什么，他一下子扑到崔雅萍身上，失声痛哭起来，一边哭，一边呜呜地不停说着我们都听不懂的话。而崔雅萍却好像听懂了，她摸索着，攥住了陈忠诚的手。两个男大夫费了好大劲，才把我姥爷从崔雅萍身上搬走。崔雅萍忍着疼痛，目光始终跟随着陈忠诚，直到被抬出家门。

崔雅萍被诊断为肝癌，晚期。

陈红抱住我放声大哭，一边哭一边自责。崔雅萍清醒了之后，执意要回来治疗，放弃住院。她对我妈妈说，就让我跟你爸再多待两天吧。没人能拒绝这个理由。

崔雅萍迅速消瘦下去，头发也一下子变轻变白变软了。陈忠诚搬了一把椅子放在她的床头，每天就坐在那里看着她。崔雅萍平静地接受着他的注视，没有丝毫不自然。有一天，她请求陈红去她的家里，把她的寿衣取过来。然后，和姥爷的寿衣摞在一起，放在床对面的五斗橱上，一抬眼就能看见。

她就在阳光里躺着，神游在自己的世界中，一整天都不说几句话。

又过了几天，她忽然跟我妈妈说，想照张相，6月12日那天。陈红问，一定要那天拍吗？什么日子？她说，你别管。陈红说好，我把摄影师请到家里来。我姥姥摇摇头，不在家里拍，去外面，去千山。陈红有点为难了。

我跟萧伟商量，怎么办？萧伟说，你放心吧，我可以借一辆大点的SUV，在后座铺上被褥，她累了，可以躺着。摄影师也不用请，我就能照。你行吗？怎么不行？哥哥我可是省摄影家协会的会员呢！哦，原来你这纨绔子弟把功夫都搭在这上了。萧伟显出无辜的样子，不是这样的，每天早上都要穿上衬衫去上班的，我爸爸对我很严厉的。

事情就这么安排好了。我对我妈说，都拜托了一位朋友了，肯定没问题。陈红追问，哪个朋友？叫什么？我说是个新朋友，你不认识。她的眼神更加充满了探寻，新朋友？男的？我点点头。王小舟我告诉你，给我长点心眼，别傻了吧唧让人给骗了。妈，你瞎说什么呢！我有点生气了。也好，过来我也瞧瞧。瞧什么瞧，人家来帮忙的，又不是相亲！陈红意识到自己说的过分了，不再接茬，转身去了厨房。不一会，她系着围裙，手里擎着一把韭菜又回来了。舟儿，妈还是不明白，老太太为什么非要6月12日这天拍照呢？也不是她生日啊。我说，那会不会是结婚纪念日呢？我妈妈眼睛一亮，去，舟儿，到你姥爷的房间，写字台右手最下面的抽屉，有一本影集，拿过来。我俩共同打开了这本散发着岁月气息的老影集，找到了那张陈忠诚和崔雅萍的二寸结婚照，上面清晰地印着白色手写体的日期——1962.6.12。一点不错，金婚！我妈妈突然就趴在相册上，哭了，韭菜撒了一地。

6月12日这天，萧伟早早就开着一辆白色SUV来了。白色运动装，白球鞋。我偷偷对他说，像个好人家的孩子！陈红略显矜持地和他打过招呼，一家人上了车。

崔雅萍和陈忠诚都显得很兴奋。去千山的一路上，崔雅萍只躺了不到十分钟。汽车不能进山，停车场距离电瓶车站还有一段路，萧伟把相机包交给我，不容分说背起了崔雅萍。瘦弱的崔雅萍伏在萧伟的背上，面含微笑，像个乖女孩。

到了百鸟园，我妈说，就在这拍吧，有山有水，有鸟有树的。我姥姥说好。我说先别忙啊，我有礼物送给你们。我妈说，也不知搞什么名堂，背那么大个包，里面到底装的什么？我和萧伟相视一笑，吩咐他们仨，转过身去。我姥爷以为在跟他玩，转起来没完，被崔雅萍硬给拉住了。一分钟后，我宣布，向后转！崔雅萍和我妈率先转过身来。哇！陈红惊叫起来。崔雅萍瞬间用手捂住了嘴，难掩一脸的惊喜。出现在他们面前的，是我双手展开的一件白色婚纱和萧伟擎着的一套黑色礼服。陈忠诚也张大了嘴巴，眼睛却和崔雅萍一样，紧紧盯着婚纱。我妈说，快穿上！这得穿！妈你从来没穿过吧？崔雅萍的眼里莹光闪闪，任我们将这巨大的白色云朵披上她瘦弱的身躯。我妈妈在她身后收拉链的时候，没想到母亲的腰已经瘦到这种程度，嘴一扁，险些又要哭。我马上掐了她一把。几个游客驻足观看，崔雅萍的面颊浮上一层红晕，她不停地问我，里面的衣服会不会显得臃肿？仿佛我是一面镜子。我微笑着摇头，不敢告诉她，即便再套上十件这样的坎袖衫，也不会显得丝毫臃肿。在确定自己处理好所有的细节之后，她又转向陈忠诚，帮他把领子、袖口都重新整理了一遍，陈忠诚就听话地任她摆弄，神色竟有些庄重。最后，崔雅萍蹲下身去，把有点显短的黑色礼服的裤腿往下抻了抻。嘴里唠叨着，要是知道有礼服，就让他穿一双皮鞋来了。我说，行了姥姥，已经够帅了，要是再穿皮鞋，还让不让别的老头活了？崔雅萍笑了，柔软的白发在耳边飘飞，那我呢？怎么样？说着把巨大婚纱里面的一根骨头骄傲地一挺。我说，那还用说，金童玉女！

  崔雅萍和陈忠诚就在这青山绿水间，拍下了他们今生唯一的婚纱照。从他俩幸福的表情中，我想没人能看出来这是一个癌症晚期患者和一个老年痴呆症病人。

  回家的路上又发生了一个小插曲，因为崔雅萍一直躺着，车开得很慢，我们在路边发现了一处来时没有注意到的花丛，十几米见方的小山坡上，密密麻麻开满了各色的野花，争奇斗艳。陈忠诚出人意料地大叫着停车，并且用手拍打着萧伟的座椅靠背。萧伟慌忙把车停在路边。陈忠诚冲下车，跌跌撞撞地向花丛跑去，不一会，捧回来一大束野百合，白色的小花像一个个小喇叭，比牵牛花大不了多少，根须还在掉着土。香气顿时在车里弥漫开来。崔雅萍惊喜地接过花，将头埋在花丛中，闻了好一会。然后，像抱着一个洁白的婴儿，就那样一动不动，靠在陈忠诚的怀里，抱了一路。我妈妈搂着我，将头别向窗外。萧伟边开车，边在后视镜中注视着这一切，脸上呈现出一种我不熟悉的肃静表情。

回到家，两个老人都有些累了。陈忠诚倒头便睡，崔雅萍躺在床上休息。陈红热情地招呼萧伟留下来吃饭。这是从来没有过的事，以往的男生来我家，我妈都像防贼一样防着人家。我凑过去小声对萧伟说，你老人家可真会秀！他旋即说道，哪里忍心秀？一脸的真诚。

我将百合花插在玻璃花瓶中，摆在崔雅萍的床头。她安详地看着。我转身要离开她房间的时候，她拉住了我的手。舟儿，姥姥跟你说句话。我在她床头蹲下去。她抚摸着我的头，眼中满是爱怜。记住了，将来的事没法预料，自己喜欢是最重要的！我郑重地点了点头。姥姥，我一直想问你一件事。崔雅萍的目光流露出疑问。为什么你那么喜欢百合？噢，她的神情舒展开来。百合呀，是我这辈子收到的第一束花。一抹幸福爬上她的眼角……那是你妈妈出生后的第二天，你姥爷从劳改农场连夜跑回来，他不知从哪弄了台破自行车，骑了一夜，进家门的时候，一身汗，衣服都湿透了。他当时被关在那里劳动改造，就因为为师专的老校长说了几句话，唉，说了你也不懂。他身上没钱啊，就在路边采了一大束野百合，怕花夹在车货架上折断了，就把衬衫塞在裤子里，然后呢，把花装在怀里，就这么一路骑回来的。进屋的时候，下巴颏沾的都是花粉……崔雅萍笑了起来。我却笑不出来，再一次陷入巨大的感动中，真想现在就去拥抱一下我的陈忠诚姥爷。崔雅萍继续说，他放下花，亲了亲我，又亲了亲你妈妈，喝了两大茶缸自来水，揣了两个玉米饼子，就又骑上车赶回农场去了，说天黑前如果赶不回去，看守就会受连累。他的胃病就是在农场那时候落下的。

她皱了皱眉，旋即又闭上眼睛，重新回到那个早晨。白百合，真香啊！我一辈子都忘不了，你姥爷推门进来时的那股香气！我的泪突然就掉下来，终于明白了，倔强的崔雅萍这些年心里守着的那个东西是什么。我要把这些告诉陈红，她一定会因此感到幸福，也会更加理解她的母亲。我为崔雅萍抚了抚凌乱的白发，看着她无比安详的脸，仍忍不住又问了个傻傻的问题，姥姥，你不恨我姥爷了吧？她笑了，眼睛望着我看不见的远方，没有回答我。

吃过晚饭，萧伟彬彬有礼地告辞了。我妈不停说着，以后常来家里玩啊！一点也不掩饰对他的喜欢。回过头来又跟我说，这孩子挺成熟，还懂事，不是90后吧？我白了她一眼，没告诉她。

临睡前，崔雅萍平静地宣布，我搬到你爸爸屋里去。我和我妈都意识到了，这一天，对于崔雅萍和陈忠诚来说，的确不同寻常。陈红马上张罗着换床单、被褥。经过再三斟酌，她为崔雅萍和陈忠诚选了一块没有任何图案的白色床单和一对已经洗得发白的淡蓝色枕巾。

上床前，崔雅萍坚持要给陈忠诚洗澡。我和我妈只好守在洗手间外面，以防不测。里面有水声传来，同时伴着两人的交谈声、笑声，高一声，低一声，像一首温馨的合唱。听了一会，我说，妈，别听了，好像闹洞房似的。我妈一巴掌打过来，笑道，小丫头片子，瞎说什么呢！随即，我们散去。

两人从洗手间出来，崔雅萍折到我的房间，把床头的花瓶搬走，携着香气，走进了陈忠诚的房间。

这天晚上，我始终无法入睡。在客厅和阳台之间徘徊。后来，我打开琴盖，弹了起来。音符像一颗一颗的小水滴，从我的指尖汩汩流淌出来，像绵绵的岁月，不能停息……我不知道我都想了些什么,也许什么都没想;我不知道陈红站在我的身后听了有多久,又悄悄离去;我不知道萧伟给我的手机发了短信,在里面都说了些什么。我只知道,浩渺的星空中挂着一轮明亮的弦月。它依然是圆的。

诗 经

一

今天是个晦气的日子,有两件事让崔启发不高兴。

一大早,他的猫舍就被投诉了。邻居把电话打到了报社,说他的猫整夜叫春,此起彼伏,像支交响乐队,让人没法睡觉。不只如此,到猫舍看猫的人络绎不绝,只要一开门,就跑出一股尿臊味,熏得人想吐。这些话是报社的记者转述的,他们通过社区主任找到了他,希望他能给投诉者一个答复。从用词上分析,应该是刚搬到他猫舍楼下的退休教师夫妇干的。交响乐队?同楼层的郊区菜农老黄肯定想不出这样的比喻,楼上呢,也没可能,那两家的房子一直空着。崔启发的猫舍在一座居民楼里,是他原来住的房子,140平方米的三室两厅里养着百来只品种各异的宠物猫,其中一半多都是两万元以上一只的名贵猫。母猫繁殖、公猫配种,打20岁开始他就干着这份营生,现在住的别墅、开的宝马,都是这些猫挣下的。答复?能有什么答复?难不成放着现成的有小区保安的房子不用,要去租个农村大院，额外再雇两个打更老头？再说了，买猫的人看猫也不方便啊，把车开到农村和开到这里相比，既费时间又费油，人家干吗还到你家买猫啊。现在养猫的人多，猫舍也有的是。记者的态度冷冰冰的，还搬出一些环保条文来吓唬他，说如果不能给投诉者一个满意的答复，就要联合环保部门和工商部门上门来查处。查处他是不怕的，说到底，他这点破事还算不得违法行为。小区里干什么的没有？幼儿园、美容院、麻将馆……传销的都有，他才不怕呢。所以他没表态，不冷不热地打发走了记者。

和被投诉的事比起来，另一件事才真正令崔启发气愤。

临近中午的时候，小五打来了电话，邀他中午去尚景红酒会所参加一个饭局，他问什么饭局，小五说，"来了再细说，一定要来给我撑个场面。"说完就匆匆挂了线。说起来和小五认识也快10年了。10年前，他的猫舍设在自己租来的房子里，80多平，小三居，留了一间他和家人住，另外两间一间养猫，一间养着些仓鼠、巴西龟和安哥拉兔。一天，他正撅着屁股铲猫屎，来了一个人，又瘦又黑，满脸堆笑，他瞄了一眼就知道不是来买宠物的。果然，这个自称小五的人从包里掏出本杂志，跟他说："哥，你在我这里打一页广告，2000块钱，彩版，我负责给猫拍照，肯定比你贴在电线杆上的打印纸效果好。"崔启发笑了："兄弟，你是来打劫的吧？"小五并不气馁，把杂志塞到他空着的那只手里："你先看看，我这本杂志不是在大街上随便给的那种，全都赠阅给高档场所，美容院、发廊、咖啡厅、大酒店，看的都是有钱人。你看看这纸、这印刷，跟外边卖的时尚杂志一个档次。哥，就你屋里的这些宠物，到了我的杂志上这么一亮相，价格立马翻倍。"那天，小五在他家待了近一个小时，崔启发最后同意在杂志上打个豆腐块广告，价钱砍到了180元。两人自此相识。后来，崔启发慢慢发现，小五其实并不单靠这本杂志挣钱，因为杂志，小五结识了各行业的生意人，不管人家喜不喜欢他，他就是有着一股非同一般的黏人功夫，为这些人策划各种宣传活动或穿针引线促成新的生意并从中抽取好处费，才是他主要的经济来源。现在，他的杂志已经变成了网站和微信公众号，他自己也摇身一变成了一家小文化公司的老板。小五攒的饭局，崔启发是乐意去的，虽然不知道他葫芦里卖的什么药，但能够认识一些新的人是肯定的。崔启发现在也算个不大不小的老板了，除了猫舍，还有几家宠物用品商店，一个生产猫粮的加工厂，但社交圈子非常封闭，而小五认识的人来自五湖四海、各行各业，可以长见识不说，也能顺便推销一下自己的生意。

崔启发于是拉开抽屉，将里面那块劳力士金表拿出来，换下手腕上的计步器，然后夹着他的LV包去赴宴了。

然而一落座，崔启发就感到不大舒服。首先，这不是一桌正规的宴席。铺着台布的欧式长条桌上摆着两个盛着红酒的U形醒酒器，七八个人随意地坐着，每个人都自斟自饮。吃的呢，只有一盘奶酪、一盘火腿肠、一盘蔬菜沙拉、一篮子面包，别的再没有了。他们似乎在讨论一个什么话题，小五把他介绍给大家时，除了一个年纪大点的人对他点点头外，只有桌上唯一的女士对他笑了笑。随即，这个看打扮20多岁看长相却有40多的女的起身叫服务员再拿个高脚杯来。小五告诉他，这是会所的老板娘，温姐。他讪讪地坐下，尽量让自己也显得随意些，但身体却不听使唤地有些僵硬。坐了一会儿，他渐渐弄明白了，这桌人大致分成两伙，一伙是生意人，一伙是文化人。文化人想搞个和诗歌有关的活动，希望生意人出钱赞助。明白了自己的角色定位之后，崔启发开始假装认真地听他们讲话。小五不是说了嘛，过来撑个场面。这种活动他肯定是不会赞助的，迄今为止，他在宣传上最大的投入是在34路公交车的车体上喷了一只加菲猫。刚喷上去的时候，他还是高兴了一阵的，看着"启发猫舍"四个金色的大字在大街上穿行，他的内心着实有一种满足感，但随着时间的推移，期待中的广告效应并没有到来，他才冷静下来，意识到自己又被广告公司的小业务员给忽悠了。

跟他点头的那个人是诗歌协会的主席，但大家却称呼他高书记，他觉得奇怪，后来有个人说："您在计生委那会儿……"他明白了，估摸了一下对方的年纪，嗯，应该是已经退了。高书记话不多，一直在重复地表达一个意思——诗歌协会马上要换届，他已经申请退下来，希望闻扬能担此重任。这位叫闻扬的，是个诗人，从高书记的不停夸赞中可知，是个全国知名的诗人，现在担任诗歌协会的秘书长。坐在崔启发旁边的电视台刘姓制片人频频跟着附和，不时补充着新的信息，比如是师大中文系毕业的才子，大学时代就在《诗刊》上发表作品了，30不到就得了省政府文学奖，力证高书记所言非虚，一副见多识广的样子。崔启发心说，原来这就是诗人啊，我这辈子还头一回见着诗人呢。于是就重点观察了一下闻扬。闻扬看起来40岁左右的样子，穿着一件灰色毛衣外套，戴一副普通的黑框眼镜，除了头发略微长些、下巴蓄了点胡须外，没什么特别之处。本来他一直沉默着，见大家把目光都聚拢到他身上，忙摆了摆手，表情平淡地说："跑题了啊。咱们还是谈诗歌大赛的事吧。"小五忙接过话茬，"对对对，刚才说到冠名。"话题早就被七扯八扯，跑题很久了。他把脸转向了一个梳着平头的年轻人。"韩部长,我看你们做最合适,'中港地产杯'诗歌大赛,一听就高大上。"韩部长笑笑:"这事我做不了主,我这个企划部长就是给老板打工的,回去我一定好好跟老板汇报,争取说服他。""对,好好劝劝,媒体这一块有我和刘制片,肯定不会让你们失望。"小五转过身又去问他身边的一个胖子:"周总,要不你就接了,'敬云轩画廊杯'诗歌大赛,诗配画,正对路。"胖子抚弄着手腕上颗粒硕大的黄花梨手串,慢悠悠地说:"我哪有那么大实力,小画廊。不过我可以提供场地,我那个展厅,很适合搞个颁奖仪式……"话还没说完,温姐拦住了他:"你可别跟我抢啊,我跟小五都谈好了,全程赞助场地,今天这就开始了。"她一指桌子,"颁奖的时候,我要在这搞个酒会,赞助的红酒品牌是赤霞丹,代理商都让我叫来了,是不,崔哥?"崔启发一愣,然后发现温姐的目光落在一个一直没说话的穿西装的男子身上,原来他也姓崔。崔酒商这时候站起身,从怀里掏出一个精致的名片夹,抽出洁白的名片,开始恭敬地一一分发。崔启发摸了摸自己的口袋,他的名片也带来了,一直没找到机会发,索性也掏出来,开始发。于是桌上响起此起彼伏的寒暄之声,仿佛大家刚刚见面。

"启发猫舍、启发宠物用品商店、启发猫粮……"温姐一声高过一声读着他的名片,两眼闪着光凑了过来:"崔总,太好了,以后猫的事,我就找你了,你再开个宠物医院就更好了。"崔启发感到她贴过来的身体就像一只冒着汽的蒸锅。

这时候,不知谁嘀咕了一句:"'启发猫舍杯'诗歌大赛……"刘制片扑哧一声笑了,紧接着就是一阵哄堂大笑。崔启发有点蒙,但也没觉得有什么不妥,也跟着笑。周胖子笑得身体直颤,一颗碧绿的翡翠挂件从怀里窜出来,他用胖手指着崔启发:"'启发……

猫……猫粮杯'诗歌……大……大赛,哈哈哈……"又一阵哄笑。崔启发这时候有点挂不住了,他似乎明白了他们在笑什么,脸沉了下来。小五见状,忙出来打圆场:"有什么好笑的,不是不行啊,是不,闻秘书长?"笑声渐渐平息,大家都把目光转向了闻扬。崔启发也用渴望的眼神望着他。他明白,此时此刻,只有这位大诗人的珠玉之言能搭成一个有说服力的台阶,把他从尴尬的境地解救下来。但是,他注意到,闻扬的脸色不知从什么时候开始变得比他还难看。闻诗人盯着小五,愠怒道:"行什么行?!"声调虽然不高,脸色却异常难看。说完,拨开面前的人,头也不回地离席而去。

崔启发像个小丑一样被晾在了那里……他不知怎么从酒局上回的家,只记得一出会所的大门,就把旁边的一个垃圾桶踹倒了。

二

崔启发越想越气,胸口里仿佛塞了一团掺了发酵粉的面,正一点点膨胀,让他喘不过气来。相似的感觉上一次出现,要追溯到20多年前,他读高中的时候。

他永远都不会忘的。当时,学校难得地搞了一次篮球比赛。他其实也没学过篮球,只不过他家楼下有一个破篮球场,没事的时候就和邻居的半大孩子们打两场。没想到,他竟然发挥神勇,带领他们高二(3)班的散兵游勇一路拼杀进了决赛。最后一场虽然输给了高三(1)班,但也不丢人,因为(1)班有两个人是体校篮球专业的。站在篮球场中央接过亚军奖状的那几秒钟,可能是他整个学生时代最露脸的一刻了，他从未感到冬天午后的阳光那么灿烂过。当他和其他几名队员兴奋地回到静悄悄的教室时，大家正在上自习。他把奖状交给了低头批改卷子的班主任杜老师，然后站在那，充满期待地望着她。杜老师瞄了一眼奖状，什么都没说，却从批完的卷子里翻出他那张，"啪"地拍在桌子上，"你上课都听什么了？这几道题，这个，这个，还有这个……"她的笔不停地戳着卷子，红色墨水像血滴一样刺在上面，"我讲过多少遍了？干正经事不行，整没用的，一个顶仨！拿回去，把错题给我重做五遍！"崔启发抱着他的卷子，在全班同学的注视下，低着头挪到了最后一排，在坐下的刹那，他有种强烈的冲动，把手里的篮球砸到窗玻璃上去。

　　崔雪披着睡袍从楼上下来，一头金色的卷发乱蓬蓬地顶在头上。她看了他一眼，就朝厨房走去了。显然是刚起床。崔启发站起来，跟了过去。"你昨晚上干什么去了？几点回来的？"崔雪吓了一跳，不知所措地望着他。崔启发忽然提高了嗓门："一天到晚，就知道上网买东西，出去鬼混，你还能干点啥？！"崔启发的媳妇关萍听到喊声从外面跑进来，手里拿着一把小铁铲，土从上面滴到大理石地面。"崔启发，你吃枪药了？"崔启发没理她。他一眼瞥见了钢琴："明天把这玩意给我扔出去，自打买回来，你弹了有一个星期没有？还有什么芭蕾舞、画画，学会了哪样？"崔雪瞪着他，忽然抓起餐桌上的牙签瓶砸在地上，然后噔噔噔又跑上了楼。关萍把铁铲朝门外一扔："当初是谁说的，我们家的闺女什么都不用学，一样吃好的、穿好的，他们考上了大学有什么用？不一样看着我们闺女眼气？现在你又看孩子不顺眼了，抽什么疯？"说完也跑上了楼。

崔启发点了根烟，来到院子里的篮球架下吸了一会儿，心情稍稍平静了点。就在这时候，日报记者的电话又打了进来。没有任何过渡，甚至连称呼都没有，直接就说："明天，我们要在栏目中回复读者的投诉，你一直没有态度。我有个建议，如果在回复中加一句话——启发猫舍的老板向投诉者表示真诚的歉意，并同意将墙壁做隔音处理，以后也会及时清理卫生。这样应该会比较好。你觉得呢？"不知为什么，崔启发从他的语气中听出了一种居高临下的傲慢，仿佛他还是那个撅着屁股铲猫屎、浑身粘满猫毛、拎着猫笼子在宠物市场里四处乱串的小贩。他的音调不由自主地又升高了："我凭什么向他们道歉？我在我的房子里养猫，碍着他们什么事了？做隔音？你掏钱啊？就他们当老师的事多，以前的邻居怎么没人投诉？你爱怎么回答就怎么回答，有能耐，让他们上法院告我去！""你……你这种人，简直不可理喻！"记者撂下这句话，把电话挂断了。

他刚刚平静下来的心，又烦乱起来。

第二天清早，崔启发在公司楼下他路过无数次的报刊亭前停下脚步。"有日报吗？"他问。梳花白短发的大姐一边给一个胖女孩装茶叶蛋，一边说："10点钟到。"崔启发坐着电梯上了楼。一进公司，就对正在扫地的老杨说："10点钟下楼去给我买一份日报。"老杨停住笤帚，有点为难地说："我打了一宿的更，9点钟就下班了。""那你就让老二去买！"崔启发没好气地回了一句，进了自己的办公室。

当崔启发拿到报纸后，从前翻到后，又从后翻到前，却没有找到投诉启发猫舍的内容，也没有找到记者嘴里的"投诉栏目"。莫非这个记者是假的？不知为什么，崔启发马上就相信了自己的判断。他冷笑了一声:"想骗我,哪那么容易!"

又过了两天,崔启发没和任何人商量,突然做了个决定——招聘一名办公室秘书。条件很简单,师范大学中文系毕业,女的,年龄不能超过30岁,身高不能低于1.65米。发表过文学作品的优先考虑。他把这些要求在电话中说给中介公司后,没过一个小时,对方就给他发来一份邮件,里面有三个人的简历。他简单浏览了一遍,相中了袁红丽。让他迅速做出选择的原因有两个。一个是袁红丽竟然是诗歌协会的会员,发表过诗歌,是个诗人!还有就是,红丽与鸿利的发音相同,对一个生意人来说,无疑是个好彩头。崔启发特别迷信这个,与他属相不合的人,他从不招到公司里来。

袁红丽来公司报到那天,所有人都吃了一惊。大家互相打听这女的什么来头,结果谁都不知道这个人。于是有人推测,是不是老板的女朋友呢?但是这姑娘一脸学生气,胸也不够大,不像是老板的菜啊,难道换口味了?再说,把女朋友安排到公司来上班,也不是老板的风格啊。办公室主任崔启富先坐不住了。崔启富是崔启发的弟弟,他担心这种议论传到关萍耳朵里就麻烦了。他决定到崔启发的办公室去问问怎么回事。然而敲门进去之后,令他更加觉得不可思议的是,哥哥隔着大班台正和这个新来的女学生聊着诗歌。见他进来,也没有停下来的意思。他只好在沙发上坐下等着。大约10分钟后,崔启发终于说:"来,认识一下吧,这位是办公室的崔主任,你的直接领导。"崔启富马上站起来,心说,今天真是太阳打西边出来了,崔主任这个词还是第一次从哥哥嘴里说出来,一般他都是扯着嗓子在屋里喊,老二——公司里其他的人也就顺理成章地称呼他二哥。两人握了握手,崔启发让袁红丽先出去等着。

"怎么回事？"崔启富迫不及待地问。"第一，不是小三；第二，你不用给她派活，她直接归我使唤；第三，没有第三了，反正我自有道理。""可是……怎么跟大伙说啊？""我当老板的用个人还用问他们吗？""可要是嫂子知道了怎么办？""你少跟我提她，大房子住着，好吃好喝养着，公司的事，她掺和不着。"崔启富站着没动，看着他，没有罢休的意思。崔启发想了想："要不你就说，是个哥们的妹妹，不，相好，一个哥们的相好。"崔启发的嘴角浮现出一丝快意。崔启富点点头："嗯，这样就没人再说什么了，也不会去问她。"

崔启富还站着不走。

"还有啥事吗？"崔启发问。

"工资……定得是不是有点高啊？老杨一个月才拿2000，她啥也不干就拿这么多？"

"老杨？我给他2000都是多的。他不就天天在这睡一宿觉吗？要不是因为他是你媳妇家亲戚，我早把他开了。你看看我这屋，"崔启发跺了跺脚，"桌子底下他就从来没扫过！他要有意见，就让他滚！"

崔启富再没说什么，转身出去了。

熟悉了一天公司的情况后，第二天中午，崔启发就单独带着袁红丽去了饭店。

这是一家很地道的日料店。袁红丽脱掉鞋子，有些迟疑地走进包房。坐下之后，终于忍不住问道："还有别人吗？""没有了。今天我单独给你接个风，欢迎你正式加入我们启发宠物公司。"穿粉色和服的小姑娘站在门口问："崔总，还是'放题'吗？""对，'放题'。""那……"她瞅了一眼袁红丽，"哪个价位的？"崔启发笑道:"你看看她值哪个价位?"小姑娘也笑了,却并不说。袁红丽觉得浑身不自在。崔启发手一挥:"老样子,408的。"小姑娘又瞅了一眼袁红丽:"红酒也要一瓶吗?"袁红丽连忙摆手:"我不能喝酒。""无酒不成席,来一瓶。"崔启发打发走了小姑娘,又对袁红丽说:"少喝点,我们谈谈……谈谈……诗歌。""诗歌"这个词一出口,袁红丽马上放松了些。崔启发心想,这两个字简直就是开启她的密码啊。他打量着袁红丽,身材偏瘦,不是他喜欢的类型,过肩的直发随意地披散着,黑色小风衣、牛仔裤,身上几乎没什么饰物,脸上也没怎么化妆,清清爽爽的,看着倒是很舒服,让他想起了高中时班上的那些女生。他瞥了一眼她放在桌上的手机,看不出什么品牌,反正不是苹果的。和他以前带到这来的女孩子确实不一样。

"我这人,没什么文化,以后得多跟你学习啊。"崔启发打破了沉默,然后点了一根烟吸起来。"崔总太谦虚了,没文化的人哪里懂得欣赏诗歌呢?"崔启发笑了:"你发在杂志上的那首诗,昨天我从网上搜到了,叫《玩具》是吧?我都拍了照存在手机里了。"他调出照片,用东北人刻意的平舌音普通话读了起来:

  我想把你拣出来
  从心爱的篮子里
  擦掉唇上的灰
  露出天使的脸

  穿上西装你陪我
  去外面

你害怕

我也怕

我们都是

玩具

"有点意思,哈哈。好像两只刚出窝的猫崽子跑出去了。"

袁红丽尴尬地笑了笑。

随着漂亮的盘子鱼贯而入,色彩斑斓的鱼生、鱼子在桌面上铺展开,袁红丽又开始变得拘谨。崔启发看在眼里,优越感重新饱满起来。他倒了点芥末汁在海胆里,搅了搅,端起来一下全倒进嘴里。边大口咂咂地嚼着,边说:"吃,喜欢什么,随便要,管够!"

袁红丽低着头,夹了一片白色的鱼生。她不知道这是什么鱼,也没好意思问。

吃了一会儿,袁红丽问道:"崔总,我的具体工作是什么呀?崔主任也没给我安排。"

"这个呀!"崔启发将一块肥厚的烤鳗鱼塞进嘴里,嘴唇瞬间就变得油汪汪的。"这个好吃,香,你也来一块。"他夹了一块放到袁红丽的盘子里。"这个工作呀,"他舔了一下嘴唇,"我招你来,主要是想提升一下我们公司的文化品位,负责点文字工作。我们的网店你看了吧?"

"来之前在家看了一下。"

"那个文字什么的,你给润色润色,上点档次。公司那几个小孩,都是学计算机的,耍笔杆子不行。"

"噢。"

"还有呢，就是陪我出去应酬一下。"

"可是……我酒量不行，也……不太会说话。"一丝担忧终于浮到了袁红丽的脸上。

"主要不是喝酒。主要是……你现在是我的脸面。"

"脸面？"袁红丽吃惊地望着他。

"你看，你学文学的大学生，还是诗人。你给我当秘书，这档次，能一样吗？我们虽然是卖猫的。"他停顿了一下，夹了两大片鲍鱼塞到嘴里，恣意地嚼着，"但不是猫市上挎筐提笼子的猫贩子，"他用力一咽，似乎有点噎，忙端起手边盛着松茸汤的厚壁瓷盅喝了一口，里面的汤匙险些掉出来，"我们是正经的、上档次的宠物公司。"他用手指着冒着雾气的刺身盘子，"我们的猫卖给的都是那些能喂得起金枪鱼三文鱼的人家。"

袁红丽举着筷子，那上面正夹着一块金黄色的三文鱼，阳光射在上面，分外诱人。

"吃啊，别耽误吃。"崔启发又点了一根烟，觉得心情一下子好起来。好多天没这么好了。

小姑娘端着醒酒器过来："崔总，酒醒好了。"

崔启发接过酒，倒了两杯。"来，欢迎大诗人加入我们公司。"袁红丽犹疑着喝了一小口。

"红丽啊，闻扬这个人……你知道吗？"

"你认识闻扬？"两朵火花瞬间从袁红丽的眼里绽放出来。

"啊，前几天几个朋友和诗歌协会的人喝酒，有闻扬，还有高书记。"崔启发尽量使语气显得随便。

"他是我们市，不，我们省最好的诗人，在全国也很有名气的。我听说，他酒量特别大，喝嗨了喜欢站在凳子上朗诵诗歌，是真的吗？"袁红丽像变了个人，一下子话多起来。

崔启发一愣，随即胡乱地点了点头。

"你喜欢他的诗吗？"没等崔启发回答，袁红丽拿过手机，在网上搜了一组，凑到崔启发身边，让他看。

崔启发拿着手机，心不在焉地看了两眼。袁红丽却没有察觉到他情绪的平淡，点开一首，说："这一首，我特别喜欢，我给你读一遍。名字叫《我》。"

> 总是听到你的歌声
> 当我静下身体
> 停止一个白天的使用
> 白天，它带着我走来走去
> 为了存活
> 企图将你代替
>
> 如颓败的落叶，有悠扬的凄凉之美
> 间歇着
> 刺痛我的肉体

袁红丽坐直了身体，将手机像书一样举了起来。

> 握着你的手
> 如同握住深秋的大漠
> 凉得让人安心

她的尾音伸展着,停顿了片刻:

你面如夕阳
有赴死的温暖
破旧的布衣,包裹金色的呼吸

我们闭上双眼
便合二为一
睁开眼时
又被你遗弃

读完后,她不好意思地笑了笑。崔启发放下筷子,鼓了鼓掌。"读得好!写的啥,不知道。哈哈。"

"写的是有两个我。""两个我?"崔启发糊涂了。"那'你'又是谁呀?不是写他被女人甩了?"

袁红丽摇摇头:"不是那个意思。这里的'你',也是'我'。诗的名字叫《我》,是说有两个我,一个是在世俗生活中为了生存庸常忙碌的肉体的我,一个是代表内心的精神层面的我,这首诗写的就是庸常的我对内心精神层面的那个我说的话。"

噢?崔启发若有所思,拿过她的手机,又看了一遍。

袁红丽沉浸在自己的思绪中,继续说下去:"顾城说,人可以生如蚁而美如神,我觉得闻扬的这首诗表达的是同样的意思,只是他更加无奈。"

"什么美神?"

"生如蚁，美如神。像蚂蚁一样卑微的人，内心也可以像神一样高贵美丽。"

"谁说的这话？"

"顾城。"

"嗯，这个人了不起。"崔启发突然觉得，这句话说到了他内心一个隐秘脆弱的角落里去了。

袁红丽很高兴，又找了两首顾城的诗给他读了一遍。读到兴奋处，禁不住端起高脚杯连喝了两口红酒。崔启发忙又给她倒上，她没拒绝。他又试探地给她递了一支烟，她竟然也没拒绝。当第一口烟从她的嘴里吐出来，崔启发意识到，这确实是一种自己从未见过的女人。另一些女孩子抽了烟喝了酒之后，让他觉得非常丑，而袁红丽却在这种释放中变得举止舒展富有魅力起来。

电话却在这时候响了。

"哥，你看今天的日报了吗？"崔启富的声音皱巴巴地传过来。"日报？"崔启发一下子想起了投诉的事。"猫舍吗？""对，你都……知道了？"崔启富的声音松弛了一些。"不要紧吧？"崔启发什么也没说，挂了电话。

他用湿巾抹了一把脸，喊道："买单！"袁红丽一愣，慌忙放下筷子。

三

投诉的回复只有半个巴掌那么大，但是旁边配了一个评论，差不多占了四分之一的版面。标题是：小区的猫叫谁来管？崔启发拿着报纸逐句看着，尽管一头雾水，但频频出现的"启发猫舍"四个字还是让他本能地紧张起来。他问站在旁边的袁红丽："这上面写的都是啥意思？"崔启富也望向袁红丽。

袁红丽盯着报纸，琢磨了一会儿，说："首先，这肯定是个批评稿。说你对待投诉者态度不好，缺乏……公德心。"她停顿了一下，看了一眼崔启发。"这个我能看懂。"崔启发急躁地用手点着那篇评论，"我说的是这个。""这个嘛，是从启发猫舍这个投诉说开去，主要不是针对你，而是针对管理问题。""哦？"崔启发眉头舒展开，"你说明白点。""就是说呢，这个记者接到启发猫舍的投诉之后，找你来解决，而你根本没搭理他。他很气愤，就去找相关部门，想惩罚你一下。结果呢，从工商部门到环保部门再到公安部门，拿你这个事都没什么办法。""是吗？"崔启发乐了。把报纸推到一边，屁股和肩膀松弛下来，舒舒服服地陷到皮椅子里。

"但是……这么被点名批评，对公司的形象还是有损害。崔总，做生意应该有个良好形象，否则容易令消费者产生反感。而且……"袁红丽指着报纸评论的最后一段，"他们说，从这件事上，可以看出媒体舆论监督的必要性，他们会持续关注这个投诉，积极促成事情的圆满解决。""怎么解决？"崔启发问。"继续在报纸上批评启发猫舍呗！"

崔启发收了笑脸，若有所思地打量着袁红丽，点了点头。"这么着，这个事你负责处理一下。给报社打个电话，道个歉，服个软。再买点水果，代表我去猫舍楼下的丁老师家看看。你们都是文化人，能说到一起去。只要他们不再在报上埋汰我们，你就首功一件。""真是楼下投诉的？"崔启富问。"那报纸上清清楚楚地写着呢,你看什么了?!"崔启发拿眼睛剜了弟弟一眼。崔启富拽过报纸,举着又看了起来。

果然如崔启发所料,袁红丽和报社记者以及丁老师夫妇的沟通非常顺利,她彬彬有礼地替老板道了歉,表示对于被投诉的噪声和空气污染问题一定尽快整改,保证会有大的改观,并且耐着性子、面带微笑地听完了记者和丁老师夫妇对崔启发的隔空怒斥和抱怨。之后,无论是记者还是丁老师,都跟她表示,我们不是冲你,你一看就是个有文化有修养的人。我们也就是看在你的面子上,才接受他的道歉。

袁红丽回到公司,兴奋地向崔启发作了汇报,来上班这么多天,第一次找到了点儿价值感。就着高兴劲儿,她又建议崔启发给猫舍做个内部的隔音装修,再顺便做一下全面的消毒。她说,报社的记者已经表示,可以搞个跟踪报道。那样,我们的坏影响就可以挽回了。说完,她满眼期待地望着崔启发。没想到崔启发只淡淡地说了句:"那些事就不用你操心了。"袁红丽眼里的火苗瞬间熄灭了。

接下来的一段日子,袁红丽的主要工作就是陪崔启发参加各种饭局。在酒桌上,崔启发把她像一道菜一样介绍给大家,接下来就会让她给大家朗读一首诗。开始时,袁红丽还有点不太情愿,因为她感到气氛不是很对。但是崔启发告诉她,这就是她的工作。几次之后她就习惯了。她开始认真挑选诗歌,有时候还会用手机放一段音乐做配乐。当她开始朗读时,通常总有那么两三个人在笑,他们以为崔启发在搞恶作剧,而她是那个恶作剧的执行者。但她不管他们,她会饱含感情地、字正腔圆地、抑扬顿挫地投入到诗句的诵读中去,像她与诗友聚会时所做的那样。那些笑声于是消失了。当她把一首诗朗读完毕的时候,她发现他们都露出吃惊的表情,还有点不知所措。当然,仅仅几秒钟之后,夹杂着零星迟疑的掌声,酒桌就又恢复了先前的热闹,那让他们感到更自在。出乎她意料的是,很少有人跟她喝酒,与她说话也很客气。事前担心的事都没有发生。连崔启发也不再管她,投入到他熟悉的氛围中,大声褒贬着厨师的手艺,列举哪道菜哪家酒店做得更地道,端起酒杯凑到涂着厚厚睫毛膏、露出半个胸部的女孩子面前,说荤话、喝交杯酒。袁红丽孤零零地坐着,感到有点落寞。

这个时刻,她总是情不自禁地回忆起一个画面。午夜时分,西宁的街头,十几个人,每人手里握着瓶廉价啤酒。没有桌椅,没有随叫随到的服务生,只有呼呼的风声,以及风声里高一声低一声的吟诵,有他们自己的诗,也有茨维塔耶娃、博尔赫斯、艾略特、聂鲁达、李白、李商隐……袁红丽游离于此刻,在心里默念起他在那个晚上大声诵出的诗句:

  这是一条漫长而寂静的街。
  我在黑暗中前行,跌绊、摔倒,
  又站起,我茫然前行,我的脚,
  踩上寂寞的石块,还有枯干的枝叶
  在我身后,另一个人也踩上石块、树叶。
  当我缓行,他也缓行,
  当我疾跑,他也疾跑。我转身望去:空无一人。
  一切都是黑漆漆的,连门也没有,
  唯有我的足声才让我意识到自身的存在,
  我转去重重叠叠的拐角,

> 可这些拐角总把我引向这条街，
> 这里没有人等我，也没有人跟随我，
> 这里我跟随一人，他跌倒
> 又站起，看见我时说道：空无一人。

自从离开他以后，她就一字不差地记住了这首诗，并且也像他一样，喜欢上了帕斯。在崔启发的饭局上她朗诵了很多诗歌，但她从不读这首《大街》。就是吟诵完这首诗后，她在粗粝的风的簇拥下，走过去，吻了他。

没过多久，崔启发周围的朋友都知道他找了个女诗人当秘书。酒桌上朗诵诗歌的事也被添油加醋地像段子一样传开了。

这天，小五给崔启发打来电话，上来就问："听说发哥最近换口味了，喜欢女诗人了？"崔启发一听是他，心里就有了气。如果那天不是参加了他的饭局，怎么会当众被闻扬羞辱？于是说道："诗人也就那么回事，脱了衣服都一样。"小五干笑了两声。崔启发不说话，等着他说。小五今天叫他发哥，一定有事。没事的时候他不来电话，也不叫发哥，叫老崔。

"发哥，还为那天的事生气呢？那个闻扬啊，就是个精神病。诗人嘛，和正常人能一样吗？"崔启发没理他。"发哥，我给你制造个机会，报个仇怎么样？""报仇？"崔启发终于搭话了。"对呀，上次谈的那个事，还没最后落实。我看啊，你干最合适。你想想，你要是赞助了这个诗歌大赛，那不是啪啪啪打闻扬的脸吗？再说，谁出了钱谁就是大爷啊，到时候，全市的女诗人都知道你发哥了，那还不都得围着你转啊？开个诗歌朗诵会的人都够了，哈哈……"崔启发心里一动："可……闻扬不是说不行吗？""此一时彼一时。"小五听出了崔启发语气中的变化，忙说："他们现在很被动，哪还能挑三拣四啊？而且，"小五想了想，"价钱，我可以帮你再往下压压。"崔启发拿着手机，喝了口水。小五等了一会儿，继续说："其实，那天闻扬主要不是冲你。周胖子拿你们开玩笑，大家都跟着起哄，闻扬也觉得脸上挂不住……""你来找我，是闻扬的意思吗？"崔启发打断了他的话。"是……高书记的意思。那天的事，他也觉得过意不去。如果你有意向的话，可以约出来再谈谈。""闻扬也会参加吗？""必须参加呀，就是他主抓大赛的事。""好，那你定个时间吧。"小五那边终于舒了口气："我就说嘛，发哥是个大气的人。"

见面的前一天下午，崔启发叫袁红丽跟他出去一趟。袁红丽满腹狐疑地跟着他上了车，结果，车开进了新世界百货的地下停车场。

崔启发径直把她带到三楼。站在扶梯口，对袁红丽说，挑一身衣服，不用考虑价钱。袁红丽站着没动。崔启发说："挑啊，我出钱。"袁红丽看着他，突然涨红着脸说道："我是不会跟你上床的。"崔启发乐了："不用你跟我上床，我不好你这口。明天有个重要的饭局，你不能再穿这身衣服了，给我丢脸。"袁红丽这才放下心来，向柜台走去。

这里的女装随便一件都两三千块以上，袁红丽从来都是只有逛的份儿，连试穿一下的勇气都没有。大学毕业之后，她只找到了一份在县城中学当语文老师的工作，为了打发孤寂和失落，她开始上诗歌论坛，并且学着写诗。诗歌抚慰了她的心，也让她找到了自己的社交圈。很快，她在网上和一位甘肃的诗人相恋了。为了与他见一面，她和学校请假，想去参加在青海举办的一个诗歌节。

但是学校不准假，时值期末，没有其他老师可以代课。她还是去了。因为没钱买机票，只能坐火车，她连卧铺也没舍得买。之后又换成大巴车，一路风尘，一走就是半个月。回来之后，她就被学校解雇了。这段恋情也令她伤痕累累，诗歌节结束后，她就从新认识的诗人口中得知，他是个有家室的人。袁红丽痛苦地和他分了手，而他也没再联系她。过了没多久，当诗歌圈子里还在津津乐道一个不知名的东北女诗人追他追到青海时，相识的诗友已经向袁红丽转述他的新恋情了，她尚未愈合的伤口又狠狠地被撒了一把盐……袁红丽最后没有恨他。是因为他写给她的那些美得令人心碎的诗歌吗？她不知道。

她盲目地走着，在看中的衣服面前踌躇着。崔启发看着着急，就自作主张地为她挑了两套，她一一试穿，并且第一次发现，原来这些衣服她完全可以驾驭，她的身上有种不知从哪里来的自信，把这些昂贵的衣服穿出了她自己的味道。旁边试衣服的顾客纷纷侧目，打量着她和她身上的衣服。服务小姐也不停夸赞她身材好、气质佳，崔启发像发现新大陆一样看着她，明显地得意起来，爽快地一挥手，都包起来。那一瞬间，袁红丽感到心里莫名地暖了一下。崔启发去交款之前，告诉她："穿着走吧，别脱了，把你原来的破衣服包起来，再下楼去买双鞋。"

穿上新鞋之后，崔启发上下打量了一下她，满意地笑了："成，像样！"

到了地下车库，司机小林远远地就奔过来，迅速扫了一眼袁红丽身上的衣服，接过她手里的纸袋，快步走回去，放到后备厢里。崔启发叫住了袁红丽，"先别急着上车，我有话跟你说。"她停住脚步。崔启发把她拉到一根立柱后面，避开司机的视线。袁红丽心里一阵紧张。

他点了一根烟，吸了两口才说话。"你觉得这份工作干着怎么样？""挺好的。"她低下了头，鞋尖闪闪发亮。"我这个老板怎么样？""也挺好的。""我这么大方的老板没遇到过吧？"她没吭声。"比你漂亮的丫头我见得多了，我睡过的女人，百八十个的肯定有了，都是她们心甘情愿的，因为我崔启发对女人大方。"她往后退了一步，一下靠在水泥柱上。"你不用紧张，我不会强迫你。"他把烟扔在地上，用脚踩了两下。"跟你说正经事吧，明天的饭局非常重要，我有个要求，你必须假装成我的相好，听懂了吗？就是装成我的小蜜。"袁红丽疑惑地抬起头，"假装？"崔启发一咧嘴，"真的也行啊，只要你愿意，现在就可以去开房。"袁红丽盯着他泛着红血丝的胖脸，说道："老板，要不咱们把衣服退了吧？"她把手伸到怀里一掏："你看，价签还没摘呢。"崔启发挠了挠头发，脸上恢复了严肃，"假装！听懂了吗？这是工作。"她笑了："只要不上床，怎么着都成。"

两个人朝车的方向走去。崔启发跟在袁红丽的后面，随口说道："听说你爸是糖尿病？这病可费钱啊，用不用我给你介绍个相好的？"

袁红丽快步冲到车前，一拉车门，坐到了副驾驶的位置。

四

第二天黄昏时分，司机小林将崔启发和打扮一新的袁红丽送到了高书记定的一个辽菜馆。小店不大，内部装修却很有东北民俗特色。

进到包房里,小五和高书记已经到了。"闻诗人呢?"崔启发问。高书记忙说:"估计是堵车,应该快了。"袁红丽跟在崔启发身后正疑惑着,小五走过来握住了她的手,"这位就是传说中的美女诗人吧?"脸上露出意味深长的表情。崔启发拍了一下小五的手:"别握住不放。"然后拽过袁红丽的手拉到高书记面前:"高书记,我这个秘书也是你们诗歌协会的,以后多关照着点啊!""是吗?"高书记打量着袁红丽,目光瞬间就亮了。袁红丽忙叫了声高主席。

菜上齐的时候,闻扬还没出现。崔启发看了看表:"闻秘书长架子还真够大的呀!"袁红丽停住话头,问:"闻扬老师也要来吗?"高书记点点头,对崔启发说:"他家离这远,咱们不用等他,先开始吧。""对对对,咱们先谈,边吃边等。"小五起身开始倒酒。袁红丽感到心跳一下子快了起来,频频向门口张望。

两三杯酒下肚,高书记已然一副老朋友的口吻:"启发老弟啊,你可能听说了,领导干部不允许再兼任各协会的要职,我虽然退休了,也得响应啊!所以主动申请不再担任诗协的主席,但是新主席选出来之前,诗协的事我还得管,这些年他们依靠我依靠惯了,没办法,哈哈。"崔启发听着这些话耳熟,好像上次见面时他也说过。"我这么大岁数了,你说我图啥?还不就是因为喜欢诗歌吗?崔老弟,你说你图啥?平白拿出钱来赞助诗歌大赛,还不也是因为喜欢吗?所以啊,别看我是做官的,你是做生意的,其实我们是一样的人。这年头,这样的人凤毛麟角啊,我和你是相见恨晚啊!"崔启发虽然不知道这"一样的人"究竟是什么人,但"一样"两个字让他感到特别舒服。就在这时候,包房的门开了，闻扬出现在门口。

　　小五马上站起来招呼，崔启发坐着没动。闻扬径直走到空着的椅子跟前，将外套脱下来搭在椅子背上，又把格子衬衫的袖子往胳膊肘上一撩，才舒舒服服地坐下。"我知道这个点堵车，就没敢打车，骑自行车过来的。这一骑，才知道原来这么远。"说着拿起筷子，夹了一根蘸酱菜里的生茄子条塞到嘴里，嚼了起来。崔启发隔着袁红丽冷冷地看着他。袁红丽的嘴角却泛起了一抹笑意。高书记说："闻扬，这位是启发老弟，崔总，还记得吧？"闻扬看了崔启发一眼，点了一下头。又看了看坐在他旁边的袁红丽："这位美女呢？"袁红丽马上伸出手去："闻老师，我叫袁红丽，也是诗歌协会的。""是吗？"闻扬和她握了手，"我们诗协还有这么漂亮的女诗人？"小五补充道："他是崔总的秘书。"闻扬略有点吃惊。崔启发却对着高书记说："我寻思招个师大中文系的当秘书，笔杆子能比那些学电脑的强点，来了之后一看啊，也就马马虎虎。"高书记瞥了一眼袁红丽："但是人长得漂亮，看着养眼啊。"崔启发说："也就这点用处。"两人于是哈哈笑起来。袁红丽尴尬地低下了头。闻扬扭着头看了她一会儿，问："哪届的？""2010 的。"小五对服务员喊，人齐了，把酒都满上。接着张罗大家一起喝了杯酒，之后又罚了闻扬一杯迟到酒。闻扬爽快地干了。

　　今天的闻扬和上次判若两人，崔启发记得，上次见面的时候，至少他到场之后，没听闻扬说几句话。今天则看着随便多了，也没那么牛了。难道是因为今天他们有求于我，所以姿态放低了？崔启发在心里琢磨着，就觉得闻扬应该会为了上次的事和他道个歉，起码会敬他一杯酒意思一下。可是等了半天，发觉闻扬根本就没那意思，心里就又不悦起来。袁红丽毕竟年轻，没一会儿就重新打开了话匣子，和闻扬论上了师兄妹，兴致盎然地聊起来。他们的话题围绕着师大中文系，从食堂饭菜聊到了各科目的老师，笑声不断，把别人都撂在了一边。崔启发看在眼里，越发地不高兴。他摆弄了两下手机，绷着脸说："红丽，去车里把我的充电器拿上来。"袁红丽随口说："我打电话让小林送上来吧？""怎么着，我支使不动你吗？"一桌人都住了声。袁红丽收了笑脸，起身出了门。闻扬注视着袁红丽的背影，点着一根烟，兀自地吸起来。

小五对闻扬说："闻大师，别尽顾着和美女说话，也参与一下意见。"闻扬指了指高书记："我没意见，领导拿主意就行了，我就负责执行。""话不能这么说。"高书记放下筷子，用湿巾擦了擦嘴上的油，他刚刚吃了一大块红烧肉，"闻扬啊，等大赛开始的时候，我已经不是主席了，我现在是在为诗协义务服务呢。所有的环节，你都得表态。要不到时候出了事，谁负责？"他话说得严肃，脸上却依旧笑眯眯的。"今天我们能和崔老弟再一次坐在一起，足见崔老弟支持文学事业心意之诚，你是不是也应该敬一下崔老弟呢？"

屋里安静下来。

闻扬低下头想了想，端起酒杯，把目光转向了崔启发。"崔总，夸张的话我不会说，您的支持无异于雪中送炭，我会铭记在心。"说完，他把满满一杯白酒一饮而尽。崔启发看着他喝完，又看了看小五，嘴角浮现出笑意，端起自己的酒杯，抿了一口。然后，他指着袁红丽的椅子，笑着说："其实我也是受你师妹的影响，枕边风厉害呀！哈哈。"闻扬和高书记同时愣了一下，只有小五跟着哈哈笑起来。崔启发的心感到一阵畅快。

袁红丽回来后，敏感地发现大家的眼神跟刚才不一样了。她瞟了一眼崔启发。崔启发把手机交给她，"给我充上。"在袁红丽转身的瞬间，崔启发的手装作无意地在她的屁股上拂了一下。袁红丽的脸腾的一下就红了。重新回到座位上，她不再说话，冷下脸，低头吃菜。

之后的谈话比较顺利，在小五的引导下，没费太大周折，高书记和崔启发就把赞助费谈到了双方都能接受的15万。于是又喝了一轮酒。

又过了一会儿，高书记忽然赞叹起崔启发的名字来。"老弟，你的名字取得好啊，启发，又吉利又富贵，还充满了文化和科学的意味，哪像我，叫宝玉，一身的脂粉气。哈哈。"说完，他看了小五一眼。小五忙接住话头："是啊，启发，'启发杯'诗歌大赛，大气！"崔启发正用筷子撕一块鱼腩，听到这话停了一下，没吭声。闻扬若无其事地在用一只手划着手机屏幕。

没人接话。空气变得有点异样。

崔启发把鱼腩放到嘴里，嚼了一会儿，吐出一根鱼刺。"'启发猫粮杯'诗歌大赛，这个绝对不能改。"说完，又把筷子伸进鱼头，挑出一块肉来。

酒桌一阵沉默。

啪。闻扬把手机撂到桌子上，"'启发猫粮杯'诗歌大赛，绝对不行。"他拿起筷子，夹了几根土豆丝，送进嘴里。

又一阵沉默。袁红丽坐在崔启发和闻扬中间，擎着汤勺，小心地把汤送到嘴里。她感到全桌人都听得见她的下咽声。

"要不这么的吧，"小五脸上堆起笑容，"叫'启发宠物公司杯'诗歌大赛，怎么样？"

"不行。"是闻扬的声音。

崔启发把筷子往桌上一摔,忽地站起身,推开椅子就往外走。

高书记和小五马上站起身阻拦。高书记手快,拉住了崔启发,另一只手顺势搂住他的肩膀:"启发老弟,你还认我这个哥哥不?"崔启发停住脚步,没言语。"你要是认我这个哥哥,就回去坐下,听我说两句。"

崔启发板着脸,重新坐了回去。

高书记给崔启发面前的茶杯续满了水,笑着说:"你们还是年轻啊,脾气就是急。哈哈。急什么嘛,凡事都有办法,活人还能让尿憋死吗?我这还有一个方案,你们听听看,行不行。"与此同时,崔启发注意到,袁红丽从高书记手里接过茶壶,给闻扬的杯子里也续了水。

高书记的新方案是,诗歌大赛就直接叫"诗协杯",作为对崔启发无私赞助文化事业的高尚行为的感谢,同时也为了表达他个人对崔启发人品的深深敬意,他这个主席将直接提名崔启发担任诗歌协会的副主席。

高书记的一番话说完后,每个人的表情都发生了变化。小五一拍桌子,嚷道:"好!太好了!"袁红丽盯着高书记,一脸的震惊。待高书记说完,她迅速把脸转向了闻扬。闻扬这时候掏出一根烟来,不慌不忙地点上,吸了一口,把目光转向桌外,看着墙上的一幅剪纸画,仿佛桌上的事与他毫无关系。而崔启发呢,在听到"副主席"三个字时,感到自己的心狂跳了一下,之后身体就凝固了。

高书记对大家的表现很满意。他端起酒杯,语气中透着轻松:"看来这个方案,大家都认可。那么我们就端起杯,为了诗歌大赛和崔副主席，干杯！"

气氛重新变得融洽起来，小五马上改口叫崔启发崔副主席。袁红丽疑惑地跟着喝了口酒，到底忍不住问高书记："他连理事都不是，怎么能一下子就当副主席呢？"高书记脸色一正："怎么不可以？对诗协有特殊贡献，就要特别对待，这样的先例不是没有。你比如说，国外的很多私立大学，谁出了钱，谁就是校董啊。""噢。"袁红丽又把脸转向闻扬。闻扬则像个局外人一样，吸烟，低头看手机。

小五终于如释重负，转头和小服务员开起了玩笑。过了一会儿，他又问高书记，这么多钱，奖金一定挺高吧？一等奖多少钱？高书记只说了一句："这15万也不都是奖金。"就转头继续和袁红丽说话。崔启发听到后忍不住问："不全是奖金，那还干什么？"高书记收住话，看了看崔启发，又看了看闻扬。"是这样的，其实这笔钱最重要的用处，还不是诗歌大赛。""那是什么？"小五问。高书记把脸转向崔启发。"老弟啊，你生意做得大，不会为钱发愁。但是很多诗人的处境你不知道。他们热爱诗歌，发表了很多作品，却出不起一本诗集。为贫困的优秀诗人出一本诗集，这个事是闻扬提出来的，我们一直想做，苦于没有经费。你赞助的这笔钱，有一部分要拿出来出书。""噢，好事啊！"小五转向闻扬，"都给谁出啊？"闻扬放下手机，看了一眼大伙，用他始终如一的平静语调说道："准备出四本。一本是张木。""张木啊，我知道，写得好。"袁红丽插嘴道。闻扬没理她。"张木是个农民工，妻子没有工作，在家带孩子。一本是朱志明。他是个残疾人，高位截瘫，一天学没上过，完全靠自学学的文化。诗歌是他人生全部的光明和希望，已经发表了几百首诗。"闻扬盯着侧前方的剪纸画，吸了口烟。那幅画剪的是一只肥大的老虎，张着嘴露出弧形的牙齿，好像在笑，屁股上有一大朵圆形牡丹花图案，如果额头上没有一个镂空的"王"字，很容易被误认为是一只猫。"崔总，"闻扬拉回目光，看着崔启发，"你真做了件好事，我代表他们谢谢你！"崔启发有点不好意思："哪里哪里。"然后不解地问，"这农民工和没上过学的残疾人，也能写诗？""当然了，"闻扬笑了，"诗歌，说高贵也高贵，说平凡也平凡，只要心中有诗，谁都可以成为诗人。"小五笑道："你也能称为诗人，崔副主席，哈哈。"袁红丽问："不是说四本吗？另外两本呢？""还准备出一本这次大赛的获奖作品集。剩下那本……"闻扬顿了顿，"是高书记的诗集。"大家一下子把目光转向了高书记。

"嗨，我说不用给我出，我写的是古体诗，和他们放在一套里也不太搭调。可是闻扬非要给我也出一本。闻扬，要不我还是不出了，你出一本。"闻扬的手机振动了一下，他低下头，快速地点击着屏幕，微笑着发了一条信息。重新抬起头，发现大家都看着他。他忽然没头没脑地说了句："这笔钱一共分成三份，一份是大赛奖金，一份出书，还有一份呢……"他瞟了一眼高书记，"是给高宝玉书记办一场诗歌研讨会。"说完，他咧开嘴角微笑了一下。袁红丽觉得那神情竟有点顽皮。

"我说我不办了，但是他们说我这就要退下来了，一辈子就办这一回，非要给我办，推也推不掉。"高书记一脸的无奈，声音却因为调门太高劈了叉。

"行了，差不多了吧？我还有事，要不你们先聊着，我先撤。"闻扬站了起来，一脸轻松，穿上了外套。

"等一下，我还有事。"崔启发的脸色不知什么时候又沉了下来。小五和高书记紧张地望着他。闻扬将椅子往外一拉，与餐桌拉开一段距离，重新坐下，两条长腿舒服地向前伸展着。

"我有个要求。"崔启发说。

大家都看着他。

"给我们红丽也出一本书。"袁红丽吃了一惊，脸马上红了，结结巴巴地说，"我……作品少……不够……不够一本书。"

崔启发瞪了她一眼："那就参赛，给我们内定个奖。"

袁红丽窘得恨不能把脸低到桌子底下去。

高书记望着闻扬。闻扬摇了摇头："这肯定办不到。再说，她自己好像也不愿意吧？"

崔启发猛地一拍桌子，刚要发火，高书记忙说："这样，小袁现在不是会员吗？我提名她当理事。理事就有选举权了，还可以为你选举副主席投票。"

"还要投票？那要是选不上呢？"崔启发嘴里的唾沫星子已经喷到了高书记的脸上。

"没问题，包在我身上。"高书记用手抹了一把脸。

服务员端着果盘推门进来。小五忙说："来，吃水果吃水果。"高书记也跟着说："对，吃水果。"拿起一块西瓜放到崔启发的盘里。

袁红丽就在这混乱的场景中站起身来，走到椅子后面的宽敞之处，把她有生以来最贵的新裙子新鞋子完整地暴露在大家的目光之下。它们使她看起来非常优美。她把手机托在手里，说道，我给大家朗诵一首诗吧。

周围安静下来。

她说，这首诗是闻扬老师的作品，名字叫《童话》。闻扬的眼睛闪了一下，将伸着的腿收回去，身子向左边侧了侧，面向着袁红丽，抱起了双臂。袁红丽也把身子调整了一下，正对着闻扬，用她那极富磁性的声音朗诵起来。

  滴水成冰
  我们不盖楼房
  不除草
  不驾马车
  也不飞

  我们不是神仙
  也不羡慕
  就作两只松鼠
  悄悄说话

她抬起头，看了闻扬一眼。

  只待在松林里边
  不去别处
  不学炼金术

  我们秘制语言
  一出口就融化
  只说出去一次
  因此不必反悔

我们的记忆刚好一世
没有历史
因此也不必欺骗

有足够的时间感受消失
一朵雪花也不会白白开过

我要给你听
一块冰冻裂的声音

她再次抬起头,目光投向雪白的墙面,停顿了好一会儿。

我们的衣服换不掉
所以没有王

很多快乐的姑娘
向我微笑

而你比他们更快乐一些

她的嘴角挂上了微笑。

我们不学习
不表演

  也就不成为别的松鼠

  我们不吃药
  不需要巫师

  安静美好地病着
  冥想千里之外的天空和大海
  冥想
  自己的身体

她闭上眼睛,又停顿了片刻。

  我们不想念来生
  只有一颗心,只交出去一次
  并且
  不拿回

  直到变成星星

  星星的眼泪
  松鼠看得见

闻扬的目光柔软起来。
所有人都鼓了掌,袁红丽朗诵出来的诗像一道纱帘,恰到好处地把所有的不堪都隔在了此刻之外。大家意识到，酒宴现在结束正合适，于是纷纷起身，互相道别。街道上霓虹闪烁，大家还是禁不住抬起头，看了看被高楼遮挡得黑乎乎的天空。

五

第二天早上醒来，崔启发感到很不舒服，翻了两个身，又按了按太阳穴，后来确定，不是身体不舒服，是心里不舒服。

刚吃过早饭，小五就打来电话，在一片嘈杂的背景中催促他把钱打给诗歌协会。他擎着手机问小五："你跟我说实话，你这么忙前忙后的，能在这里挣多少钱？一万？两万？"小五不高兴了："发哥你埋汰我，我能挣你的钱吗？""那你图个啥？"小五沉吟了片刻，提高了嗓门："这么跟你说吧，诗歌大赛只是个由头，有了这个由头，就可以把盘子做大。"他听到听筒里有人叫了声五哥，那边没了动静，停了一会儿，小五的声音从乱糟糟的人声中又传过来，"比如说，大赛结束后，可以搞一个获奖作品朗诵会，你知道现在朗诵会有多时髦吗？既可以在小剧场表演，也可以上电视，还可以进社区表演，这些表演在内容上是绝对的原创，如果和市里宣传部或精神文明办的活动挂钩，就可以申请到一笔活动经费，上电视的话，还可以拉广告。再比如说，我可以给诗歌大赛做一个专门的网页和微信公众号文章，组织一个网络投票的环节，这么多人参赛，他们再号召七大姑八大姨同事同学朋友投票，点击量就相当可观，有了点击量做基础，我还可以做很多文章。当然，肯动脑子的话，我还有别的来钱道。如果就为了赚你那点钱，你还真小瞧我小五了。"

崔启发完全可以想象小五大着嗓门在人群中讲话的样子，巴不得每个人都能听到他的本事。虽然他知道小五这话里有吹牛的成分，但听完后，心里还是有点不是滋味。他觉得跟小五一比，自己简直就像个傻子。他说："小五，我总觉得有点亏。""亏什么？""你说，我花15万买个诗歌协会副主席的名头，是不是不大划算？而且我这钱里有五六万都花在高宝玉一个人身上了，我认识他是谁呀？他要是个女的，跟我上回床，我也认了，可是……就觉得这钱花得不舒服。"

"发哥，你不能那么想。"听筒里传来一声关门的响动，耳边一下子安静下来，"我跟你说，诗歌协会虽然只是个民间团体，但那是个文化的象征。诗是什么？那是文学皇冠上的明珠啊，诗人，是文化人中的顶尖人物。闻扬为什么那么牛？你别看他浑身一件值钱的东西都没有，赶饭局还骑个自行车，但我可听说，和宣传部长吃饭，他该迟到还是迟到。高宝玉，你知道当初他为了当上这个诗歌协会的主席找了多少人？他为了啥？不就是想往自己的身上穿一件文化的外衣吗？他现在确实摇身一变成了我们市的文化名人了，动不动就上报纸、上电视。只有圈里的人知道他写的那些东西狗屁不是，比闻扬差远了，但老百姓不知道啊，老百姓就是迷信他的名头啊。所以说，这些虚名自有它的价值。"

小五喝了口水，听崔启发没什么反应，继续说："发哥，你戴一块表都30多万，为啥？不就为了证明你有钱吗？但是，这么有钱，周胖子为什么还拿你开玩笑？他周胖子什么底细我还不知道吗？当年就是个在超市门口支个柜台回收大洋的，要不是在农村瞎猫碰到死耗子低价收到一幅郑板桥的真迹，能有今天？现在开始煞有介事地冒充文化人了，不就是因为天天和画家打交道吗？但是不知底细的人就真被他给蒙住了。发哥，我就告诉你句实话，在同样有钱的人面前，你戴一块300万的表，也不如这个15万买来的名头有面子。男人在社会上混，不就为了个面子吗？你琢磨一下，是不是这个道理？"

最后这几句话点到了崔启发的痛处，他点了点头，有道理。

"就是嘛，弟弟我能看着你办吃亏的事吗？"小五的声音松弛下来，却并没有停止，换上一副他熟悉的亲密口吻——这口吻通常伴着搂肩膀的动作——继续说，"发哥，我再说句不好听的，不要总钱啊钱的，算小账，那样的话，也就只能是个暴发户。眼光开阔点。至于说高宝玉占了你的便宜，你也应该换个思路想想，你有钱，想买这顶文化的帽子，他恰巧有权，可以把这顶帽子卖给你，你们之间是一场公平交易。你应该庆幸碰对人了，要是等闻扬当了主席，你觉得你还能买来吗？"崔启发跟着他的思路想了想说，"肯定不好使。""就是嘛！"小五的声调马上又高了起来，用不容置疑的口气为这次对话下了结论，"15万买个文化人的身份和脸面，要我说，比买个有钱人的脸面便宜多了，而且你还赚了个资助文化事业的好名声呢，不亏！"

这一番话如醍醐灌顶，崔启发脸上终于露出了笑容，他告诉小五，一会儿就通知会计，这两天就把钱打过去。

收拾停当，崔启发出了门。在大门口看到司机的瞬间，他又想起件事来。

昨晚上从辽菜馆出来，袁红丽说她和崔启发不顺路，就不搭他的车了，自己打车回去。可是待他上了车，从停车场绕出来，没走多一会儿，却看到袁红丽正坐在一辆自行车的后座上，他的宝马车从自行车旁边驶过,他看到,骑车的人正是闻扬!往家走的一路上,他都在想,司机小林是不是也看到了袁红丽?他会怎么想?会不会觉得我戴了绿帽子呢?那可太丢面子了。虽然他让弟弟放风说袁红丽是哥们儿的相好,可毕竟他带袁红丽买衣服、上饭店,小林都在场啊。他知道小林嘴严实,不担心他和别人讲,但小林的心里对袁红丽就是他的人这件事一定深信不疑。唯有希望小林只顾着开车,没注意到袁红丽。这个婊子!他在心里骂道。只吃一顿饭就跟人家跑了,他有种严重的挫败感。堵着气进了家门,关萍就拉住他讲有人给崔雪介绍对象的事,兴冲冲地说对方家里是开菱镁矿的,据说是牌楼镇的首富,问他要不要看看。他想都没想就说不看。关萍当时就不乐意了,问他是不是有病,这么富裕的家庭哪是随便就能遇到的。他说,"你才有病,咱家缺钱吗?咱家缺啥你不知道吗?崔雪必须要找个公务员,大学毕业生。她的孩子要出国留学,她的男人要有社会地位,有体面的社交圈子。"关萍一撇嘴,"就你那女儿能看上老老实实上班的公务员?再说大学毕业生能不能看上你女儿啊?找对象得门当户对你不知道吗?""你懂什么?"崔启发吼道,"你天天除了种地,你说你还懂什么?"关萍也火了,"我种地怎么了?你要不吃我种的菜,你早得癌症了……"崔启发一阵心烦,推开她快步上楼,进了自己的房间,把门锁上。这时候酒劲上涌,他胡乱脱了衣服,脑袋贴到枕头没一会儿,就睡过去了。

　　现在他明白了,今天早晨心里的不舒服,和这件事也有关。

　　他回想着昨天的饭局,闻扬明明知道她是我的人,还把她带走,这不明摆着没把我放在眼里吗?可袁红丽取充电器回来之后,闻扬就没再和她说话呀,怎么就发展到两个人坐到一辆自行车上了呢？他从头捋着，嗯，都是因为那首诗。就是一首诗的工夫。关于那首叫《童话》的诗，他只记住了星星和松鼠两个词，至于写的什么意思，他听得糊里糊涂，当时就是有一种下了一场雪的感觉，酒桌上的火药气一下子都消散了。难道那里面隐藏着什么暗语吗？他因为不知道密码就被隔在了外面？这不是欺负人吗？

车快到公司的时候，崔启发让小林掉头，把他送到五环酒店。临下车时，吩咐小林，去公司把袁红丽接到这来，我找她有事情。小林的眼睛微妙地闪了一下，重重地点点头，什么也没说，把车开走了。

崔启发轻车熟路地找到他要的一间大床房。换上拖鞋、睡衣，站在窗口看着下面郁郁葱葱的广场吸了一支烟，然后进洗手间冲了个澡。出来后，他看了看表，用房间电话拨通了洗浴部。"按摩的36号在不？""休息啊，81号呢？好。8016。"

按摩接近尾声时，崔启发接到了袁红丽的电话。

"崔总，你在哪儿呢？我到酒店大堂了。"崔启发把房间号告诉她，让她马上过来。她接着问："什么事情啊？"崔启发已经把电话挂了。

袁红丽按响门铃。过了好一会儿，门开了，竟然是个女人。她穿着一条黑色超短衬裙，没戴胸罩，乳房微颤着仿佛随时会从吊带下窜出来。袁红丽一惊，心猛地跳起来，定在了门口。女人漠然地看了她一眼，转身回了房间。袁红丽听到崔启发在里面喊："红丽吗？进来。"她站在门口没动。

不一会儿女人端着个木盆从里面出来，衬裙外面已经套上了一件绿色镶白边的半袖连衣裙，样式很像制服。她面无表情地从袁红丽身边挤过去，留下一阵浓烈的香气。

袁红丽站在那儿，不知所措。崔启发出现在她视线的尽头。他裹着雪白的睡袍，把腰带紧了紧，坐在靠窗的椅子里，在逆光中对着她。"磨叽什么呢，进来，我有话问你。""我还以为……你又在这里……打麻将呢。"袁红丽结结巴巴地说。"谁一大早就打麻将？你进来，别在门口站着。"袁红丽犹豫着走进来，站在床边。她今天换上了在新世界买的另外一套衣服，是一条灰色的针织面料的长裙，搭配了一条冷粉色的围巾，显得身材高挑，气质优雅。"衣服不错，就是胸小了点，"崔启发盯着她的胸部，"你想不想做个隆胸？我认识一个整形大夫，技术很不错。"说着站起身，几步走到门口，把门关上。袁红丽的心一阵哆嗦。崔启发又回到椅子那坐下，点了一根烟，冲袁红丽说："坐呀。"袁红丽站了一会儿，在靠近门口的床角坐下。

　　"别弄得像我要吃了你似的。"崔启发跷着二郎腿，小腿上的毛在阳光下暴露着。"你给我泡壶茶，然后到这来坐。"他指了指旁边的椅子。袁红丽坐着没动，"崔总，有什么事你就说吧，公司还有活没干完呢。""你能有什么活？我一个月4000块钱雇你来，就是听我一个人使唤的。快点。"袁红丽无奈站起身，把水壶接满水，插上电。重新坐回到床边。

　　崔启发慢慢地吸着烟，看着她。水壶发出吱吱的响声。袁红丽感到有些憋闷。

　　"我问你，昨晚上你是不是跟闻扬走了？"崔启发的声音变了味道。

　　袁红丽低下头，没吭声。水翻滚起来，咔的一声，断了电。

　　"你跟他上哪儿去了？"

　　袁红丽仍然没有吭声。

崔启发把烟头丢进杯子里，发出清晰的声响。"去之前我怎么跟你说的？为啥要买衣服？你这叫不讲信用，懂不懂？"

"怎么不讲信用了？"袁红丽小声嘟囔了一句。

"你还装糊涂？你……让我戴绿帽子！"崔启发的嗓门不知不觉大了起来。

袁红丽惊讶地望着他，哭笑不得。一种巨大的荒诞感突然向她袭来。太可笑了！"崔总，别说我是假扮你女朋友，就真是你女朋友，我也不是你的奴隶啊，喜欢谁、跟谁走，那是我的自由啊。"

"今儿我算长见识了。"崔启发夸张地拍着手掌，"合着你们诗人都这么不讲究啊。我就是花钱雇个小姐扮我女朋友，也得等我到了家再出去接客吧？"

"是不是你说的，我穿旧衣服给你丢脸？这新衣服我是当工作服穿的！"袁红丽的声音里有了怒意，"我跟你是老板和员工的关系，你不能侮辱我的人格！"她拽了拽围巾，站起身，"明天我就把这两套衣服还给你。"

"你可别再埋汰我了。"崔启发伸出手，在袁红丽眼前摇晃着。"我扔给猫一根鱼骨头，不可能再捡回来。你穿着不舒服，可以卖了换钱啊，就刚才出去那女的，你这点东西卖1000块钱的话，她肯定能买。你不是缺钱吗？我估计你穿着也不会舒服。"他身体向前倾着，有点激动，将跷着的那只毛茸茸的腿一下子撤下来，喊道："你要是穿着很舒服，你就是个婊子！"

一瞬间，袁红丽从崔启发叉着的两条腿的深处注意到，他的睡袍里面，竟然什么都没穿！她迅速扭过脸去，再没说什么，两步跨到门口，拉开门，跑了出去。

她的心狂跳着，新买的高跟鞋踩着软绵绵的地毯，跌跌撞撞却又无声无息地奔上了电梯。电梯里的地毯更厚,将她的愤怒和屈辱包裹着、挤压着,令她感到窒息。她抬起脚向不锈钢的轿厢壁踹去,只发出短促的砰的一声。

六

此前一天的晚上,她从饭店走出来,忽然很想看看星星。她抬头向天空中张望,却只看到一层灰蒙蒙的帘幕。那一刻,她想起了青海湖边的夜晚。他紧紧握着她的手,在空旷的天幕下漫步,闪着寒光的星星低得仿佛一伸手就能摘下来。他们共同披着一件租来的军大衣,在寒冷潮湿的夜雾中,感受着彼此身上的温度……她的心禁不住又颤抖了一下。是的,她永远都不会恨他。她愿意相信,能在《大街》的诗中相拥而吻的灵魂,都是孤独的。她也愿意相信,在那些星星的下面,所有自然流淌出的感情都是真的。

"想看星星吗?我知道一个好地方。"一个声音在她耳边响起。她扭头看去,闻扬正站在她身边,若有所思地看着黑乎乎的楼顶。

她跳上了闻扬的自行车。两人轻盈地从汽车中穿过,仿佛两只夜行的鸟。她禁不住在车流中大喊——我们不想念来生/只有一颗心,只交出去一次——闻扬猛地加快了速度……

大概20分钟后,闻扬将车停在了商业银行的楼底。然后,他带着袁红丽从一个小门进去,拐过两条无人的走廊,上了电梯。他伸出手指,按亮了"38"的按键,那是这座大楼的最高层。电梯摇晃了一下,向上驶去。

"你……不害怕吗？"闻扬问道。这是上了自行车后，他说的第一句话。

"为什么要害怕？"袁红丽盯着不停变化的数字，感到脸微微有点发烫。

他带着若有似无的微笑望着她，没再说什么。

在顶层出了电梯，又绕过两条走廊，找到一条楼梯。两人一前一后向上爬去。最后，在楼梯尽头，将一扇铁门拧开，他们来到了开阔的楼顶。

袁红丽向天空望去，几颗星星仿佛戴着面纱，在头顶眨着蒙胧的眼睛。她不禁有点失望。

闻扬掏出烟来，很自然地递给袁红丽一根，自己又拿出一根，分别点上。他深吸了一口，缓缓地吐出烟雾来，说道："现在心情畅快多了。"

袁红丽会意地笑了。

"你常来这？"

"不常来。有时候底下那个小门是锁着的。"他吸着烟，看着远处。

她顺着他的视线看过去："那是什么方向？"

"南方。"

"写《童话》的地方？"

"是啊，松鼠、冰雪、星星，越是看不到，就越是思念。"

她侧头看着他，吸了一口烟。她知道，那首诗是他在广州期间创作的。

"那个快乐的姑娘呢？"

"有吗？"他将烟头向远处抛去。

她愣了一下，随即自语般地说道："当然有。"

他干涩地笑了两声，指着头顶，"空气越来越不好，这里的星星没有从前亮了。也和广州楼顶上的差不多了。"

"为什么要回来？"

他盯着虚无的南方，吸着烟，没吭声。

袁红丽四下走了走，辨认了一下大楼的方位和周围熟悉的建筑。转回来时，闻扬的手里已经多了一罐啤酒。他冲袁红丽晃了晃："喝吗？"袁红丽想了想，接过来，喝了一口，"你从饭店拿的？"闻扬笑了笑。

沉默了一阵儿，他说："我有点不明白。"

"不明白什么？"袁红丽不解地望着他。

"那个卖猫的，那么俗气。你怎么想的？"他依然望着远处。

"什么怎么想……"袁红丽话还没问完，一下子反应过来。"你怀疑我和他……怎么可能？！"她有点急了，"你觉得我像那样的人吗？"

闻扬转过脸来打量了她一下，没说什么。又喝了一口酒。

"你不相信我？"袁红丽的语调微微颤抖起来。

闻扬饶有兴致地看着她，不置可否。那神情跟刚才看高宝玉一模一样。

袁红丽不觉有些恼了："你既然这么看我，为什么还带我来看星星？"

闻扬两手一摊，脸上带着奇怪的笑："我现在有点后悔了。"

袁红丽气得说不出话来。一阵冷风吹过来，她打了个激灵，接着，连打了三个喷嚏。

闻扬收起调侃的神色，关切地问："不要紧吧？"说着，用身体挡住风吹来的方向,搂住了袁红丽的肩膀,"要不咱们下去吧,这儿的风太大了。"

袁红丽没有动,她盯着闻扬的眼睛。"都说诗人的感觉是最敏锐的,那么,你现在就看着我,仔细感觉一下。"她向前迈了一步,"如果我告诉你,此时此刻,在这片朦胧的星光下,我心里只装着一个喜欢的人,这个人——就是你!你相信吗?"

闻扬愣住了。他望着袁红丽,良久,身体慢慢靠过来,俯下头,开始亲吻她。

袁红丽用力抱住他,感到心怦怦地舞蹈起来……

闻扬的嘴唇渐渐热烈起来,她闭上眼睛,像一株冬天的小树,等待着被燃烧。他的手贪婪地在她的身体上游移着,力量超乎她的想象,竟让她感到有点粗暴。袁红丽禁不住皱了皱眉。当他的手指探进裙子,揉捏到她的皮肤时,她把嘴从他的脸上移开,对着他的耳朵轻声说:"我真的没和那个卖猫的上过床。"他含糊地回了一句:"没关系的。"手已经滑到她的胸部。她按住他的胳膊,将他推开一点,看着他的脸,认真地说:"怎么能没关系呢?"闻扬的手抓住她冰凉的乳房:"我不在乎。""可是我在乎!"袁红丽的声音一下子大起来,把闻扬的手从身上拨下去。

闻扬的身体摇晃了一下,重新站稳之后,脸上浮现出一丝嘲讽:"多大个事,至于这样吗?"

袁红丽的脸色暗下来。

风呼呼地从他们中间涌过。

她双手交叉拽住裙摆,突然向上一抬,白色长裙脱离了身体。她的手一甩,将裙子扔掉。之后,抬起腿,用力将脚上的鞋子拽下来。她瞬间瘦小下去,站在他面前,像一副骨架,却咄咄逼人。

"你看清楚一点！"她的声音里似乎掺进了泪水，却竭力想保持平静，"我是干净的！"

闻扬惊诧地望着她。他能感觉到，她的躯体像铁一样坚硬，让他有点不知所措。他伸出手，想触摸她，不知为什么，最终还是放下了。

他站了一会儿，弯下身，把裙子拾起来，披在她身上："要不……咱们换个地方吧？"

裙子又被她甩在地上。

"行，你干净，你是圣女！龌龊的那个，是我！"闻扬一抬腿，踢飞了脚边的一块石子。他还想说点什么，却又觉得说什么都不对。事情已经完全偏离了他预想的轨迹。

他转身向铁门的方向走去。

一阵风疾驰过来，袁红丽冷得打了个哆嗦。

他穿过铁门，消失了。

袁红丽孤零零地站在商业银行的楼顶，感到内心涌过一阵巨大的荒凉。

她捡起脚边的啤酒罐，用力将它捏扁，然后向着夜色投了出去。她没有听到任何响声。她等了很长时间，耳边都只有风声……

当袁红丽重新穿好裙子，摸着黑从楼梯上挪下来，找到电梯口时，意外地发现，闻扬竟然冷着脸站在电梯前等她。

两个人默默地上了电梯。数字键的灯明明灭灭，谁也没有说话。

出了银行的小门，耳边再度喧闹起来。袁红丽忍不住向楼顶望了望，那里一片漆黑。

闻扬找到自行车，对袁红丽说："用我送你回去吗？"

袁红丽摇了摇头："我自己打车回去就可以了。"她又踌躇了一会儿，抬起头，挤出一个笑容："谢谢你，闻扬老师，带我来……看星星。"

闻扬尴尬地笑了一下，脸色缓和下来。他打量着她，忽然伸出一只手，摘掉粘在她袖子上的一根干草叶。"你穿这条裙子，非常美！"他的语气充满了真诚。

袁红丽迅速转过身，向街边走去，她感到眼睛一阵胀痛，泪水片刻就滑落到嘴角。

七

崔启发再一次来到尚景红酒会所，已经是大半年之后了。

这一天，早上起来就开始飘雪，等崔启发下了车，步上会所的台阶时，脚下已经是白茫茫一片。那个曾经被他踢倒的熊猫造型的垃圾箱也被白雪覆盖，变成了一只玩具北极熊。崔启发拽了拽新上身的西装下摆，又捋了捋三天前刚染过的头发，昂首穿过一道大红的充气拱门，接过礼仪小姐递过来的一枚红色胸花，别在衣服上，进了会所的大门。

大厅正对面的红酒架已经用墨绿色的天鹅绒帘子遮住，上面挂上了"'诗协杯'诗歌大赛颁奖大会暨获奖作品朗诵会"的横幅，帘子前面布置出一个小主席台，大厅里的长方桌和椅子也重新排列过，显得很整齐。这明明就是一个严肃的会场，根本不是温姐曾经提过的酒会。放眼望去，满屋子看不到一瓶红酒，会所的宣传单却每张桌子上都放着一摞。

　　人们三三两两地聚在一起说话,还有一些人不停地在和熟人握着手。有几个人看着眼熟,可能在理事会上见过一次,但并没有人和崔启发打招呼。他四处看了看,一眼看到了身着乳白色旗袍、披着白色水貂皮披肩的温姐,同时也看到了她身边的小五和穿着唐装棉袄的周胖子。他向他们走去。温姐热情得有些夸张地和他握了手,艳丽的浓妆吓了他一跳。小五前几天告诉他,温姐年轻的时候被一个大老板包过很多年,这个会所就是老板送给她的分手费,以前是个高档浴池。还说,可能她现在和高宝玉也有一腿。看着面前这张画皮一样的脸,崔启发无论如何也不相信她年轻时能漂亮到哪里去。然后又暗自寻思,原来高宝玉的口味是这样的。禁不住撇了撇嘴。周胖子似乎更胖了,伸出一双肥手使劲握了握他的手:"行啊,崔哥,摇身一变,这就成了诗协的副主席了。恭喜啊!"然后不由分说把他拉到一边,"崔哥,以后咱们得合作搞点事,你们诗协可是个大协会啊,会员有好几百呢。"崔启发矜持地说:"好说,来日方长。""就这么说定了,崔哥,改日我请你喝酒啊。"小五凑过来,笑嘻嘻地说:"崔副主席,感觉怎么样啊?"崔启发笑道:"你说得对,不亏。"两人会意地笑了。"发言准备好了?"小五又问。崔启发拍拍衣兜:"秘书早都给打印好了。""新秘书吧?"小五语调暧昧起来,"听说这个是研究生毕业?哪天带出来让我见识一下。"崔启发不置可否地笑了:"这个是正经秘书。""好!"小五拍了他一下,"自从当了诗协副主席,你可是越来越有文化人的派头了。诗协那本杂志的最近一期,好像还登了你一首诗吧?""瞎写,瞎写。"崔启发忽然不好意思起来。"猜我看到谁了?"小五的手指轻轻地往他后边一指,露出吃惊的神色。崔启发转过身去，一眼看到了不远处的袁红丽，瞬间呆住了。

他几乎不敢相信自己的眼睛，袁红丽的变化实在太大了。她的头上包着一块黑底绣花头巾，耳朵上挂着夸张的长穗耳环，上身穿的是一件翠绿色中式对襟贴身小棉袄，显得腰身出奇地细，仿佛一只手就能握住。下面则配了一条桃红色阔腿裤，脚上的黑色绣花靴子也是中式的，两边装饰着流苏。她一只手夹着烟，另一只手提着一个宽大的粗布包，姿态有些妖娆地站在那儿，和几个年轻男子说着什么，不时放声大笑，显得异常扎眼。周围的人都不住朝她的方向看去。她说着话，往崔启发这边扫了两眼，随即把目光收回去，继续着话题，神态自若，仿佛从来就不认识崔启发。崔启发有些怅然地转过头来。小五则继续向她瞄着："这去了北京就是不一样了啊！""她在北京……干什么？""能干什么？漂着呗！"小五回过头来，不怀好意地看着崔启发，笑道："不过去打个招呼？"崔启发看了看手表，"快开始了，我得去趟洗手间。"

他往大厅外面走去。那天袁红丽从酒店离开后，就回到公司，跟崔启富说辞职不干了。崔启富忙打电话问他怎么办，他没好气地说："不干拉倒，让她滚。"崔启富又问，那这个月的工资怎么算？他说："一分没有，让她立刻滚蛋！"过了一会儿，崔启富又打来电话，小心地问："哥，她不走，还在办公室里嚷嚷，说你对她性骚扰。怎么整啊？"崔启发一惊，头立时大了一圈。他冷静下来，对崔启富说："欠她多少钱，给她算算，赶紧把她打发走，别让我再见到她。"不久之后，他收到了一个快递包裹，打开一看，是他在新世界百货给袁红丽买的那两套衣服和一双鞋。他拎起一件衣服，闻了闻，上面似乎还存留着她身上的气息。唉！

他叹了口气，把衣服塞回纸箱。坐在办公桌前呆了片刻，他把崔启富喊进来，指着桌上的纸箱说："给你了，爱送谁送谁。"崔启富问："什么东西？"抓过纸箱想打开。崔启发皱起眉："出去看去。"

他无法想象，这半年里，袁红丽在北京都经历了什么，才变成这副样子。这样子，令他有点畏惧。

大厅门口围着一群人，崔启发看清楚站在中间的人正是闻扬。他穿着一件很普通的黑色羽绒服，斜挎着个帆布包，手里摇晃着红色的胸花，正在兴致勃勃地说着什么。

在那次饭局之后，崔启发陆续又听说了一些闻扬的事，对他的印象有所好转。闻扬大学毕业后在教育局工作了一段时间，没多久就辞职去了广州一家杂志社。他父亲去世后，母亲得了重病，瘫痪在床。为了照顾母亲，他从广州回到本市，一直没有正经工作，四处打零工，生活压力很大。是高宝玉多次向主管文教的副市长推荐这位全国知名诗人，才为闻扬要到了一个事业编制，使之成为市文联的一名专业作家。自此，他的生活才算有了着落。但是，年过40的他，虽然常有绯闻，却至今未婚。大家都说，闻扬为人桀骜，不喜欢被管束，只在高宝玉面前肯低头。而高宝玉呢，搞定了闻扬的事，为他在诗人中赢得了尊重和威信，不久就顺利当选为诗歌协会的主席。

"那不是闻扬吗？哎，我最近听到他一个段子。""什么段子？"两个30岁左右的男人从崔启发身边走过，其中一个留着长发。崔启发放慢脚步，跟在了他们身后。"北京的未名跟我说的，闻扬每年都去祭扫海子墓你知道吧？""这谁都知道啊！""但是你大概不知道，他爹死了十多年了，他从来不去扫墓吧？""瞎说吧,他扫没扫谁知道啊?""他自己说的呀,在北京的一个酒局上,未名当时就在场。闻扬说,他没有父亲,只有精神上的父亲——海子。""这话倒也说得通,但他要是说从来不去给他爹扫墓,估计也是酒话,反正我不太相信。""别人说这话我不信,闻扬要说了,我还真信。"崔启发站住了,那两个人已不见踪影,他已走到人群近前。他朝处在花芯位置上的闻扬看一眼,发现闻扬的脸就像一张孩子的脸,纯净得没有一丝杂质。他觉得这一定是一种错觉。崔启发转身向洗手间的方向走去,无由地,陷入一种惶惑中。

终于坐到了主席台上,副主席有十一个,崔启发坐在最边上,他迅速在心里算了一道乘法题,15乘以11……然后斜着眼睛看了一眼坐在正中间的高宝玉。在刚刚结束不久有市委宣传部副部长到场致辞的理事会上,高宝玉匪夷所思地再次当选为诗歌协会的主席。小五告诉他,这对他来说是一件好事,以后可以和高宝玉研究很多事。但不知为什么,他却高兴不起来。

写着崔启发三个字的名牌端端正正摆在面前,台下坐着满满的人,还有些人站着。这种感觉很奇妙,但总体来说,还是让他感到愉悦。他挺直背,温和而谦逊地微笑着,有一台摄像机对着主席台,电视台会在新闻节目中播出今天的颁奖盛会,很多人都会看到。不知为什么,他首先想到的是,杜老师会看到吗?希望她还健康地活着。他扫视着台下,这些陌生的人,以往从未与他的生活交汇,在遇到闻扬和袁红丽之前,他甚至不知道还有一群人这样活着。前不久,他高薪聘了一个新秘书,中文系研究生毕业,主要的工作是为他讲解诗歌,为他解开那些诗歌里藏着的密码。他虽然似懂非懂,但也还是懂了一些。她在网上帮他买了很多书,为此他在家里倒出一个房间做了书房。现在，他也有书房了。他让小五找了个写书法的，请人家吃了顿饭，把顾城的那句"生如蚁而美如神"写下来，裱好，挂在书房里。在今天的发言中，他也会提到这句诗。他莫名地就喜欢上了这句诗。他想，无论看起来他和这些人多么格格不入，但这句诗一定会为他和他们之间打开一条通道。虽然他很难接受顾城把妻子杀了这件事，也很难理解闻扬从不去给他爹扫墓。他更不能理解的是，这样的人，为什么能写出那么打动他的诗歌呢？他想起秘书曾对他说，诗人的内心轨迹不能用俗人的逻辑来理解。诗歌和电影不一样，不是大众艺术。电影谁都可以评说，而诗歌需要受过独特的教育才能欣赏。他正试着走进诗歌。也许有一天，他可以真正理解它，还有他们。

  他想着这些，内心渐渐激动起来。有一天，我也会成为诗人吧？闻扬不是说，只要心中有诗，人人都可以成为诗人吗？这时候，两张熟悉的面孔在人群中浮现出来。他定神看了看，禁不住吃了一惊。竟然是住在猫舍楼下的丁老师夫妇！袁红丽登门道歉后，猫舍并未做出任何改善。几个月前，他们找到了他的公司，在办公室和他大吵了一架，最后是崔启富叫来了大厦的保安才把他们拽走。现在，他们两个正坐在离他十来米远的地方，死死地瞪着他。他感到身体一阵发冷。